Aus dem Englischen
von Antje Görnig

Schneiderbuch
EGMONT

Bereits erschienene Bände von Casting Queen bei Schneiderbuch:

Band 1: Casting Queen – Voll von der Rolle
Band 2: Casting Queen – Klappe, die zweite
Band 3: Casting Queen – Ganz großes Kino

1. Auflage

verlegt durch EGMONT Verlagsgesellschaften mbH,
Alte Jakobstraße 83, 10179 Berlin

Die englische Originalausgabe erschien 2018 unter dem Titel
»Waiting for Callback – It's a Wrap« bei Simon & Schuster UK Ltd

Published by arrangement with Simon & Schuster UK Ltd
1st Floor, 222 Gray's Inn Road, London, WC1X 8HB
A CBS Company

Übersetzung aus dem Englischen: Antje Görnig
Umschlagillustration: Eva Schöffmann-Davidov
Umschlaggestaltung: Anke Koopmann, Designomicon, München
Satz: Achim Münster, Overath
Printed in the EU
ISBN 978-3-505-14209-3
www.schneiderbuch.de

Die Egmont Verlagsgesellschaften gehören als Teil der Egmont-Gruppe zur **Egmont Foundation** – einer gemeinnützigen Stiftung, deren Ziel es ist, die sozialen, kulturellen und gesundheitlichen Lebensumstände von Kindern und Jugendlichen zu verbessern. Weitere ausführliche Informationen zur Egmont Foundation unter
www.egmont.com

Für Geila, der diese Widmung bestimmt besser gefällt,
als sie jemals zugeben wird.
In Liebe xx

Hauptfiguren – was bisher geschah ...

Elektra James: fast sechzehn. Erfolglos in allen außerschulischen Aktivitäten bis auf die Schauspielerei. Ihre erste Rolle, die ihr eine Agentin verschafft hat: ein Auftritt als Karotte. Ergatterte schließlich – nach einem langen, qualvollen Jahr, in dem ihre größte Leistung darin bestand, das zweitwichtigste Eichhörnchen in einem Werbespot für unglaublich nussige Nüsse zu sprechen – die Rolle der Straker, einer jungen Actionheldin in **Raw**, dem düstersten Endzeitfilm der Welt. Tolle Sache (schade nur, dass Elektra wie eine Wackelente läuft und Straker in der Drehbuch-Neufassung früh sterben muss ...).

Moss Sato: Elektras beste Freundin. Sie ist eigensinnig, witzig und viel zu gut, um von ihrem Mehr-oder-weniger-Freund Torr verschaukelt zu werden.

Archie Mortimer: nahezu perfekt. Und Elektras fester Freund ♥ ... jedenfalls, bis sie mit ihm Schluss gemacht hat (aufgrund einer schädlichen Kombination aus Dummheit, Fehlinformation und absoluter Unsicherheit). Dreht gerade **Der Fluch des Peter Plogojowitz** in Transsilvanien, in dem er den jugendlichen Helden und Vampirjäger Tibor Snoloky spielt. In den Nebenrollen eine Menge bildhübscher Mädchen und ein Pferd namens Angelina Jolie.

Elektras Familie: Julia, ihre Mutter, die sich ständig Sorgen macht; **Bertie**, ihr Vater, der Farben und Unordnung hasst, ansonsten aber das vernünftigste Familienmitglied ist, und **Eulalie**, ihre geliebte französische Stiefgroßmutter (lebenslustige Fantastin). Außerdem **Digby** (möge er in Frieden ruhen), der kürzlich verstorbene geliebte Geschwisterersatz und Dalmatiner, und **Plog** (Kurzform von Plogojowitz, siehe oben), der gepunktete vierbeinige Neuzugang.

Schauspielerei: Elektras Agentinnen sind **Stella** und **Charlie** von der **Agentur Haden** (Agentur für Kinderdarsteller, die praktischerweise direkt über einer Zahnarztpraxis liegt).

Die leidgeprüfte **Besetzung und Crew von Raw: Die Tribute von Panem** trifft **Planet der Affen** trifft **Avatar** trifft **Romeo und Julia** trifft usw. usw. Die Produktion dieses postapokalyptischen Actionfilms wird durch Verzögerungen und Katastrophen und Neufassungen erschwert. Noch vor Beendigung der Dreharbeiten sammeln sich Kritiker und Trolle 😨😨😨😨😨😨. Die Terras (dazu gehört Elektra) kämpfen gegen die Warris (die bessere Kostüme haben). Es gibt Überschwemmungen und furchterregende Wolfswesen und außer Insekten kaum etwas zu essen. Mehr lässt sich schwer sagen, weil die Handlung ständig geändert wird …

Carlo Winn: spielt Jan, den einzigen anderen Jugendlichen im Film, und ist Elektras unzuverlässiger Freund am Set. Flirtet und tratscht gern und ist viel zu sympathisch.

Die Stars: Sam Gross, Actionheld, der gern mal Krankenpfleger verprügelt und mehrmals in der Entzugsklinik war – trinkt zu viel Whisky (hat seine eigene Marke) und hält in L. A. ein Hausschwein. **Amber Leigh**, strahlende

Filmdiva, die von Matcha und Yoga begeistert und selten ohne ihren grässlichen Zwergspitz **Kale** anzutreffen ist. »Samber« haben privat und auf der Leinwand eine lange, komplizierte On-off-Beziehung.

Sergei Havelski: Regisseur und schwer verliebt in Eulalie ♥. Gebürtiger Ungar, ~~etwas~~ furchterregend, trinkt zu viel Kaffee. Geplagt von den Produzenten, den Anzugträgern bei **Panda Productions** und immer neuen Drehbuchautoren. Unterstützt wird er von **Ahmed,** dem ersten Regieassistenten. Und dann sind da noch **Eddie,** ein Assistent, der auf genaue Zeitpläne, Bauchmuskeltraining und ABBA steht (meist auf alles zugleich), der **Ton-Dan** (also Dan, der für den Ton zuständig ist) und **Naomi,** die Betreuerin am Set.

Schule: Leider bereitet es Elektra in der Berkeley Academy, einer reinen Mädchenschule, immer noch große Mühe, ums Nachsitzen herumzukommen. Die elfte Jahrgangsstufe ist der pure Stress. Jahrgangsstufenleiterin **Mrs Green** ist zugleich die ratloseste Beratungslehrerin der Geschichte. Zum Glück hat Elektra **Moss** (siehe oben) und **Jenny.** Verzichten könnte sie allerdings auf **Flissy** und **Talia:** das unvermeidliche Duo, das durch Gemeinheit und ärgerlicherweise auch durch hervorragendes Aussehen besticht.

Die Party zu Elektras sechzehntem Geburtstag
ist in vollem Gang und …

KAPITEL 1

»Jeder versucht, eine perfekte Karriere hinzulegen. In der Geschichte von Hollywood hat es noch keiner geschafft.«

Anna Kendrick

»So ein süßer Welpe ist ja wohl das absolute Schuldeingeständnis«, sagte Carlo.

Großartig. Mein Ex-Freund taucht unerwartet mit einem kleinen Dalmatiner unter der Jacke auf – was wahrscheinlich das Romantischste ist, das mir je passieren wird – und mein Exfilmkollege vom *Raw*-Set kommt ausgerechnet jetzt angetrabt, um sich ins Rampenlicht zu drängen.

»Archie, das ist Carlo. Carlo, das ist Archie«, sagte ich resigniert. Sie nickten sich kurz zu. »Was machst du überhaupt hier, Carlo?«

»Hier ist Party.« Er zuckte mit den Schultern, als wäre es offensichtlich. Und das war es auch. Das Haus *bebte.*

»Ich habe dich nicht eingeladen.« Aber ich hatte ungefähr die Hälfte der Leute, die gekommen waren, nicht eingeladen.

»Warum nicht? Nachdem wir monatelang zusammen an dem düstersten Endzeitfilm der Welt gearbeitet haben, hätte ich ja wohl eine Einladung verdient. Ich bitte dich, E, wir haben gemeinsam die Welt gerettet!« So formuliert klang es echt übel.

»Nein, ich bin gestorben, als die Welt immer noch in Gefahr war.« Genau genommen war Straker (meine Figur) gestorben, aber es war mein Text, der gestrichen worden war, und deshalb war es eine persönliche Tragödie.

Plog – so hieß der putzige Welpe nun mal – machte ein ulkiges Geräusch, aus dem wohl erst später ein Bellen werden würde. Noch ein männliches Wesen, das um Aufmerksamkeit kämpfte.

»Das wird nicht funktionieren«, sagte Carlo.

»Was wird nicht funktionieren?«, fragte Archie und zog mich an sich. Ich hatte ganz vergessen, wie schön das war. Ich versuchte, mich zu entspannen, aber Carlo hörte nicht auf zu reden.

»Das Hundegeschenk.« Carlo kraulte ihn unter dem Kinn (Plog, nicht Archie). »Netter Versuch, Kumpel, besser als Blumen – aber so leicht lässt sie sich nicht einwickeln. Oder, E?«

»Doch«, sagte ich nur. Ich wollte Carlo loswerden. An diesem Gespräch waren entschieden zu viele Leute beteiligt. Archie war wieder da! Konnte ich das nicht eine Weile genießen, ohne dass Carlo plötzlich auf der Matte stand und mich an das ganze komplizierte Zeug erinnerte?

»Es soll gar keine Entschuldigung sein«, sagte Archie. »Und ein Geschenk ist Plog eigentlich auch nicht.«

»Nein? Gott … nein, das habe ich auch nicht angenommen …«, stammelte ich und verstummte. *Natürlich* hatte ich es angenommen. Aber warum? Wenn irgendjemand anders mit einem Welpen vor der Tür gestanden hätte, wäre ich garantiert nicht auf die Idee gekommen, dass er als Geschenk gedacht war. Voll peinlich.

Archie lachte. »Selbstverständlich gehört er dir … wenn du ihn willst.« Und wie ich ihn wollte! »Aber er ist eher ein Mitbringsel als ein Geschenk. Ich meine … ach, egal. Plog ist jedenfalls keine Entschuldigung.«

»Aber du hoffst, dass er dich vor schwierigen Gesprächen bewahrt«, sagte Carlo. »Dass Elektra zu beschäftigt mit dem kleinen Fellbündel sein wird, um dir allzu viele Fragen über das Leben am Set im Dracula-Land zu stellen, oder?«

Ich bereute nicht zum ersten Mal, dass ich Carlo erzählt hatte, dass Archie, umringt von bildhübschen Mädchen, als Vampirjäger in Transsilvanien drehte. Zu meiner Verteidigung sei gesagt, dass dieser Umstand nur schwer zu verdrängen war und wir am Set jede Menge Zeit zum Quatschen gehabt hatten.

»Er muss sich für nichts entschuldigen«, sagte ich. Und schon gar nicht für die Affäre mit seiner attraktiven Filmkollegin, die ich ihm fälschlicherweise unterstellt hatte. Ziemlich kompliziert das Ganze. Und jetzt bellte auch noch mein Telefon – meine Mutter wollte mit mir facetimen. Ich zwar nicht mit ihr, aber ihre wütenden Beschwerden über den Lärm (warum war sie auch bei der Nachbarin geblieben, statt auszugehen?) ließen sich fast nicht mehr ignorieren. Ich steckte bis zum Hals in Schwierigkeiten. Ihre letzte

Nachricht lautete: **Ich habe dich gewarnt! Ich komme JETZT SOFORT nach Hause!**

»Keine Panik«, sagte Archie, als ich sie ihm zeigte. Aber ich geriet natürlich trotzdem in Panik: Mir blieb maximal eine Viertelstunde, bis meine Mutter kam und mein Leben vorbei war. »Wir regeln das.« Er klang wie der coole Typ im Kriegsfilm, der im Alleingang in einer Krisenregion Frieden und Ordnung wiederherstellt und dabei auch noch die Heldin erobert. Ich verwendete eine kostbare Minute darauf, ihn einfach nur anzuhimmeln, bevor ich wieder in der harten Realität landete. »Wir gehen einfach rein und schmeißen alle raus.«

»Wie denn?«, rief ich verzweifelt. »Es stehen ja immer noch Leute vor der Tür, die reinwollen.«

»Wenn sich rumspricht, dass deine Mutter im Anmarsch ist, wird keiner bleiben wollen«, sagte Carlo. Dafür, dass er meine Mutter noch gar nicht kannte, war das eine ziemlich korrekte Prognose.

»Archie! Du bist da!« Moss tauchte aus der Menge im Flur auf und fiel ihm um den Hals. Und Plog entging nur knapp der Gefahr, zum zweiten Mal an seinem ersten Abend in seinem neuen Heim zu Tode gequetscht zu werden.

»Wo ist Torr?« Eine schlimmere Frage hätte er nicht stellen können, aber Archie war ja auch nicht auf dem neuesten Stand, was die Höhen und zahlreichen Tiefen in Mossys Liebesleben anging. Sie hörte auf, Plog zu streicheln, und sah uns an, als würde sie jeden Moment anfangen zu weinen.

»Wer ist Torr? Komischer Name.« Carlo drehte sich um, nachdem er versucht hatte, ein paar Leute aus dem Haus zu werfen, und sah Moss groß an.

»Mossys Freund, mehr oder …« Ich biss mir auf die Zunge. Es war nicht der richtige Moment, um diese komplizierte Beziehung zu erklären. Torr hatte mir abgesagt und war lieber auf die coole Party von jemandem in der Stufe über ihm gegangen, und Gerüchten zufolge amüsierte er sich prächtig. Moss hatte kurz versucht, sich auch zu »amüsieren«; mit einem Typen mit muskulösen Klammerarmen, aber ohne jedes Gesprächstalent – und nach ihrem tränenverschmierten Mascara zu urteilen, war es nicht gut gelaufen.

»Die … *Küche!* Oh Gott, Elektra, wenn du erst die Küche siehst!« Moss schaute auf ihr Handy und schluchzte auf.

»Du weinst doch nicht wegen der Küche, oder?« Carlo nahm Verbindung zu seiner sensiblen Seite auf.

Es war wahrscheinlich nicht der perfekte Zeitpunkt dafür, dass sich meine heiße, zuverlässige beste Freundin und mein heißer unzuverlässiger Freund vom Filmset kennenlernten, aber ich beugte mich dem Unvermeidlichen. »Carlo, Moss. Sei nett, Carlo, aber nicht zu nett.« Moss wischte sich die Tränen weg und reichte ihm die Hand, und Carlo küsste sie auf beide Wangen. Wäre ich nicht so eine treue Freundin gewesen, hätte ich mich kaputtgelacht.

»Ich bin doch immer nett, E.« Carlo sah Moss an. »Ich verstehe nicht, warum sie uns nicht schon früher miteinander bekannt gemacht hat.«

»Hör auf, Carlo! Moss ist meine beste Freundin. Ich erzähle ihr alles. Es ist viel zu spät, um einen guten ersten Eindruck zu machen. Außerdem haben wir keine Zeit zum Plaudern.« Ich drückte mich flach an die Wand, um Leute vorbeizulassen, die nach draußen wollten. Die Nachricht, dass meine Mutter unterwegs war, verbreitete sich anscheinend – aber nicht schnell genug.

»Du und der Dracula-Typ, ihr habt das voll im Griff. Ich leihe mir mal den Welpen aus und muntere sie auf.« Carlo schnappte sich Plog, nahm die total überraschte Moss an die Hand und verschwand mit ihr.

»Könnte klappen, oder?«, sagte Archie.

Genau das war meine Sorge – Moss hatte wahrscheinlich genug Drama für einen Abend gehabt –, aber wir hatten keine Zeit zu verlieren. Ich klammerte mich an Archie, und wir bahnten uns gemeinsam einen Weg in die Küche wie Jack und Rose in der Schlussszene von *Titanic*.

Wow.

Der Boden war mit Glasscherben übersät, in einer offenen Schublade türmte sich Popcorn, und aus einem unerfindlichen Grund waren alle Karottensticks, die meine Mutter geschnibbelt hatte, auf Cocktailspießchen aufgespießt und fein säuberlich entlang der Küchentheke aufgereiht.

Die Menschen befanden sich in einem weniger geordneten Zustand.

»Die Party ist vorbei!«, rief Archie. Niemand hörte ihn. Ich schaltete die Musik ab, er brüllte noch mal. Aber es passierte nicht genug. »Wir kriegen das unmöglich in zehn Minuten hin.« Zehn Stunden wären nicht genug gewesen. Plan B!

»Also, die Sache ist die«, sagte ich zu Mum, als ich sie einige qualvolle Minuten später an der Tür abfing. »Es ist ziemlich schlimm, aber es ist keine Katastrophe.« Jetzt fühlte ich mich wie der Kapitän der Titanic.

»Ich bin alles andere als begeistert!« Sie sah auch nicht begeistert aus. »Es sind ja mindestens hundert Leute im Haus!«

»Das sind niemals hundert!«, erwiderte ich und hüpfte ungelenk hin und her, um Leute nach draußen zu lassen, ohne dass Mum ins Haus gelangen konnte.

»Es hängen schon mindestens zwanzig aus den Fenstern!«, regte sie sich auf.

»Nein …« Es war Pech, dass genau in diesem Moment ein Schuh aus dem zweiten Stock vor uns auf den Boden fiel. »Äh … Das ist nur, weil … gerade alle auf dieser Seite des Hauses sind …«

»Ach was! Und warum sind sie das, Elektra? Brennt es etwa in der Küche? Gibt es eine Leiche im Flur? Worauf muss ich mich einstellen, wenn ich durch diese Tür gehe?«

»Ich glaube, es ist das Beste, wenn du jetzt *nicht* durch diese Tür gehst. Gib uns einfach noch ein bisschen Zeit zum … Aufräumen.« Okay, Plan B war ein ziemlich schlechter Plan. Ich wusste nicht, wie lange ich sie noch aufhalten konnte.

»Ich helfe mit«, meinte Archie.

»Wir machen auch mit«, sagte Moss, die mit Carlo wieder aufgetaucht war, um bei unserer menschlichen Barrikade mitzumachen. Sie weinte nicht mehr, was gut war, aber Carlo guckte ganz schön selbstgefällig, und das war … beunruhigend.

»Nein«, sagte meine Mutter, ohne sie zu begrüßen. »Hier ist ein Erwachsener gefragt.« Das Splittern von Glas war zu hören. »Vielleicht sogar einer in Uniform.«

»Gucken Sie mal, Mrs James, hier ist der kleine Welpe!« Archie nahm Plog aus Carlos Armen und hielt ihn ihr hin, als wollte er einer rachsüchtigen Göttin ein Friedensopfer darbringen. »Oh, wie süß, er mag Sie!«

»Er ist echt gut«, raunte Carlo mir zu. »Vertrau ihm bloß nicht, E!« Ich beachtete ihn nicht. Es war nicht der richtige Moment, um ihm die Wahrheit über Archies angebliche Affäre zu sagen.

Plog konnte meine Mutter nicht ewig bezaubern, ja, nicht mal besonders lange. »Trotzdem müssen alle gehen!«, sagte sie grimmig.

»Aber Archie ist doch eben erst gekommen!«, protestierte ich.

»Ich bin auch eben erst gekommen«, sagte Carlo und sah Moss an, die prompt rot wurde.

»Archie ist um die halbe Welt gereist und hat mir einen kleinen Hund mitgebracht«, fügte ich hinzu. Archie zuckte mit den Schultern, als wäre das nichts Besonderes.

»Selbst wenn er Drachen für dich getötet hätte, wäre es mir egal«, sagte Mum.

»Das wird sein nächster Trick.« Mich beschlich der Verdacht, dass es Carlo nicht passte, wenn jemand anders den Actionhelden spielte.

»Wenn du willst, dass Archie oder sonst jemand noch einmal in dieses Haus kommen darf, dann müssen jetzt alle gehen!« Meine Mutter blieb streng.

»Und ich kann auch nicht bleiben?«, fragte Moss.

»Ich bringe dich nach Hause«, bot Carlo an und schob sich noch ein bisschen dichter an sie ran. Ihr war anzusehen, dass sie – völlig zu Recht – in Panik geriet.

»Alle außer Moss müssen gehen«, entschied Mum.

Es fiel mir nicht gerade leicht, mich von Archie zu verabschieden, während sie mit Argusaugen über uns wachte.

Nach einer Stunde, die so grauenhaft war, dass ich sie in zwanzig Jahren in einer Therapie werde aufarbeiten müssen, war das Haus leer – die »Gäste« waren jedenfalls alle weg –, und Moss und ich hatten es endlich geschafft, Mum nach oben zu schicken (als sie ging, drückte sie *meinen* Welpen wie eine Schmusedecke an sich). Wir hatten ihr versprochen, die Küche in Ordnung zu bringen. »Es ist wirklich schlimm!«, stellte ich fest.

»Ich weiß. Ziemlich vertrackt.«

»Und alles klebt«, sagte ich, suchte unter der Spüle nach einem Lappen und fand nur leere Chipstüten und ein Kapuzenshirt, das mir nicht gehörte.

»Ich habe nicht die Küche gemeint«, erklärte Moss.

»Ah, ach so … *Carlo?!* Was ist da gelaufen?«

»Nichts.« Sie sah mich verlegen an und wand sich wie ein Regenwurm. »Er hat mich getröstet.« Ich zog eine Augenbraue hoch. »Er war so süß zu mir. Ich habe an seiner Schulter *geheult*.«

»Süß?« Carlo und ich, wir hatten einiges zusammen durchgemacht – wir hatten (unechte) Insekten gegessen, wir hatten (unechte) Felsen erklommen und (unechte) gruselige Wolfswesen in die Flucht geschlagen. Das hatte uns schon irgendwie zusammengeschweißt, aber als »süß« hätte ich ihn nun wirklich niemals bezeichnet. »Was hat er zu dir gesagt?«

»Nichts. Ich habe mich einfach die ganze Zeit über Torr beschwert, und er hat verständnisvolle Geräusche von sich gegeben und mich an seiner Schulter heulen lassen.« Moss plumpste auf einen Stuhl am Küchentisch und stützte den Kopf in die Hände. »Was habe ich nur getan? Oberpeinlich! Wenn er sich die Mühe gemacht hat, hier aufzutauchen, fährt er wahrscheinlich immer noch auf dich ab.«

»Er ist *noch nie* auf mich abgefahren.« Das hatte ich ihr schon Millionen Mal gesagt. »Er steht einfach auf Partys.« Moss scrollte ihre Nachrichten durch, fluchte dabei leise über Torr und wirkte total gestresst. »Und was war mit dem anderen Typen?«, fragte ich.

»Ich bin schrecklich!«

»Nein, bist du nicht. Du hast nur ein bisschen *Ablenkung* gebraucht.« Ich entschied mich für diese Erklärung, denn die heikle Alternative war die, dass sie auf diese Weise versucht hatte, Torrs Aufmerksamkeit zu erwecken. Ich ließ das Aufräumen sein und machte uns Toast.

Ihr Telefon surrte. »Das ist Torr!«, sagte sie. Was für ein Timing! »Meinst du, er weiß es schon?«

»Ach was.« Natürlich wusste er es. Es war mindestens zwei Stunden her, und solche Neuigkeiten machten schnell die Runde. »Und selbst wenn, was macht das schon?«

»Ich habe so ein schlechtes Gewissen.« Typisch Moss! Dabei hatte sich Torr schon viel Schlimmeres geleistet. Ihr Telefon piepte und meldete eine neue Nachricht, und sie warf es in eine offene Schublade. Wäre die Lage nicht so ernst gewesen, hätte ich ihr zu ihrer Treffsicherheit gratuliert.

»Äh … Mossy?«, sagte ich. »Was stand da?«

»Ich habe keine Ahnung. Deshalb habe ich das Telefon ja in die Schublade gelegt.« Gelegt? Als ihr Handy wieder piepte, starrte Moss die Schublade an, als würde sie dumpfe Kratzgeräusche aus einem Sarg hören.

»Du hast doch nichts Böses getan.« Torr war zu sehr von sich eingenommen, um Moss ein guter Freund zu sein. Ich stellte ihr einen Teller mit gebutterten Toastscheiben hin.

»Ich habe mich mit irgendeinem wildfremden Typen eingelassen.« Sie kaute geräuschvoll und geriet immer mehr in Verzweiflung. »Und dann habe ich mich an der Schulter eines heißen Jungschauspielers ausgeheult. Das war ein unheimlich geschickter Zug von mir.« Ihr Telefon meldete sich wieder. »Ich sollte wohl rangehen«, sagte sie angespannt, rührte sich aber nicht von der Stelle. Die Schublade hörte auf zu piepen und begann zu surren. »Was mache ich denn jetzt?« Eine weitere Nachricht. »Soll ich einfach auf stumm schalten? Ja, genau, das mache ich, und dann … haue ich ab. Ich könnte nach Stockholm ziehen. Anscheinend sehen die Jungs da alle total gut aus und respektieren Frauen.«

»Was? *Alle?* Bist du sicher?«

»Absolut – das weiß doch jeder. Steht wahrscheinlich auch in Wikipedia.«

Ich hätte gelacht, wenn sie nicht mit den Tränen gekämpft hätte. Ich setzte mich zu ihr an den Tisch. »Torr hat sich echt übel benommen.« So *richtig* übel. »Kommt überhaupt nicht infrage, dass du seinetwegen ein schlechtes Gewissen hast.«

»Können wir einfach über dich reden?« Moss zwang sich zu einem Lächeln. »Wenigstens eine von uns hatte einen erfolgreichen Abend. Ich wusste, dass Archie auftaucht.«

»Nein, wusstest du nicht!«

»Okay, ich wusste es nicht. Aber ich freue mich so darüber.«

»Ich auch, Mossy. Aber …«

»Was? Komm schon. Das war ja wohl voll romantisch.«

»Es war *irre*. Auf positive Art. Aber … Archie und ich, wir müssen reden. Wir können nicht einfach so tun, als hätte es die letzten Monate nicht gegeben. Ich muss mich bei ihm entschuldigen.«

»Welpen sagen mehr als Worte.«

»Schön wär's!« Wir sahen uns einen Moment schweigend an, und dann angelten wir uns beide noch eine Scheibe Toast.

KAPITEL 2

»Bei Sechzehnjährigen ist das Gehirn noch nicht vollständig entwickelt, oder?«

Ryan Gosling

Es war acht Uhr morgens (was ziemlich früh war, weil wir erst vier Stunden zuvor ins Bett gefallen waren), und meine Mutter stand schon in der Küche. Sie hatte Gummihandschuhe an und einen unheilvollen Ausdruck im Gesicht, als Moss und ich nach unten kamen. »Du hast mir versprochen, dass die Küche wieder aufgeräumt ist, wenn ich sie sehe.«

»Es tut mir *wirklich* leid, Mum«, sagte ich und wischte mit dem Ärmel meines Bademantels ein paar Toastkrümel von der Küchentheke. »Wir dachten nicht, dass du schon so früh auf bist.«

»Tja, aber ich bin leider schon auf. Und ich glaube, das gehört dir?« Sie hielt ein schmutziges Blatt Papier hoch, das mit goldenem Marker vollgekritzelt war.

Ziele (für Elektra mit sechzehn – bitte ergänzen …)

1.

Nicht mehr so hässlich sein

Ich war ziemlich sicher, dass es Mossys Handschrift war. Ich hoffte es zumindest. Denn wenn es von ihr kam, war es witzig. Falls es von jemand anderem kam, war es ganz schön niederschmetternd.

2.

Die erstaunlichste Actionfilmheldin der Welt werden – und VERGISS MICH NICHT! Dann eine Rolle in einem Film bekommen, für den ich sogar bezahlen würde. Girls Club 3???

Dieselbe Schrift.

3.

Mehr Partys schmeißen

Das hatte ich vor, aber wahrscheinlich musste ich den Veranstaltungsort überdenken.

4.

… werden

Da standen ein paar unleserliche Buchstaben … Ich glaube jedenfalls, dass es Buchstaben waren. Ich probierte ungefähr zwölf verschiedene Kombinationen aus dem Slang-Wörterbuch aus, konnte das Rätsel aber nicht lösen – und es war wohl auch besser so.

5.

Nach Arizona ziehen und ein Kaktus werden

Das war unverschämt. Es gehörte sich nicht, auf einer Party aufzutauchen und der Gastgeberin zu sagen, sie solle in eine entlegene Gegend von Amerika ziehen und sich in eine stachelige Pflanze verwandeln.

6.

Nie wieder den Freund abservieren

7.

Sich vom Freund einen Hund schenken lassen

Ich hatte den Verdacht, dass Nummer 6 und 7 von Archie waren.

8.

Mit dem Freund Schluss machen und was mit dem heißen Filmkollegen anfangen – ruf mich an ;) ;) ;)

Wer mochte das wohl gewesen sein?

9.

^^LOL – war nur ein Witz!
Mir die Telefonnummer deiner heißen Freundin geben, die an meiner Schulter geheult hat

Nein, keinen Schimmer, wirklich nicht.

10.

Die Premiere des Streifens überleben, den die Kritiker schon jetzt als den schlechtesten Endzeitfilm der Welt bezeichnen

11.

DEINE PRÜFUNGEN BESTEHEN!!!

Hier war die Farbe noch nicht ganz trocken.

»Wo hast du das gefunden?«, fragte ich erschrocken.

»Auf der Wassermelone. Aufgespießt mit einem Essstäbchen. Wenn du vernünftig Ordnung gemacht hättest – wenn du auch nur *ein bisschen* Ordnung gemacht hättest –, hättest du es nicht übersehen.«

Ich nahm ihr den Zettel weg und las.

»Danke, Mum, dass du mich daran erinnerst, dass mir dieses Jahr Tod und Zerstörung bevorstehen«, sagte ich. Dabei hatte sie sich für ihre Verhältnisse zurückgehalten – normalerweise gab sie an, welche Mindestnoten sie erwartete.

Mein Telefon bellte. **Wie war es gestern?** Die Frage textete meine partybegeisterte Stiefgroßmutter Eulalie.

So gut, dass ich extrem in Ungnade gefallen bin.

Bravo, chérie! Ich liebte Eulalie. Wir waren einfach auf derselben Wellenlänge.

Und guck dir den mal an! Ich schickte ihr ein paar Bilder von Plog.

Oh, ich bin schon ganz verliebt! Archie hat ihn mitgebracht, non?

Du wusstest es?

Bien sûr!

»Bin ich eigentlich die Einzige in dieser Familie, die nichts von Plog wusste?«, fragte ich meine Mutter.

»Ja«, sagte Dad, der in dem Moment verschlafen hereinkam. »Und? Ist die Überraschung gelungen?« Er gähnte und machte erst mal Kaffee.

»Voll gelungen.« Ich musste auch gähnen. Es war ansteckend. »Wie war dein Geschäftsessen?«, fragte ich. Er hatte seine väterlichen Pflichten vernachlässigt und sich unter dem Vorwand, dass er bei diesem wichtigen Arbeitstermin nicht fehlen durfte, vor meiner Party gedrückt.

»Wenn ich mir die Küche so ansehe«, sagte er und breitete die Hände aus, »war es nicht so gut wie deine Party. Braucht ihr Kaffee?« Er brachte die Kanne zum Tisch. Ich fand eigentlich, dass die Küche inzwischen wieder ganz okay aussah.

»Du weißt, ich trinke keinen Kaffee«, sagte ich, während Moss eifrig nickte.

»Ich habe nicht gefragt, ob ihr Kaffee wollt, sondern ob ihr ihn *braucht*.« Er schenkte Moss eine Tasse ein und dann sich selbst. »Hast du Spaß gehabt, Moss?«

»Unheimlich«, sagte sie, und ihr stiegen die Tränen in die Augen.

»Ah«, machte er und gab Ruhe.

»Oh, Moss!« Meine Mutter kam sofort angelaufen. »Probleme mit deinem Freund?« Sie gab niemals Ruhe. »Hilft es dir vielleicht, wenn wir darüber reden?«

»Äh …«

»Ich glaube, wir müssen mal schnell mit Plog nach draußen«, sagte ich. Hauptsächlich, um Moss zu retten, aber auch, weil der Welpe gerade eifrig eine potenzielle Pinkelstelle in der Ecke erschnüffelte. »Wenn ich du wäre, würde ich nach Hause gehen«, meinte ich, als wir im Garten waren. »Es wird eine ganze Weile dauern, bis sie sich wieder abregt.«

Wir beobachteten meine Mutter durch die Fenster. Sie schwang ihren Wischmopp wie ein Lichtschwert.

»Aber ich will dich nicht im Stich lassen.«

»Geh einfach. Ist schon okay, die werden mich wohl nicht umbringen.« Ich hielt inne. »Aber könntest du sicherheitshalber in ein paar Stunden anrufen?«

»Wenn es zum Schlimmsten kommt, kann ich Plog dann erben?«

»Ja, aber ich will nicht, dass Torr sein Stiefvater wird.« Er hätte einen schlechten Einfluss auf meinen Hund. »Schreib ihm bloß nicht.«

»Auf keinen Fall«, sagte sie, ohne mir in die Augen zu sehen, und streichelte Plog zum Abschied.

Als Moss weg war, musste ich noch eine weitere Stunde wischen und schrubben, bevor ich mich endlich zum Frühstück an den Tisch setzen durfte. »Siehst du, ich habe dir doch gesagt, dass wir wieder Ordnung machen«, sagte ich.

»Als du *wir* gesagt hast, war mir nicht klar, dass du eigentlich *mich* damit gemeint hast«, sagte Mum. »Aber es stimmt, die Küche sieht fast wieder normal aus. Meinst du, hier stinkt es noch?«

»Nur nach Putzmittel«, entgegnete ich und legte meine Hand auf Plogs kleine Nase, damit ihn die ganze Sauberkeit nicht vergiftete.

»Ach, was soll's, wir wollen das hinter uns lassen«, sagte sie, und ich atmete erleichtert durch. »Aber es hat natürlich Konsequenzen.« Und schon hielt ich wieder die Luft an. »Was meinst du?« Sie sah Dad an. »Hausarrest?«

Er nickte. »Gute Idee.«

Mein Telefon bellte, und Plog erschrak (ich musste ihm das mit den Klingeltönen erklären, bevor er Bindungsprobleme bekam). Eine Nachricht von Carlo: **Das Mädchen von deiner Party mit dem Gesicht – mit DEM Gesicht –, kann ich ihre Nummer haben?**

Welches Mädchen mit welchem Gesicht? Ich wusste ganz genau, wen er meinte.

DAS GESICHT, ELEKTRA! Megahübsch, aber verheult. Oh, Carlo! **Ich glaube, sie hatte einen Pony? Jeans? Irgendein Top???** Er hatte wirklich eine ganz erstaunliche Beobachtungsgabe …

»Elektra? Kannst du mir erklären, warum in diesem Blumentopf ein Schuh steckt?«

»Warte kurz, Mum, ich muss eben mal Carlo antworten.«

»Carlo? Da gibt es ja wohl keine *Komplikationen*, oder?«

Es ging mir allmählich auf den Geist, immer wieder erklären zu müssen, dass zwischen mir und meinem Exfilmkollegen keine verborgenen Anziehungskräfte am Werk waren. »Nein.«

»Gut, ich mag Archie nämlich«, sagte meine Mutter, als wäre das der entscheidende Punkt. »Und es wäre verstörend für Plog.« Wie bitte? »Wir wollen doch nicht, dass du unter einer zerrütteten Familie zu leiden hast, nicht wahr?«, gurrte sie dem Welpen zu. Offensichtlich war der dünne Faden, der sie mit der Realität verband, endgültig gerissen.

Das Mädchen hat einen Namen, schrieb ich. **Den solltest du vielleicht VOR ihrer Nummer kennen.**

Irgendwas Komisches, antwortete Carlo. **Moor? Oder Most oder so?**

MOSS … und sie ist wirklich nett.

Und?

Zu nett für dich!

Ich war SO nett zu ihr.

Du meinst, du hast es ausgenutzt, dass sie einen schwachen Moment hatte?

Er widersprach mir nicht. **Hat sie einen Jungen?**

Einen Jungen? Das klingt, als würdest du fragen, ob sie ein Haustier hat! Kann sein. Schick ihr eine Freundschaftsanfrage. Gib dir ein bisschen Mühe.

Texten wäre besser.

Ich weiß nicht. Wenn du erst ihre Nummer hast …

Mein Telefon bellte wieder. **Es ist mir ernst! Ich mag sie.**

Du hast doch kaum mit ihr gesprochen.

Sie war cool. Sie hatte was.

Was denn?

Woher soll ich das wissen? Ich habe nicht so einen Draht zu meinen Emotionen. Er war echt ein hoffnungsloser Fall. Mein Telefon bellte wieder. **Aber ich mag sie wirklich!**

Interessant. Ich legte das Telefon zur Seite und nahm mir noch eine Scheibe Toast. »Bitte keinen Hausarrest! Mit sechzehn kriegt keiner mehr Hausarrest!«

»Vielleicht sollten wir fantasievoller sein«, meinte Dad.

»Hast du einen Vorschlag?«, fragte Mum fröhlich, als ginge es um ihre Urlaubspläne. »Oh, ihr Telefon?« Sie nahm es vom Tisch.

»Alles, nur nicht mein Telefon!«, bettelte ich. »Dann sterbe ich! Dann habe ich kein Leben mehr.«

»Dein gesellschaftliches Leben würde es sicherlich überstehen«, sagte Mum. »Man kann ja immer noch persönlich kommunizieren.«

»Nein. Ich könnte *tatsächlich* sterben. Ich meine, ich könnte überfallen oder entführt werden oder … es könnte eine Alieninvasion geben!« Diese Dinge bereiteten meiner Mutter ernsthafte Sorgen. »Wie soll ich dann Hilfe rufen? Wie soll ich euch informieren?«

»Du würdest es überleben.«

Was? Ausgerechnet in diesem Moment hatte sie beschlossen, zur Vernunft zu kommen? Das war nicht gut. Wurde sie jetzt etwa eine von diesen Müttern, die ihren Kindern die Schnürsenkel zubinden, bis sie sechzehn sind, und sie dann, ausgestattet mit einem veralteten Backpacker-Reiseführer, allein nach Kolumbien reisen lassen?

Mein Telefon bellte. Mama guckte auf das Display und las vor: »Ich bin keine fünf Minuten von dir entfernt.«

Für mich gab es nur eins, das noch schlimmer war, als mein Telefon nicht zu haben: dass meine Mutter es hatte – vor allem, weil die Nachricht aller Wahrscheinlichkeit nach von Archie war. Ich wollte es mir schnappen, war aber nicht schnell genug.

»Wie läuft's mit der Reinigungsaktion?«, las Mum weiter vor. »Hast du die Flecken aus den Vorhängen gekriegt? Meinst du, ich darf mal vorbeikommen, oder sind sie noch sauer? Ich fürchte, ich habe gestern meinen Ruf als perfekter Freund beschädigt.« *Aufhören! Bitte!* »Wie einsichtig von ihm«, kommentierte Mum trocken.

»*Bitte*, ich flehe dich an, gib mir mein Telefon zurück! Ihr könnt mich zu Hause einsperren, so lange ihr wollt, wenn ich mein Telefon zurückbekomme. Dad?« Warum hatte *er* eigentlich keinen Ärger? Er war megaspät nach Hause gekommen. »Lasst doch ein bisschen Gnade walten! Ich werde auch arbeiten wie eine Sklavin. Ich werde noch mehr lernen.« Mum ließ das Telefon langsam sinken. »Ich werde … die Vorhänge waschen?« Wahrscheinlich würde ich es nicht tun, aber ich war verzweifelt. »Und darf Archie *bitte* vorbeikommen?« Das Telefon lag wieder auf dem Tisch, und ich griff schnell danach. »Er muss am Dienstag schon zurück nach Transsilvanien.« Ich wollte Archie nicht nur sehen, ich *musste* ihn sehen.

»Dann hat er ja allen Grund, Zeit mit seiner Familie zu verbringen.«

»*Ach menno!*«

»Okay, okay, sieh mich nicht so an. Archie darf vorbeikommen, aber das war's dann auch. Danach wirst du hier bis zum Ende des Monats in klösterlicher Abgeschiedenheit leben.« Damit drehte sie sich um und ging die Vorhänge kontrollieren.

Archie schnippte einen Zigarettenstummel von der kleinen Mauer in unserem Garten, bevor wir uns hinsetzten. Ein wertvoller Beitrag zu den Aufräumarbeiten.

Ich fröstelte. Er zog seine Jacke aus, und während ich mich schon auf einen weiteren Liebesfilmmoment freute, legte er sie Plog um.

Hm, ein großartiger Liebesfilm, wenn der Hund dem Helden wichtiger ist als die Angebetete …

»Was?« Archie schmiegte sich an mich. Das war schon besser. »Er sah etwas verfroren aus.«

»Und ich nicht?«

»Er ist viel kleiner als du!«

»Aber er hat *Fell.*« Weil Oktober war und meine Beine gut in meiner Jeans versteckt waren, hatte ich zwar auch eine Menge Fell, aber das musste Archie nicht wissen.

»Du bist doch nicht ernsthaft eifersüchtig auf den Hund?« Archie lachte.

»Es tut mir so leid«, stieß ich nach einer kurzen Pause hervor.

»Du *bist* eifersüchtig auf Plog!« Es war ein halbherziger Witz. Wir waren beide angespannt.

»Wir müssen reden.« Oh Gott, jetzt hatte ich es gesagt. Ich klang wie meine Mutter. Ich brannte nicht gerade darauf, ein Problemgespräch zu führen – ich *hasste* Problemgespräche –, aber inzwischen war es viel schlimmer für mich, dieses spezielle Gespräch nicht in Angriff zu nehmen.

»Sag das nicht so, als wolltest du mit mir Schluss machen … mal wieder.« Archie widmete Plog immer noch seine ganze Aufmerksamkeit. »Oder willst du das etwa?«

»Nein!« Das wollte ich nun wirklich nicht. »Ich will es dir erklären.«

»Das musst du nicht.« Er hörte auf, Plog zu streicheln, und verschränkte seine Finger mit meinen. »Ich verstehe, warum du so reagiert hast.« Er verstand es? »Ich habe es wirklich verbockt.« Nein, er verstand es nicht. Das Gespräch wurde also noch übler, als ich gedacht hatte. »Du hattest viel um die Ohren. *Raw* wurde mehrmals umgeschrieben, und Straker musste sterben und … Digby. Ich habe wirklich ein schlechtes Gewissen, weil ich nicht da war. Es tut mir leid, Elektra.«

»Du konntest nicht da sein.« Niemand konnte einfach so vom Set verschwinden, nur weil der Hund der Freundin gestorben war, auch wenn es sich um einen so fantastischen Hund wie Digby handelte. Selbst wenn die Freundin gestorben wäre, wäre es kritisch gewesen. Archie/Tibor Snoloky war in Transsilvanien gebraucht worden – und wurde immer noch gebraucht. Er hatte Vampire zu jagen und wurde von der BBC dafür bezahlt.

»Ich hätte öfter anrufen und schreiben sollen und –«

»Nein«, unterbrach ich ihn. »Das war doch gar nicht der Grund.«

»Hä? Was war nicht der Grund? Warum?«

»Ich habe nicht mit dir Schluss gemacht, weil ich dachte, dass du mir nicht genug Aufmerksamkeit schenkst. Ich dachte ... Ich dachte, du hättest mich betrogen.« Das sagte ich ganz leise, aber er hörte es. Jetzt wurde er bestimmt wütend. Oder sauer. Oder wütend *und* sauer. Er rutschte ein Stück von mir weg und starrte mich an. Es gab eine lange Pause. Ich versuchte, seine Gedanken zu lesen.

»*Wie bitte?*«, sagte er schließlich entgeistert.

»Ich dachte –«

»Du *Idiotin!*« Unter diesen Umständen ließ ich ihm das durchgehen. »Mit wem denn?«

»Poppy Leadley«, entgegnete ich mit gesenktem Kopf. Poppy Leadley, das wunderschöne Mädchen, das Archies Herz erobert. Aber nur im Drehbuch und nicht im wirklichen Leben, wie mir viel zu spät klar geworden war.

»Was zum ...? *Warum?* Wie bist du denn auf *die* Idee gekommen?«

Ich hatte zwei Möglichkeiten: weglaufen oder versuchen, es ihm zu erklären. »Durch *The Bizz*. Die haben geschrieben, dass ihr ›ein fantastisches Vampirjäger-Paar‹ seid, du und Poppy.« Ich hätte den ganzen Post auswendig aufsagen können.

»*The Bizz?*« Er lächelte, aber es sah eher wie eine Grimasse aus. »Du glaubst, was die schreiben?«

»Sie haben es mehrmals geschrieben, immer wieder … Es war sehr überzeugend. Und es gab Fotos von euch beiden … Ihr hattet anscheinend Spaß.«

Er sah mich an, als wäre ich verrückt geworden. »Ja und? Wir sind Kumpel. Und sie ist mit Izzy von der Kostümabteilung zusammen.«

»Inzwischen weiß ich das. *The Bizz* hat letztendlich alles aufgeklärt.«

»Deine Paranoia hat also aufgehört, weil du auf dieser grauenhaften Internet-Klatschseite gelesen hast, dass Poppy lesbisch ist?« Ich ließ den Kopf hängen. »Das ist ziemlich …« Er verstummte.

»Wenn sie eine Freundin hat, dachte ich, dann hat sie wahrscheinlich … nichts mit dir«, sagte ich kleinlaut.

»Ich bitte dich, Elektra, du hättest dir keinen Kopf darum machen müssen, ob Poppy mit jemandem zusammen ist oder nicht. *Ich* war *mit dir* zusammen. Ich *bin* mit dir zusammen. Bin ich doch, oder?« Ich nickte eifrig. »Warum hast du *mich* nicht gefragt, ob es stimmt?«

Eine naheliegende Frage – und ich hatte keine vernünftige Antwort darauf. »Ich wusste nicht, wie ich das anstellen soll, und jeder hat mir gesagt, dass da garantiert was läuft.

Und … ich war *verunsichert.*« Das war noch milde ausgedrückt.

»Jeder? Wer denn? Carlo?«

»Sam und Amber auch.«

»Du hast mit *Sam Gross* und *Amber Leigh* über meine angebliche Affäre gesprochen?«

Und mit fast allen anderen Schauspielern und der gesamten Crew. »Es kam halt irgendwann zur Sprache«, sagte ich nur.

»Ich weiß nicht, ob ich entsetzt oder geschmeichelt sein soll. Dir haben also zwei Filmstars geraten, mit mir Schluss zu machen, weil …?«

»Weil am Set immer irgendwas läuft und Fernbeziehungen nicht funktionieren. Das haben sie jedenfalls gesagt, und ich dachte, die zwei müssen es ja wissen.« Sam und Amber konnten beide auf einen reichen Erfahrungsschatz zurückgreifen – schließlich führten sie selbst eine lange On-off-Beziehung, auf der Leinwand wie auch privat.

»Außerdem habe ich gar nicht richtig mit dir Schluss gemacht. Ich habe gesagt, wir sollten warten, bis du wieder in London bist –«

»Du *hast* mit mir Schluss gemacht, Elektra.«

»Du hast es zugelassen.« Ich konnte ihm immer noch nicht in die Augen sehen.

»Ich habe dir so oft geschrieben, so viele Nachrichten geschickt, und du hast nicht reagiert. Ich habe dich sogar *angerufen.*« Echte Kommunikation per Telefon war total schwierig.

»Weil ich dachte, du gehst fremd.« Und weil ich monatelang hatte zusehen müssen, wie Moss *nicht* mit Torr Schluss gemacht hatte, obwohl sie es längst hätte tun sollen. »Und weil ich komplett durcheinander war ... mehr wegen Digby als wegen allem anderen.«

»Mehr wegen Digby als wegen des Schlussmachens?«

»Klingt blöd, hm?« Archie gab keine Antwort. »Aber es ist halt so, dass wir noch nicht so viel zusammen waren – also, in echt, meine ich, zusammen am selben Ort. Und ich und Digby, wir waren praktisch unzertrennlich. Aber jetzt sollte ich besser aufhören, oder?«

»Solange ich mit dir zusammen bin, bekommt mein Ego garantiert keinen Höhenflug«, sagte Archie, und diesmal war sein Lächeln echt. »Ich muss mir mehr Mühe geben, ein würdiger Ersatz für Digby zu sein.«

»Dafür habe ich ja jetzt Plog. Ich bin total verliebt in ihn.«

Archie seufzte theatralisch. »Okay, ich akzeptiere meinen niederen Rang in deinem Leben hinter Digby und Plog. Sonst noch jemand?«

»Äh, Moss?«

»Und hinter Moss.« Er beugte sich zu mir. »Aber jetzt solltest du wirklich aufhören zu reden.«

Ich war hundertprozentig damit einverstanden, nicht mehr zu reden, aber vorher musste ich es noch ein Mal sagen, damit er wusste, dass es wirklich ehrlich gemeint war. »Es tut mir echt leid, Archie.«

Sweet ♥ Pop!

Waage 23.9.–22.10.

Beruf
Ein schwieriges Projekt ist fast beendet (aber denk nicht, du hättest schon alles hinter dir), und es liegen bereits neue große Herausforderungen vor dir. Fragen werden dir gestellt – es gibt richtige Antworten, aber vielleicht kennst du sie noch nicht. Versuch nicht, dich herauszureden; damit kommst du nicht durch. Hab Selbstvertrauen!

Liebe
Wegen der Verbindung von Venus, deinem Planetenherrscher, und Neptun, dem Planeten der Fantasie, hast du stürmische Zeiten hinter dir. Du hast große Träume, und die Sterne stehen günstig für die Liebe. Komm dir nicht selbst in die Quere …

Wenn du heute Geburtstag hast
Das ist möglicherweise ein lebensveränderndes Jahr für dich, doch nicht alles ist rosig. Du versuchst, deine innere Mitte zu finden, was nicht immer gelingt. Herausforderungen erwachsen aus dem Bekannten, aus dem Unbekannten, aus dem Realen, dem weniger Realen und dem Surrealen. Du kannst die Zukunft weder voraussehen noch kontrollieren. Jetzt ist deine Anpassungsfähigkeit gefragt.

Das Star-Horoskop der Woche!

Amber Leigh (35)

Aktuell ist sie wieder in Sam Gross verliebt, ihren Partner in dem Film Raw, und es wird ein aufregendes Jahr für Amber. Wir haben die Sterne befragt, ob die beiden Filmstars womöglich noch dieses Jahr heiraten, und die Antwort war: vielleicht, vielleicht auch nicht …

♥♥♥

Promi der Woche: Georgie Dunn (dreht zurzeit die Regency-Serie Fortuneswell)

- ♥ Sie liebt Cronuts und ist TOTAL verknallt in Sam Gross (verstehen wir nur zu gut, G!).
- ♥ Sie hat noch **nie** betrogen … beim Spielen.
- ♥ Sie mag Pretty Little Liars lieber als Poldark.
- ♥ Ihre Make-up-Lieblingsmarke ist Glow Box (Gratisprobe siehe Rückseite!).

Expromi der Woche ist Maisie Moon (17), die uns erst vor zwei Jahren als trotziger Teenie in dem Riesenhit Hopeless das Herz gestohlen hat. Kürzlich wurde sie als Kartenabreißerin im Kino gesehen. Freut uns, dass du noch im Filmgeschäft bist, Maisie!

Von: Stella, Agentur Haden

Datum: 16. Oktober 12:11

An: Elektra James

Cc: Julia James; Charlie, Agentur Haden

Betreff: *Raw:* Kinostart und Produktionsmeeting

Liebe Elektra,

ich habe gerade die Bestätigung für den Kinostart von *Raw* bekommen! Er ist am **25. März.** Ich weiß, das ist noch lange hin – erst nächstes Jahr –, aber der Tag kommt schneller, als du denkst!

Im Vorfeld werden viele aufregende Dinge passieren, und die Produzenten haben ein Meeting zur Planung der Werbekampagne mit einigen Hauptdarstellern und weiteren wichtigen Akteuren angesetzt. Weil die Dreharbeiten noch andauern (!), findet es am Samstag, dem 24. Oktober, um 11 Uhr in den Fairmount Studios statt.

Stella x

PS: Herzlichen Glückwunsch zum Geburtstag nachträglich! Ich werde versuchen, als verspätetes Geschenk ein hübsches Casting für dich zu finden – ich weiß, du sitzt jetzt schon eine Weile auf dem Trockenen …

Noch

162

Tage …

TheBizz.com

News mit Biss aus dem Showbiz …

22. Oktober

Aufgepasst, Leute, unsere Spione haben uns gesteckt, dass in den Fairmount Studios auf Tonbühne A die Kulissen abgebaut werden, denn die *Raw*-Dreharbeiten müssen dem nächsten Bond-Film *Skeleton Island* weichen. Na los, ihr Souvenirjäger! Will jemand eine Styroporhöhle haben? Oder seltsame Holzschnitzereien, bei denen es sich vermutlich um Erzeugnisse kultureller Aneignung handelt? Nein? Nein. Letzte Szenen und Nachdrehs – und davon wird es bei dieser mühsamen Produktion *einige* geben – werden in einem kleineren Studio gemacht, aber die Postproduktion läuft bereits. Endzeitstimmung, vielleicht in mehrfacher Hinsicht – steuert Havelski etwa auf seinen ersten großen Flop zu? Und wie schlecht ist schlecht? SCHLECHT? Wir haben sogar munkeln gehört, der Film werde direkt auf DVD erscheinen und gar nicht erst in die Kinos kommen. 😧 😧 😧 😧 😧 😧

Wir sind ziemlich sicher, dass die Mehrheit der Schauspieler und der Crew von *Raw* es nicht erwarten kann, endlich für neue Projekte frei zu sein – AAABER für einige ist es ein bittersüßer Abschied: Was wird nun aus Sam Gross und Amber Leigh, dem beliebten Endzeitpaar? Ist es wahre Liebe? Läuft es auch nach den Dreharbeiten weiter rund bei den beiden? Nun, vorläufig sieht es gut aus, das müssen selbst wir Zyniker zugeben. Samber wurden gestern in Londons modernstem und teuerstem Fitnessstudio bei schweißtreibendem Training gesichtet, und es heißt ja, dass ein Paar, das zusammen schwitzt, auch zusammenbleibt. Besser gesagt, dass die *Familie*, die zusammen schwitzt, auch zusammenbleibt – denn wir haben außerdem vier winzige Pfoten trippeln hören. Kale, der kleine Hund von Amber, hat hart auf seinem eigenen Mini-Laufband trainiert.

Putzig, oder?

★

KAPITEL 3

»Egomanie und Narzissmus sind ständig lauernde Gefahren.«

Colin Firth

»Elektra James, du hast mir gefehlt!«

Produktionsassistent Eddie holte mich am Eingangstor der Studios ab. »Du mir auch!« Ich befreite mich aus seiner Umarmung, weil sich sein Clipboard in meine Schulter bohrte. »Es ist so schön, wieder hier zu sein!« Ich hielt die Nase in die gute Fairmounter Luft und schnupperte. Manch einer hätte wahrscheinlich gesagt, dass sie genauso roch wie die Luft überall in London, aber ich hätte schwören können, dass ein Hauch von Hollywood über das Gelände wehte. Ich geriet ins Träumen und stellte mir vor, dass Straker wieder zum Leben erweckt worden war (es wäre nicht das verrückteste Element im Handlungsablauf gewesen) und ich schnell in die Maske gebracht und mit Keksen und Klatschgeschichten (seufz) gefüttert würde – und dann zur Kostümabteilung und dann zum Set (seufz) und dann …

»Elektra?« Eddie schnippte mit den Fingern und riss mich aus meinem Tagtraum. »Ich habe mir den Plan für heute angesehen.« Ich war ziemlich sicher, dass er den Plan *auswendig gelernt* hatte. »Wir müssen um exakt zehn Uhr dreiundfünfzig in den Produktionsbüros bei Bühne A sein.« Er war ein großer Fan von präzisem Timing. »Das Meeting fängt pünktlich um elf an.« Tja, ich war leider nicht zum Filmen hergekommen, sondern wegen einer Besprechung zum Thema *Pre-Release Publicity* – was auch immer das zu bedeuten hatte. »Am besten nehmen wir einen Buggy.« Eddie ging zu den ordentlich in einer Reihe neben dem Pförtnerhaus abgestellten Elektro-Golfwagen mit Fairmount-Studios-Logo.

»Können wir so richtig schnell fahren?«, fragte ich wie eine Fünfjährige. Ich hatte schöne Erinnerungen an illegale Buggyrennen auf der Godzilla Avenue mit Carlo und ein paar geschwindigkeitsverrückten Technikern. Mir fehlten die Buggys. Mir fehlten die albernen Rennen. Mir fehlten sogar die Straßennamen.

»Ich denke, wir sollten die erlaubte Höchstgeschwindigkeit nicht überschreiten.« Erlaubt waren acht Kilometer in der Stunde. Eddie erinnerte mich schrecklich an meine Mutter.

»Stopp!«, rief ich, kurz nachdem wir losgefahren waren. Eddie machte einen kleinen erschrockenen Schlenker und hielt an. »Entschuldige, aber da ist Dan.« Ich sprang aus dem Wagen und ging meinen Lieblingstonmann umarmen. Er hatte mir *wahnsinnig* gefehlt.

»Elektra James! Bist du gekommen, um die Klippenwand einstürzen zu sehen?« Diese Felswand war das größte Bauteil der *Raw*-Kulissen. Sie hinaufzuklettern (okay, einen Meter davon mit Auffanggurt und Netz) war eine meiner stolzesten Leistungen.

»Was? Warum? Gibt es eine überraschende Wendung? Noch eine Naturkatastrophe?«

Dan lachte. »Nein – sie wird heute abgebaut. Da drin steht nur noch die Hälfte der *Raw*-Welt.« Er zeigte auf das große Tor von Tonbühne A. »Willst du mal gucken?«

»Unbedingt.« In diesem Studio hatte ich die verrücktesten, schrecklichsten und großartigsten Momente meines Lebens erlebt. Die Kulissenbauer hatten dort eine ganze Welt erschaffen, mit »Felsen« und »Wäldern« und »Flüssen« und »Höhlen« (was gut war, denn alle angekündigten Außendrehs waren geplatzt). Mir *fehlte* diese Welt. Jetzt reiß dich zusammen, Elektra, dachte ich.

»Sorry, keine Zeit, keine Zeit, wir kommen zu spät«, sagte Eddie zu Dan und startete den Elektromotor des Buggys. Es hörte sich irgendwie an, als würden wir mit einer ziemlich wütenden Nähmaschine durch die Gegend sausen. »Wir müssen schneller fahren.«

»Ja, lass uns verrückt sein«, sagte ich und beobachtete auf dem Tacho, wie die Geschwindigkeit über elf Kilometer in der Stunde stieg. Verrückt.

»Hey, E, ich war vor dir da!« Carlo drehte noch und hatte zu Fuß nur fünf Minuten für den Weg in den Konferenzraum gebraucht. Und ich hatte vor meiner kleinen Buggyfahrt schon anderthalb Stunden in einem Taxi zugebracht, in dem es nach Kotze und Duftbaum gerochen hatte. Ich sah mir Carlos »blutverschmiertes« Gesicht an. »Ärger mit den Terras?«

»Nein, mit den gruseligen Wolfswesen, deinen alten Freunden.«

»Du siehst furchtbar aus.« Obwohl ich mittlerweile oft genug mit Kunstblut zu tun gehabt hatte, konnte ich den Anblick immer noch nicht ertragen.

Carlo zuckte mit den Schultern. »Wenn ich es abwische, muss ich noch mal eine Stunde in die Maske, und ich habe schon alle Zeitschriften gelesen. Ich weiß jetzt alles über die Kandidaten von *Love Island* und die Krise in Nordkorea.« Am Set bekam man wirklich eine gute Allgemeinbildung. »Und? Was gibt's Neues? Hast du deine Haftstrafe abgesessen?«

»Nein, ich hab immer noch Hausarrest.« Er lachte, obwohl es wirklich nicht witzig war. Denn wenn ich nicht zu Hause hockte, dann war ich in der Schule. Selbst wenn Archie nicht wieder nach Transsilvanien gereist wäre, hätte ich ihn nicht sehen dürfen. Finstere Zeiten. »Ich bin so neidisch, dass du immer noch drehst.«

»Aber damit ist bald Schluss. Mein Agent hat schon ein paar richtig gute Angebote in der Pipeline.« Oh. Meine Agentin hatte keine. Nachdem Straker hatte sterben müssen, hatte ich nur ein erfolgloses Casting für eine Rolle als Dienstmädchen in der Tudorzeit und das Angebot für einen Zwei-Minuten-Auftritt in einem Kriminaldrama gehabt, das aus unbekannten Gründen wieder zurückgezogen worden war. »Übrigens, deine Freundin Moss hat meine Freundschaftsanfrage nicht angenommen.«

Das überraschte mich nicht. Moss war viel zu beschäftigt damit, über ihre halb tote Geschichte mit Torr nachzugrübeln, um über etwas anderes nachzudenken oder zu reden. Das war schon nicht mehr gesund. »Und wenn du sie zurückziehst und noch mal schickst?«

»Ein bisschen Würde will ich mir wenigstens bewahren. Außerdem … habe ich das schon probiert.« Er wirkte ratlos. »Ich bin es nicht gewohnt, ignoriert zu werden.«

Ich zuckte mit den Schultern. »Es tut dir gut.« Wenn Moss die Absicht gehabt hätte, sich für Carlo interessant zu machen, hätte sie es nicht besser anstellen können. Ich sah mir die vielen fremden Anzugträger an, die in den Ecken des mit mehreren Stuhlreihen bestückten Raums zusammenstanden und in gedämpftem Ton miteinander redeten. Ich weiß nicht, was ich erwartet hatte (es war ja nicht so, dass ich oft zu solchen Meetings ging), aber die Leute machten alle einen sehr ernsten Eindruck. Ich hörte Gesprächsfetzen wie »frühe Warnsignale …« oder »enttäuschende Prognosen …«. Die Stimmung war nicht gut.

»Carlo?«, sagte ich leise. »Hast du heute *The Bizz* gelesen?«

Bevor er mir antworten konnte, kamen Havelski und Ahmed, gefolgt von Sam und Amber (die Kale, ihren energiegeladenen Zwergspitz, unter dem Arm hatte), zur Tür herein. Samber trugen Daunenmäntel über ihren Kostümen, und ihre Gesichter waren mit Matsch beschmiert. Das war schon besser. Es gab einen Riesenwirbel und eine Menge Umarmungen. Ich hatte sie seit meinem letzten Tag am Set nicht mehr gesehen – bis auf Havelski, den ich immer wieder im Hintergrund entdeckte, wenn ich mit Eulalie per FaceTime videochattete. (Dass dieses ungleiche Paar sich gefunden hatte, war allein mein Verdienst!)

Ein Mann, den ich von dem allerersten Treffen mit den Leuten von Panda Productions kannte, ging nach vorn und räusperte sich geräuschvoll. Ich ließ mich auf den nächstbesten Stuhl fallen und landete zwischen Amber und jemandem, der sich mir im Flüsterton mit starkem amerikanischem Akzent als »Bob der Anwalt« vorstellte. Ich wusste nicht, warum ein Anwalt anwesend war, aber es war nicht gerade beruhigend. »Kann mal jemand das Flipchart nach vorn bringen?« Irgendeiner tat ihm den Gefallen. »Und etwas Wasser? Und einen Edding? Nein, nein, nicht den pinkfarbenen ...« Nach einigem Hin und Her war er endlich bereit loszulegen. »Also. Ich bin Pete. Und unser leitender Produzent Jonathan Martin ist heute auch hier.« Er deutete auf einen großen Kerl in der ersten Reihe. »Und ein paar wichtige Leute von Personality PR sind gekommen, die uns – insbesondere die Schauspieler – bei der Werbung unterstützen werden.« Er zeigte auf eine knallbunt angezogene Frau (es waren Farben dabei, von denen ich nicht mal gewusst hatte, dass es sie gab) und einen kleinen Mann, der ziemlich nervös wirkte und von oben bis unten in Cord gekleidet war. »Und natürlich haben wir ganz viele fähige Leute hier im Raum.« Er breitete die Hände aus.

»Die sich alle schon kennen«, fiel Jonathan ihm ins Wort und schaute demonstrativ auf seine Uhr. »Bevor wir anfangen ...« Er blickte in die Runde und wartete, bis es still wurde. »*Keine Skandale,* Leute! Wer Mist baut, wird rausgeschnitten!« Alle erschauderten. »Das machen wir sogar noch im letzten Moment, wenn es sein muss.« Als er sich setzte, herrschte Schweigen im Saal.

»Genau. Absolut.« Pete nahm einen neuen Anlauf. »Dann wollen wir jetzt über die Werbung reden.« ***#RawDerFilm – ein echter Umhauer*** schrieb er in großen (lila) Buchstaben auf sein Flipchart.

Stille.

»Den Slogan sollten wir vielleicht noch mal überdenken«, sagte Havelski schließlich. »Obwohl ich sagen muss, dass er *mich* total umgehauen hat.«

»Hahahaha.« Pete schien nicht zu merken, dass er der Einzige war, der lachte. »Witziger Kerl, unser Sergei! Hahahaha.« Er schrieb weiter.

Stolz auf das geschaffene Kunstwerk! Vertrauen in den Filminhalt! »Das ist wichtig.« Pete tippte energisch mit seinem Marker auf jedes einzelne Wort, und das ganze Flipchart wackelte. »Ihr habt einen *großartigen Film* gemacht.« Hatten wir? Man spürte die Anspannung im Raum. »Ihr habt einen *ganzen Film* gemacht.« Ahmed hustete, und Pete korrigierte sich. »Okay, ihr habt *fast einen ganzen Film* gemacht. Ihr solltet euch jetzt mal kräftig selbst applaudieren!« Nichts geschah. Kale kläffte begeistert, aber selbst er wurde still, als sonst keiner mitmachte. »Kommt schon, ihr müsst euch gegenseitig den Rücken stärken! Was meinen Sie, Sergei?«

»Also, ich meine«, antwortete Havelski mit seinem unverkennbaren Akzent, »dass das hier schneller gehen muss, weil ich noch eine Menge Arbeit habe. Abgesehen davon spielt es keine Rolle, was ich meine. Und im Augenblick spielt es auch keine Rolle, was irgendjemand im Internet oder sonst wo schreibt. Dieser Film *wird* in die Kinos kommen, und es zählt einzig und allein, was der zahlende Zuschauer denkt.« Und was *die* zahlende Zuschauer*in* dachte, war ihm wurscht? Kein gutes Zeichen. »Also. Warten wir es ab. Die Zukunft ist ungewiss.« Er machte wieder einen auf geheimnisvolle Sphinx. »Und wenn *Raw* mich nicht mehr braucht, werde ich wegfliegen – ganz weit weg – und mir einen langen Luxusurlaub mit meiner Traumfrau gönnen.« Er zwinkerte mir zu, und ich merkte, dass Bob der Anwalt aufhorchte und unruhig wurde. »Am Strand. Sonne, Bikinis, Cocktails …« Jetzt wurde Bobs Atem schwerer, und er griff sich an die Brust. Ich nahm mir vor, mit Eulalie zum Bikini-Shopping zu gehen.

Pete zückte wieder seinen Marker. ***Nutzen aus dem Gerede ziehen*** schrieb er und unterstrich es dreimal.

»Sorry, sorry, sorry.« Ein stämmiger Produktionshelfer mit Cargohose und einem großen Fuß aus »Stein« (Styropor) unter dem Arm stand in der Tür. Ich konnte mich nicht an seinen Namen erinnern, aber ich kannte ihn und winkte ihm fröhlich zu, bis mir wieder einfiel, wo ich war. »Entschuldigen Sie die Störung!« Er grinste mich kurz an und redete weiter: »Wir müssen uns Ahmed mal für einen Moment ausleihen. Wir haben versehentlich die Statue des Warri-Gottes geschrottet, die beim Nachdreh von Szene siebenunddreißig im Hintergrund …«

Ahmed stand auf und entschuldigte sich hundertmal auf dem Weg durch die ganze Reihe bis zur Tür. Er machte keinen glücklichen Eindruck. Havelski auch nicht.

»Nutzen aus dem Gerede ziehen.« Pete seufzte. Er war mit seiner Weisheit am Ende. »Fiona, du kannst uns wahrscheinlich am besten erklären, wie wir die Leute dazu bringen, sich den Film anzusehen.«

Die bunt gekleidete Frau bahnte sich einen Weg nach vorn. »Hey!« Sie winkte uns peppig-dynamisch zu, und ihre stylischen Statementketten schwangen hin und her. »Ich bin Fionaaa. Ich arbeite für die Agentur Personality PR in Sohooo. Wir von PPR entwickeln die Art von Publicity, die unsere angestrebte Ziiielgruppe huuundertprozentig auf der bewussten und unbewussten Ebene erreicht, okaaay?«

Sam zog einen Flachmann hervor (für den die tiefen Taschen in seinem silbergrauen, mit Federn verzierten, blutverschmierten, zerrissenen Warri-Anführer-Umhang ursprünglich wohl nicht vorgesehen gewesen waren). »Unser Ziel ist es, eine Kampagne zu kreiiieren, die den Konsumenten richtig zu Herzen geht, indem sie sich die moraaalischen und soziaaalen Probleme der modernen Gesellschaft zunutze macht.« Sam nahm einen Schluck und reichte das Fläschchen an Havelski weiter. »In achtzig Jahren, wenn der Vorhang des einundzwanzigsten Jahrhunderts fällt, werden die Hundertjährigen mit ihren Wolldecken in ihren kleinen Schaukelstühlen am Kamiiin sitzen und sich an diiiesen Film erinnern …«

»In erster Linie müssen wir Profit machen«, warf Jonathan der Produzent ein. »Ihr habt die ganze Kohle ausgegeben, und jetzt müssen wir sie wieder reinholen.« Er schenkte Havelski ein boshaftes Lächeln. Der nahm noch einen Schluck, bevor er Sam den Flachmann zurückgab. Dummerweise wurde er unterwegs von Amber konfisziert, die die beiden giftig ansah. »Der Trailer kommt bald und wird uns hoffentlich positive Reaktionen im Internet bescheren, sodass wir diese Kampagne auf Kurs bringen können – *wieder* auf Kurs. Und ihr …« (Hatte er jetzt unsere Reihe im Visier?) »Ihr müsst auch ordentlich reinhauen. Wir haben ein umfangreiches Werbepaket geschnürt. Je schneller jeder weiß, was er zu tun hat, und damit anfängt, es zu tun, desto besser.«

»Absoluuut, ja! Freddy, Daaarling?« Fiona winkte dem nervösen Cord-Typen zu. »Wärst du so lieb und würdest bitte Kopien von den Informationsblättern machen? *Sofort!*« Freddy war nicht schnell genug aufgesprungen. »Und während wir *warten*«, sie sah uns alle an, »würden wir gern eure Meinung hören, ja?«

»Äh … Es ist schon elf Uhr dreiundvierzig«, sagte Eddie angespannt, erinnerte sich aber gleich an seinen Platz in der Hierarchie und setzte sich wieder.

»Machen wir ein Brainstorming, jaaa?« Fiona breitete enthusiastisch die Arme aus. »Einfach mal ins Blaue hinein!«

»Meiner Erfahrung nach«, meldete sich Amber zu Wort, »stehen wir das, was vor uns liegt, am besten durch, wenn wir den Marketingprozess an sich als spirituelle Entdeckungsreise sehen.«

»Tolle Idee.« Jonathan lächelte verkniffen. »Solange das, was wir am Ende entdecken, Rekordeinnahmen an den Kinokassen sind!« Er war schrecklich. »Lass uns bitte auf die Werbemaßnahmen zurückkommen, Fiona – da gibt es nicht so viele spirituelle oder wahrhaftige Entdeckungen, die uns aufhalten können.«

Innerhalb von Minuten wurde ein Stapel noch warmer Kopien unter den Anwesenden herumgereicht wie Physik-Arbeitsblätter (wenn der Physiklehrer einen bittet, »ein Exemplar zu nehmen und den Rest an den Star zur Rechten weiterzugeben«). *Arbeit mit den traditionellen Pressemedien, Erreichen wichtiger Influencer, Nutzung von Social Media …*

»Durch diese Informationen«, sagte Fiona, »bekommt ihr hoffentlich eine Vooorstellung von der Rundumstrategie, die wiiir bei PPR entwickelt haben, damit diiieser Film Beachtung findet.« Ich blätterte ein bisschen. Werbung war anscheinend nicht so eine lockere Sache, wie ich gedacht hatte. Das Infopaket war der Hammer. Es bestand aus mehreren Seiten, und das meiste davon verstand ich nicht (genau wie bei einem Physik-Arbeitsblatt). *Teaser und Trailer, Verfolgen der öffentlichen Reaktion, Rundfunkmedien …* Fiona fuhr enthusiastisch fort: »Wir werden auf unsere Stärken setzen, auf die bewährte Power unserer Stars, auf die wir uns verlassen können.« Sie lächelte Sam und Amber an. »Sam kann beispielsweise auf die Actionelemente des Films aufmerksam machen, ohne seine dunkle und fesselnde persönliche Reise auszuklammern.«

»Ich soll also über meine Entziehungskur berichten?« Sam klang nicht überrascht.

»Nur wenn es öffentliches Mitgefühl und Umsatz bringt!«, entgegnete Fiona pfiffig. »Sonst noch jemand mit einer tragischen persönlichen Geschichte? Nein?« Jonathan funkelte sie wütend an. Havelski auch. »Nein.«

»Was ist ›sexy Feminismus‹?«, fragte Amber lesend. »Und warum soll ich mit *Cosmopolitan* darüber reden?«

»Weil du perfekt dafür geeignet bist, den weiblichen Markt zu erschließen und den feministischen Aspekt von *Raw* hervorzuheben, okaaay? Ohne die Interview-Stimmung mit tatsächlichen Problemen wie Lohnungleichheit, häusliche Gewalt oder reproduktive Rechte zu verderben. Wenn wir eine Spalte im *Guardian* für dich ergattern, ist das natürlich etwas anderes. Es geht immer darum, die jeweils passenden Werbeargumente zu finden, okaaay?« Amber atmete tief durch, fasste sich und schraubte Sams Flachmann auf. Anscheinend war es nicht okay.

Fiona wandte sich Carlo und mir zu. »Und wir bauen darauf, dass ihr gut bei der Jugend ankommt. Jeder liebt die Geschichten von jungen Talenten, die den Durchbruch schaffen und zu Stars werden.« Niemand mehr als ich. Doch jedes Wort, das bei diesem nervigen Meeting gesprochen wurde, nahm mir ein Stück meiner Zuversicht in Bezug auf diesen Traum. »Das ist euer Ding. Euer Wettbewerbsvorteil!« Plötzlich hatte jeder eine Frage, und alle redeten durcheinander, aber ich saß nur erschüttert da.

Eine offensichtliche Tatsache war mir erst jetzt bewusst geworden: Der Film war nicht das Einzige, was PPR an die Öffentlichkeit brachte.

»Um das meiste aus euren Werbeauftritten herauszuholen«, erklärte Fiona weiter, »müssen wir sie mit allen euren Social-Mediaaa-Plattformen vernetzen und euren gesellschaftlichen Einfluss maximaaal nutzen.« Meinen gesellschaftlichen Einfluss? »Wir müssen dafür sorgen, dass uns jeder einzelne eurer Fans unterstützt und weitere Leute auf *Raw* aufmerksam macht.« Meine Fans? »Das Potenzial eures bereits vorhandenen Publikums muss voll ausgeschöpft werden, okaaay?« Hmm, auch was das anging, sah es bei mir eher mager aus. »Guck nicht so besorgt, Elektra! Wir haben uns deine Zahlen angesehen – da wartet viel Arbeit auf uns, hahaha! Deshalb haben wir uns für dich etwas Besonderes ausgedacht. Es wird ein Riesenspaß! PPR wird dir dabei helfen, eine ganz neue Persönlichkeit in den Social-Media-Kanälen aufzubauen.«

Infopaper für Elektra Ophelia James (Straker/zweite Junior-Hauptrolle) von Fiona Hull/PERSONALITY PR – Werbekampagne zum Kinostart von Raw (Panda Productions)

*Oberstes Medienziel für Elektra: Image-Aufbau als **junge, hippe, aufstrebende Nachwuchsschauspielerin und Influencerin mit einer maximal verwertbaren Reichweite***

- Aufgabe EOJ: fanfreundliche Social-Media-Accounts einrichten. Inhalte müssen GLAMOURÖS sein! EINPRÄGSAM! AUFFÄLLIG!
- Fotos mit Kollegen von Raw und anderen prominenten Filmstars posten – möglichst viele mit Carlo Winn, KLATSCH = WIRBEL = KARTENVERKAUF! Hashtag-Vorschläge: #RawTalent, #RawLOVE, #RawCast, #RawTeens, #TeamRaw
- Produktionsfotos, Videoclips sowie Trailer- und Teaserinhalte werden dir zusammen mit einem Zeitplan übermittelt, nach dem du sie immer wieder in deinen Social-Media-Kanälen postest. Hashtag-Vorschläge: #ReadyToRaw, #InTheRaw und für Clips mit der grandiosen Originalfilmmusik #ListenToRaw
- Das markenprägende Bild eines aufregenden Privatlebens einer hippen, angesagten, aufstrebenden Nachwuchsschauspielerin vermitteln, das an Straker als Figur anknüpft. Stichwort Actionheldin! Stichwort feministische Ikone! Stichwort madenessende Überlebende!
- Internetgerede über Kriegerübung nutzen (Yogastellungen/Cross-Promotion mit Amber Leigh); Rohkost usw. Hashtag-Vorschläge: #RawGreens, #WarriorPoses, #RawSpirituality, #VegansLoveRaw
- Red-Carpet-Events posten, um glamourösen Lebensstil zu betonen – nicht vergessen, dich bei deinem #GlamTeam zu bedanken und immer den Fotografen, den Designer, den Make-up-Artist, die Schuhe, die Stylistin zu taggen. Hashtag-Vorschläge: #RawRedCarpet, #RawStyle, #RawTeamStyle, #Promistyle

Regelmäßig POSTEN – mindestens vier Mal pro Woche auf jeder Plattform.
Key-User und Influencer KONTAKTIEREN.
Schnellstmöglich Followerzahlen ERHÖHEN.

KAPITEL 4

»Von dem Moment an, als ich mit Social Media aufgehört habe, bis zu dem Tag, als ich wieder damit anfing, war ich frei.«

Hailey Baldwin

»Reden wir zuerst über *Raw.*« Stella wirkte gut gelaunt, aber das lag vielleicht nur daran, dass sie am helllichten Tag im Agenturbüro Fledermausohren trug. Fairerweise sei gesagt, dass Halloween war.

»Bitte sag mir, dass ich ein paar Szenen nachdrehen soll.« Das Meeting in den Fairmount Studios hatte meine Angst, etwas zu verpassen, noch vergrößert.

»Du hast keine Nachdrehs. Ich wollte nur wissen, wie das Meeting war.«

Oh. »Es war ...« Ich wusste nicht, was ich sagen sollte. Ich konnte die seltsame Mischung aus Begeisterung und Furcht, die das Treffen in mir geweckt hatte, nicht erklären. »Irgendwie *intensiv.* Ich glaube nicht, dass ich viel Werbung machen muss, weil mich keiner kennt.«

»Aber genau das soll sich ja ändern! Alle sollen über dich reden!« Richtig, das war der *sehr* ehrgeizige Plan von PPR. »Und natürlich auch über *Raw*.«

Eine unangenehme Pause entstand, in der wir beide daran dachten, wie viele Leute jetzt schon über *Raw* redeten. »Jeder sagt, der Film wird eine Katastrophe«, platzte ich heraus.

»Die Leute lieben es, über Filme zu reden, bevor sie rauskommen. Über Filme, die sie nicht gesehen haben. Hör einfach nicht hin. Und achte nicht auf den Unsinn, der im Internet steht. *Alles wird gut*.« Stella sah nicht so überzeugt aus, wie sie klang. Wie sollte sie auch? Sie wusste über die vielen Neufassungen und die Verzögerungen Bescheid.

Ich wusste nicht, ob *Raw* ein guter Film wurde – ich wusste ja nicht mal, wie die Szenen, in denen ich mitspielte, aussahen. Und ich wusste absolut nicht, ob ich gut war. Und jetzt, wo ich nicht mehr am Set war (warum konnten wir nicht einfach bis in alle Ewigkeit weiterdrehen?), fing ich an, darüber nachzudenken. Ich dachte *viel* darüber nach. Ehrlich gesagt hatte ich seit dem Meeting kaum an etwas anderes gedacht.

Ich hatte mir immer wieder meine alten Drehbücher angesehen und versucht, mich daran zu erinnern, wie ich meinen Text gesprochen hatte, um mich dann zu fragen, ob ich ihn vielleicht anders hätte sprechen sollen, bis mir die Buchstaben vor den Augen verschwammen. »Stella? Kann ich dich etwas fragen?«

»Du kannst mich alles fragen.« Sie rückte ihre Fledermausohren zurecht und sah mich aufmerksam an.

Ich holte tief Luft. »Wenn *Raw* ein Reinfall wird, bekomme ich dann jemals wieder eine Rolle?« Das war aktuell meine Lieblingssorge um drei Uhr nachts.

»Aber natürlich!« Und dann vermasselte sie es, indem sie ehrlich hinzufügte: »Nur dass man, wenn man in dieser Branche solche Versprechungen macht, *verrückt* ist.«

Ich musste unbedingt für etwas anderes gecastet werden, bevor *Raw* in die Kinos kam. »Ich habe seit einer halben Ewigkeit kein Casting mehr gehabt«, sagte ich. Ich beklagte mich nicht, ich machte mir ernsthaft Sorgen. Ich hatte gedacht, eine Agentin zu bekommen wäre der schwierige Teil, und dann hatte ich gedacht, eine Rolle zu ergattern wäre der schwierige Teil, *und dann* hatte ich gedacht, eine große Rolle in einem Film zu bekommen wäre der schwierige Teil, *und dann* hatte ich gedacht, das Drehen wäre der schwierige Teil (dabei war es das Beste), aber jetzt konnte ich mich nicht entscheiden, was das Schwierigste war: es auszuhalten, bis der Film herauskam, oder jemals wieder eine Rolle zu bekommen.

»Deine Social-Media-Kanäle für *Raw* zu optimieren, wird dir dabei helfen«, erklärte Stella. »Das gehört jetzt dazu, wenn du gecastet werden willst. Es ist nun mal so, dass Besetzungschefs anhand der Internetpräsenz entscheiden, wer ›hot‹ ist.« Es war also wie in der Schule. »Bist du dabei?« Ich nickte. Natürlich war ich dabei. Es würde mir zwar schwerfallen, ohne sie zu leben, aber meine planlosen, amateurhaften und teilweise abgedrehten Social-Media-Auftritte waren nicht unbedingt »heiß«. »Ich habe die Infos gesehen, die PPR geschickt hat«, fuhr sie fort. »*Spannend.*« Ich nickte wieder, aber weniger überzeugt. Wie war mein »Ziel« beschrieben worden? Junge, hippe, aufstrebende Nachwuchsschauspielerin und Influencerin? Okaaay, dann musste ich wohl eine Schippe drauflegen.

Charlie (Stellas Assistentin) kam mit einem Teller voll Lebkuchengespenstern mit Zuckerguss aus der kleinen Küche und setzte sich zu uns. Ich zuckte erschrocken zusammen (nicht wegen der Kohlehydrate, sondern weil sie eine große Spinne auf der Stirn kleben hatte, die total echt aussah). »Poste einfach eine Menge Bilder von Avocados und Junge-hippe-Schauspielerin-Selfies«, sagte sie, dann fügte sie rasch hinzu: »Jugendfreie natürlich. Das ist eine der lustigsten und leichtesten deiner Aufgaben.« Allerdings: Ich hatte ein Eichhörnchen gesprochen, ich hatte Maden gegessen, ich hatte einige Leichen gespielt, und ich hatte Carlo vor der Kamera geküsst. Jetzt bekam ich die perfekte Ausrede dafür geliefert, Stunden auf Instagram zu verbringen. Tatsächlich *alles gut*. »Und wenn du dein Social-Media-Profil verbesserst, macht dich das interessant für die großen Jungs.« Wie bitte? Ich tauchte aus meiner kleinen Insta-Roter-Teppich-Glamour-Fantasie auf. »Für die großen *Agenturen*«, erklärte Charlie. »Wenn du uns verlässt.«

»Wenn ich euch verlasse?« In einem Anfall von Panik biss ich meinem Lebkuchengespenst den Kopf ab.

»Du kannst nicht bis in alle Ewigkeit bei einer Kinderagentur bleiben, Elektra«, sagte Stella (und sah Charlie vorwurfsvoll an). »Das weißt du! Wir haben darüber gesprochen.« Stimmt, das hatten wir, aber ich hatte das Thema in die Schublade für Dinge gestopft, die zu beängstigend sind, um darüber nachzudenken (zwischen die Physikprüfung und den Kieferorthopäden). »Bei den meisten Anfragen, die wir bekommen, geht es um Rollen für jüngere Kinder.« Sie schob den großen Stapel Aktenmappen, den ich direkt vor der Nase hatte, mit schuldbewusster Miene zur Seite. Die beiden hatten so viel zu tun, dass sie auch samstags arbeiteten. »Wenn du Karriere machen willst, musst du in deinem eigenen Interesse das Nest verlassen.«

Ich schluckte. »Aber … noch nicht gleich?«

»Nein, jetzt noch nicht.« Sie gab mir noch ein Lebkuchengespenst. »Jetzt sehen wir erst mal zu, dass wir dich heil durch den Kinostart von *Raw* bekommen.« So, wie sie es sagte, klang es, als hätte ich eine Blinddarmoperation vor mir. »Und bis dahin finden wir auf jeden Fall eine neue Rolle für dich.« Sie sah Charlie voller Hoffnung an, als hätte sie vielleicht noch eine im Ärmel. »Was ist mit *Hexe mit Problemen?*«

»Sie wollen jetzt eine jüngere. Die Problemteenager-/Hexe-in-der-Schule-Geschichten will keiner mehr.« Ich hätte ihnen sagen können, dass sie einen schrecklichen Fehler machten. »Und was ist mit diesem Indie-Film mit der rebellischen Tochter eines Schlangenbeschwörers?« Ich hatte mir geschworen, niemals mit Schlangen zu arbeiten, aber … Vielleicht ging es ja um eine niedliche Schlange? Eine kleine Schlange? Eine Gummischlange? Ich richtete mich auf und versuchte, wie eine Schauspielerin auszusehen, der Reptilien nichts ausmachen.

»Die Rolle wurde schon besetzt«, sagte Stella. War wahrscheinlich gut so. »Um *Doppelmord* ist es ziemlich still geworden, oder?«

»Totenstill. Wollen wir es vielleicht noch mal bei Sally Upton versuchen?«

»Was? Wegen der Gastrolle in *Fortuneswell?* Die partybegeisterte Cousine, die als Handlungsmotor auftaucht?« Charlie nickte. »Ja, vielleicht will Sally sie noch einmal sehen.« Ich hüstelte, um die beiden daran zu erinnern, dass ich anwesend war. »Entschuldige! Erinnerst du dich an *Fortuneswell,* Elektra?« Leider ja. »Ein klassisches historisches Drama um«, Stella malte mit den Fingern Gänsefüßchen in die Luft, »*die Freuden und Leiden vierer hochwohlgeborener, couragierter Schwestern?*«

»Sie wird mich nicht sehen wollen.« Ich hatte für die Rolle von einer dieser Schwestern vorgesprochen und es so gründlich verbockt, dass mir von diesem Fehlschlag eine kleine Narbe geblieben war.

»Upton ist *schwierig*« (so konnte man das natürlich auch sagen), »aber ich werde es versuchen. Du kannst für eine Rolle ungeeignet sein und für eine andere einfach perfekt. Aber es ist nur eine kleine Rolle – nur wenige Drehtage; wäre dir das nach *Raw* recht?«

Mir war so gut wie alles recht. Sie konnten mich auch ohne Text in einer Massenszene ganz nach hinten stellen, wenn ich nur wieder drehen durfte.

»Wo ist dein Kostüm?« Zwei Stunden später stand Moss bei mir vor der Tür.

Sie trug ein knappes rotes Teufelskostüm und hatte einen dicken Kürbis mitgebracht. Sie hatte sogar Lippenstift aufgelegt, der zu ihren glitzernden Hörnern passte. Aber sie ging ja auch später noch zu Jennys Halloweenparty – und ich ging nirgendwohin, weil ich immer noch Hausarrest hatte.

»Ich trage Schwarz, weil ich um mein gesellschaftliches Leben trauere.«

»Sie lassen dich immer noch nicht raus?« Ich schüttelte den Kopf. »Krass. Hier!« Sie gab mir den Kürbis und kam rein. »Wir haben noch jede Menge Zeit, um den hier auszuhöhlen, bevor …« Sie verstummte.

»Bevor du zu der Party gehst«, beendete ich den Satz für sie und schleppte den Kürbis in die Küche.

»Jetzt habe ich ein schlechtes Gewissen.«

»Musst du nicht haben. Es wird bestimmt ein toller Abend. Alle werden da sein.« Alle außer mir. Nein, ich war nicht verbittert.

»Du solltest dich trotzdem verkleiden.« Moss hätte sich auch in der Schule kostümiert, wenn sie gekonnt hätte. »Es ist schließlich Halloween.«

»Ich male mir ein paar schwarze Striche ins Gesicht oder so.« Mehr Mühe wollte ich mir für ein bisschen Kürbisschnitzen und einen einsamen Abend mit meinen Social-Media-Accounts nicht geben. Wie sollte ich mich als aufstrebende Influencerin aufbauen, wenn ich das Haus nicht verlassen durfte?

»Schwarze Striche? Ein Hipster-Bärtchen?« Moss sah mich verwirrt an. Ich hatte eher an Katzen-Schnurrhaare gedacht, aber egal. »Was machst du denn bei *Twitter?*« Sie guckte neugierig auf den Monitor meines Laptops. »Stalkst du etwa Lehrer?«

»Ich muss einen Account einrichten. Aus beruflichen Gründen.« Moss schnaubte. »Ernsthaft, das gehört dazu, wenn man gecastet werden will.«

»Ich kann dir zwar nicht ganz folgen, aber dann lass es uns doch sofort erledigen.« Moss setzte sich an den Tisch und legte los. »Wie willst du dich nennen?«

»Äh … Elektra James?«

»Nein! Denk dir etwas *Aufregendes* aus. Eine neue Identität. Ein neues Ich.«

»Ich glaube, du verstehst nicht, worum es hier geht. Elektra als Marke. LOL.« Mich beschlich allmählich das Gefühl, dass dieser Werbekram ein ziemliches Peinlichkeitspotenzial hatte.

»Abgefahren«, sagte sie, gab aber »@ElektraJames« ein. »Du brauchst ein Profilbild, auf dem du positiv rüberkommst.« Es klingelte, und ich ging zur Tür, während Moss meine Fotos durchscrollte.

»Okay, ich habe drei brauchbare gefunden«, sagte sie, als ich zurückkehrte (nachdem ich eine kleine weinende Fledermaus mit fast unserem gesamten Vorrat an Marshmallow-Gespenstern aufgemuntert hatte).

Das erste war ein Foto von mir mit dreizehn, wie ich Jennys Justin-Bieber-Poster ableckte.

Auf dem zweiten war ich zehn und trug einen Hausanzug mit Einhörnern drauf.

Das dritte war ziemlich verschwommen und zeigte mich am Ende meiner Party – nachdem Archie gekommen war. Das Beste an diesem Foto war, dass man mich nicht so gut erkennen konnte.

»Sehr hilfreich, danke.« Mein Telefon bellte. Leider war es nicht Archie (der den Halloweentraum lebte und in Transsilvanien in einem verwunschenen Wald einen Nachtdreh hatte), sondern Carlo. Carlo mit freiem Oberkörper. **Wie findest du mein Kostüm, E?**

Als was gehst du denn? Außer als Narzisst.

Als Vampir. Offensichtlich.

Ich war Expertin für Vampirästhetik. Ich verbrachte viele schöne Stunden damit, mir Bilder von Archie im Kostüm anzusehen. **Warum hast du keinen Umhang und keine Reißzähne?**

Schick es Moss!

Du hast mir gerade ein Oben-ohne-Foto geschickt, damit ich es an Moss weiterleite?! Das ist echt TRAGISCH. Außerdem … sitzt sie hier neben mir.

Zeig es ihr! Aber sag ihr nicht, dass ich dich darum gebeten habe!

»Er vergisst sogar das Coolsein, wenn es um dich geht, Moss. Du hast ihn verzaubert.«

Sie sah mich kurz an, zuckte mit den Schultern und widmete sich wieder meinem Twitter-Account. »Du kannst nicht immer dasselbe Foto verwenden. Du musst auch mal eine andere Seite von dir zeigen. Wie wäre es mit dem hier, auf dem du eine vom Aussterben bedrohte Tierart rettest?« Damit meinte sie das Foto von mir, wie ich den klitschnassen Plog aus der Badewanne hob. Ich nahm mir den Laptop und lud ein Porträtfoto von mir hoch.

»Also, was Carlo angeht …« Bevor ich Fairmount verlassen hatte, hatte er mir das Versprechen abgenommen, dass ich ein gutes Wort für ihn einlegen würde. »Hast du seine Freundschaftsanfrage angenommen?« Moss schüttelte den Kopf. »Warum nicht?«

»Warum sollte ich? Du hast doch immer gesagt, dass Carlo mit allem flirtet, was nicht bei drei auf dem Baum ist.«

»Ich sage ja nicht, dass du ihn heiraten sollst.«

»Er flirtet mit dir.«

»Schon ewig nicht mehr. Wir sind nämlich Kumpel.« Sie sah mich misstrauisch an. »Und so richtig hat er eigentlich nie mit mir geflirtet. Ich war eben da, und er hatte Langeweile. Und was soll's, dann flirtet er eben permanent – und er tratscht fast genauso viel wie ich, und er gibt auch nicht immer die besten Ratschläge« (ich stellte mich möglicherweise nicht sehr geschickt dabei an, Carlo zu verkaufen), »aber er ist witzig, er ist heiß, er ist mein Freund, und es ist schon ein bisschen extrem, nicht mal seine Freundschaftsanfrage auf Facebook anzunehmen.« Vor allem, wenn man schon an seiner Schulter geheult hat, dachte ich, aber das sagte ich nicht laut.

»Es ist kein guter Zeitpunkt«, meinte sie und spielte an ihren Ponyfransen.

»Wegen Torr?« Ich fand, dass es *gerade* seinetwegen ein guter Zeitpunkt war. »Bitte sag nicht, dass er der Grund ist.«

»Torr?«

»Ja, genau. Du weißt schon, dein Ex-Langzeit-Fast-Freund.« Sie wirkte so strahlend mit ihrem Make-up und so aufgeregt, und plötzlich hatte ich ein ungutes Gefühl. »Was macht Torr eigentlich heute?«

»Er hat gesagt, er geht vielleicht zu Jennys Party.«

»Aber –«

»Hallo, Moss! Ich habe dich gar nicht reinkommen gehört. Du siehst hinreißend aus.« Meine Mutter war in die Küche gekommen – eingewickelt in ein Badetuch und mit Plog auf dem Arm (eine gefährliche Kombination).

»Weil sie zu Jennys Party geht«, bemerkte ich spitz. »Du kannst es dir immer noch anders überlegen.« Ich sah Mum bittend an. Moss wollte mich vielleicht nicht als Aufpasserin dabeihaben, aber sie *brauchte* mich auf jeden Fall. »Früher hast du das mit dem Hausarrest nie durchgezogen.« Ich sehnte mich zurück in diese Zeit.

»Da hast du auch keine Partys gefeiert. Apropos: Dad und ich gehen heute aus.« Natürlich taten sie das, denn an Halloween amüsierten sich die Leute. *Andere* Leute. »Iss nicht die ganzen Süßigkeiten und pass gut auf Plog auf – vielleicht gibt es später ein Feuerwerk.« Sie ließ ihn auf meinen Schoß plumpsen, hielt im letzten Moment ihr herunterrutschendes Handtuch fest und ging wieder. Auf Jennys Party würde es ein fantastisches Feuerwerk geben. Ich war wirklich nicht verbittert.

»Wir sollten allmählich mal mit dem Kürbis anfangen.« Moss schaute immer wieder auf die Uhr, aber sie musste ja auch auf eine Party.

Nein, kein bisschen verbittert.

»Oder wir lassen das, und du erzählst mir, was mit Torr los ist.« Ich machte eine Packung Partykekse auf, denn mehr Party war heute nicht für mich drin.

»Nein.« Wenn Moss nicht reden wollte, dann redete sie nicht. Wie eine Krankenschwester, die eine Operation vorbereitet, wuselte sie in der Küche herum und suchte Messer und Zeitungspapier zusammen.

Ich gab auf. »Was wollen wir denn schnitzen?«

»Na ja, den Kürbis«, entgegnete Moss und ordnete die Messer der Größe nach.

»Nein, ich meine, was wir daraus machen. Das ist ja inzwischen schon eine Kunstform, wir müssen das ernst nehmen.« Und ich wollte es auf Instagram posten. Ich googelte, um mich inspirieren zu lassen. »Da ist eine süße kleine Eule, guck mal. Wollen wir die machen?«

Wir saßen einen Moment lang einfach nur da und schauten ratlos von den Messern zu dem Kürbis und wieder zu den Messern. »Elektra?«, sagte Moss. »Steht da vielleicht auch irgendwo, *wie* man das macht?«

Als es wieder klingelte, schickte ich sie zur Tür und googelte weiter. »Es ist ziemlich simpel«, sagte ich, als sie zurückkam. »Wir brauchen bloß eine Stichsäge, ein Schabeisen, einen Vorstecher und ein paar Schablonen. Kinderleicht!« Wir sahen uns an. »Oder wir improvisieren einfach.«

Zwanzig schweißtreibende Minuten später (in denen wir mehrmals unterbrochen wurden und Süßes an diverse kleine Hexen und ein paar wirklich furchterregende Skelette verteilen mussten) hatten wir … etwas. »Sieht das wie eine Eule aus?«

»Es sieht aus wie ein Kürbis mit Löchern.«

Mum kam wieder rein – diesmal immerhin vollständig bekleidet.

»Ich bin weg. Oh, ihr habt einen Totenschädel geschnitzt!« Aus einer bestimmten Perspektive betrachtet sah es tatsächlich so aus. »Amüsier dich gut auf deiner Party, Moss. Sei nicht knurrig, Elektra, mein Schatz. Und tu bitte die Wäsche in den Trockner, wenn sie fertig ist, ja?«

Das war Missbrauch! »Soll ich vielleicht noch das Haus von oben bis unten sauber machen, während ihr weg seid, und mich dann in mein winziges Kämmerchen unter dem Dach zurückziehen, wo meine Ratte und der singende Käfer auf mich warten?«

»Ich habe keine Ahnung, wovon du redest; aber ja, wenn du die Geschirrspülmaschine ausräumen könntest, wenn sie durch ist, wäre das super.« Es klingelte *schon wieder.* »Geh du!«, sagte Mum. Sicher, nachdem sie einmal angefangen hatte, Cinderella herumzukommandieren, konnte sie auch gleich damit weitermachen.

»Du solltest allmählich auch gehen, oder?«, sagte ich zu Moss, als ich zurückkam.

Sie schüttelte den Kopf. »Ich hasse es, zu früh auf einer Party aufzutauchen.« Ich hatte noch nie erlebt, dass sie irgendwann mal zu früh oder auch nur pünktlich gewesen wäre. »Ich werde warten, bis ich weiß, dass … Leute da sind.« Sie schaute auf ihr Telefon – mit »Leute« meinte sie also Torr. »Komm, wir schicken deinen ersten Tweet ab. Was willst du machen?«

»Wie geht das denn?« Ich kannte niemanden, der auf Twitter war.

»Ähm …« Moss »recherchierte« ein bisschen. »Du könntest einen lustigen Perioden-Tweet machen oder dich zu Trump äußern, was meinst du?« Hmm, ich war mir nicht sicher, ob PPR sich das so vorgestellt hatte.

Schon wieder klingelte jemand – und zwar ziemlich hartnäckig. »Ich gehe. Konzentrier du dich darauf, etwas zu verfassen, das mich unheimlich geistreich erscheinen lässt.«

Der Kürbis lag zerborsten auf dem Boden, und seine matschigen Überreste waren auf den gesamten Fliesen verteilt. Ich war nur zwei Minuten weg gewesen.

»Er ist runtergefallen«, sagte Moss.

»Nein, ist er nicht.« Ein paar Kerne waren auf ihr Teufelskostüm gespritzt. »Was ist passiert?«

»Ich hab's vermurkst«, sagte sie mit zittriger Stimme. »Ich habe versucht, es in Ordnung zu bringen, aber ich habe alles verdorben.« Sie meinte nicht den Kürbis. »Torr geht nicht zu Jennys Party.«

Er war ein Seriensitzenlasser. Ich fragte gar nicht erst, welche Ausrede er sich diesmal ausgedacht hatte. »Es wird trotzdem eine coole Party.« Ich fing an, die größten Kürbisstücke aufzusammeln.

»Ich gehe natürlich nicht hin.« Sie nahm ihre glitzernden Hörner ab und warf sie auf den Tisch.

»Nicht weinen, Mossy, er ist es nicht wert.« Kein schiefes Grinsen der Welt – wie sexy es auch sein mochte – war so viel Seelenschmerz wert. »Geh ohne ihn zu Jenny. Geh allein hin. Oder geh nicht. Bleib hier, und wir bauen eine Kissenburg und gucken uns einen gruseligen Film an – oder einen nicht gruseligen. Aber bitte weine nicht.«

»Aber es ist alles meine Schuld«, sagte sie schniefend.

»Du hast doch wohl nicht immer noch Schuldgefühle wegen dieser kleinen Sache auf meiner Party?«

Sie schüttelte den Kopf. »Ich habe etwas noch viel Schlimmeres getan.«

»Das kann ich mir nicht vorstellen«, versuchte ich, sie zu trösten, und gab ihr ein Mini-Mars.

»Doch, habe ich. Ich glaube, ich kann es dir nicht mal sagen.«

»Du kannst mir alles sagen. Ich werde dich nicht verurteilen.« Es klingelte, aber ich ignorierte es.

»Ich habe … *Ich bin so eine Idiotin!*« Ich gab ihr die komplette Mini-Mars-Tüte und wartete. »Gestern Abend haben wir gefacetimed …« Sie verstummte und sagte nichts mehr.

»Du und Torr?«, hakte ich nach. Sie nickte. »Was hast du getan, Mossy?«

»Es geht um das, was ich *gesagt* habe.«

»Es wurde Zeit, dass du ihm mal was sagst«, bemerkte ich grimmig.

»Aber *was* ich zu ihm gesagt habe …« Eine *lange* Pause und dann ein einziger Wortschwall: »Ich habe ihm gesagt, dass ich ihn liebe.«

Ich starrte sie an. »Auf lockere Art, als würde man sagen: ›Ich lieb dich! Ich muss jetzt los‹?« Sie schüttelte den Kopf. »Eher: ›Ich liebe dich, wenn du mir keine langweiligen Dokumentarfilme aufzwingst oder endlos über dich selbst redest‹?« Hm, auch nicht. »Dann so in der Art von: ›Ich lieb dich, *Baby*‹?« In meiner Verzweiflung gab ich ihr eine Mandarine, weil ich keine Schokolade mehr hatte.

»Nein«, sagte sie. »Nur ›ich liebe dich‹. Das hatte nichts Lockeres.«

»Oh, Mossy. Und was hat er gesagt?«

»Nichts«, entgegnete sie. »Er hat *nichts* gesagt.«

»Das ist gut«, sagte ich und seufzte erleichtert. »Ich wette, er hat es nicht mal gehört.« Ich griff nach dem letzten Strohhalm. »Er hat dir wahrscheinlich gar nicht zugehört.« Das war glaubwürdiger.

»Doch, doch, er hat es gehört.« Es war *das Grauen!* »Ich dachte, es wäre okay, weil er ja zu Jennys Party kommen wollte. Ich dachte sogar, es wäre vielleicht ... richtig gut, aber nein.« Sie hielt mir ihr Telefon hin. »Gar nichts ist gut. Lies seine Nachrichten. Lies sie alle!«

Gott, es waren Dutzende. Ich scrollte sie durch. **Habe viel über das nachgedacht, was du gestern gesagt hast/Schön, zu wissen, was du für mich empfindest/Ich bin total für Ehrlichkeit und Offenheit/Ich weiß nur nicht, ob ich mit den tiefen Gefühlen umgehen kann, die du für mich hast/Ich weiß nicht, ob ich dir die emotionale Aufmerksamkeit geben kann, die du brauchst/Offensichtlich stürze ich mich in Sachen rein, ohne darüber nachzudenken, ob ich jemanden wirklich mag/Jemanden wie dich/Ich will dich einfach nicht verletzen/Pass auf dich auf, Moss, und wir sehen uns bestimmt demnächst mal/Ich dachte, es wäre netter von mir, nicht zu Jennys Party zu kommen.**

Was für ein netter Junge.

TheBizz.com

News mit Biss aus dem Showbiz …

1. November

Georgie Dunn hat am Set von *Fortuneswell* wieder mal für Aufruhr gesorgt - und nicht nur mit *diesem* Halloweenkostüm. Es muss aber auch schwer sein, pünktlich um sieben Uhr am Set zu erscheinen, wenn man um halb sechs immer noch feiert - mit drei Gespenstern, einem Skelett, zwei Donald Trumps, einem Bären und Wladimir Putin (die letzten vier gehörten zusammen, süß!).

Wir fragten *Fortuneswell*-Regisseurin Amrita Sharma, die für ihre charmante, gelassene Art bekannt ist, was los sei, bekamen aber nur das eisigste »Kein Kommentar« entgegengeschleudert, das wir je gehört haben (was bei *The Bizz* schon etwas heißen will). Eine namenlose Quelle (die auch ziemlich kopflos war, als wir sie auf der Halloweenparty von Jonathan Ross ansprachen) sagte, dass Georgie (die Mary spielt, die brave, prüde Schwester; eine für sie untypische Rolle) Sharma auf die Palme bringt - und zwar regelmäßig.

Was immer da brodelt, es schadet der allgemeinen Vorfreude auf die Serie nicht.

Rutsch zur Seite, *Poldark*.

Setz dich wieder, *Downton Abbey*.

Niemanden interessiert's, Colin Firth, zieh dein Hemd wieder an …

Von: Fiona Hull, Personality PR

Datum: 1. November 10:01

An: Elektra James

Cc: Stella Haden, Agentur Haden

Betreff: HILFREICHE TIPPS!

Anhänge: Liste mit Links zu den Accounts wichtiger Influencer

Liebe Elektra,

freut mich zu sehen, dass du mit deinen Social-Media-Aktivitäten begonnen und neue Accounts bei Instagram und Twitter eingerichtet hast, die du ab jetzt für Promo-Zwecke verwendest. Großartig!!!

Aber denk dran: Das ist deine Chance, nicht nur für *Raw* zu werben, sondern *dich* der Welt zu präsentieren!!! Mindestens fünfundneunzig Prozent deiner Posts sollten dein GESICHT zeigen oder die positiven Seiten deines KÖRPERS!!! Und auch wenn du die künstlerisch-skurrile Richtung einschlagen willst, ist ein zermatschter Kürbis vielleicht doch ein bisschen zu *RAW!* Hahaha! Du brauchst mehr Glanz, mehr GLAMOUR!!!

Ich habe eine Liste mit Links zu den Accounts von einigen der besten *Instagram-Influencer* angehängt, allesamt junge Schauspieler und Models (PPR-Kunden habe ich mit einem Sternchen gekennzeichnet). Du kannst *so viel* von ihnen lernen!!! Nimm dir die Zeit, deine Sache richtig gut zu machen!!!

Liebe Grüße und Umarmungen
Fiona

PS: *Bitte* lösch deinen bestehenden Instagram-Account oder verwende wenigstens einen Benutzernamen, durch den du *nicht zu erkennen* bist, und stell das Profil auf »privat«!!!

**** PPR * ON FIRE in Soho seit 2010***

Folgt uns auf Twitter: @Personality, Facebook: PersonalityPR, Insta: @PersonalityonFire

★

WARTEN

- Zeit, die ich im Hinblick auf den Kinostart von *Raw* abwechselnd mit Vorfreude und Angst verbracht habe: 70 Prozent
- Zeit, die ich mit der Sorge verbracht habe, dass ich nie wieder eine Rolle bekomme/nicht von einem neuen Agenten unter Vertrag genommen werde und nur als madenessende Spinnerin in einem totalen Kinoflop »berühmt« werde: 67 Prozent
- Zeit, die ich damit verbracht habe, historische romantische Komödien zu gucken und davon zu träumen, einen Vorsprechtermin für *Fortuneswell* zu kriegen: 49 Prozent*
- Zeit, die ich damit verbracht habe, Moss beim Lamentieren über Torr zuzuhören: 47 Prozent (Zeit, die ich damit verbracht habe, mich zu bemühen, *nicht* »hab ich dir doch gesagt« zu sagen: 47 Prozent)
- Zeit, die ich damit verbracht habe, davon zu träumen, ein Leben zu haben, das auf Instagram gut aussieht/sich auf Twitter gut anhört: 34 Prozent
- Zeit, die ich in der Schule mit einem Leben verbracht habe, das nicht gut auf Instagram aussieht/sich nirgendwo gut anhört: keine Ahnung, aber gefühlte 113 Prozent
- Mit Archie verbrachte Zeit: 0 Prozent (Zeit, in der ich mir vorgestellt habe, mit ihm zusammen zu sein: keine Angabe)
- Mit Ploglieben verbrachte Zeit: 100 Prozent
- Mit Digbyvermissen verbrachte Zeit: 100 Prozent

---

* Alle Angaben sind geschätzt, das heißt ziemlich ungenau (und ergeben zusammen keine 100 Prozent).

Von: Charlotte, Agentur Haden

Datum: 12. November 16:01

An: Elektra James

Cc: Stella, Agentur Haden; Julia James

Betreff: *Fortuneswell*-Casting

Anhänge: Casting-Info, Drehbuchauszug, Wegbeschreibung

Liebe Elektra,

die Assistentin von Sally Upton hat mir bestätigt, dass sie dich beim Clemency-Casting sehen wollen. Sie schieben dich am Ende ihrer Ganztagssession diesen Samstag, 14. November, ein (17:30 Uhr da sein!). Info, Skript usw. habe ich angehängt. Diesmal solltest du deinen Text in- und auswendig können!

Eine *Kleinigkeit* noch: Ich habe deine Fähigkeiten vielleicht *ein wenig* überschätzt. Nick einfach, wenn Sally fragt, ob du dich mit den Gesellschaftstänzen der Regency-Zeit auskennst … Ich glaube zwar nicht, dass sie dich bittet, ihr etwas vorzutanzen, aber guck es dir sicherheitshalber mal auf YouTube an.

Charlie x

Noch

130

Tage …

★

KAPITEL 5

»Ich frage mich, ob ich es mir nach langjähriger Casting-Erfahrung nicht mehr erlaube, an den Traum zu glauben.«

Eddie Redmayne

»Hast du Bilder von mir als süßes kleines Baby?«

»Hunderte«, sagte Mum. »Sie sind alle in den Fotoalben.«

»In den Alben habe ich schon geguckt, aber die Bilder sind entweder unscharf, oder ich habe nichts an.«

»Es gibt nichts Niedlicheres als ein nacktes Baby«, entgegnete sie und verstrubbelte mir die Haare.

»Ich glaube nicht, dass nackte Babys markentauglich sind«, sagte ich und wich zurück, weil … Grenzen und so.

»Markentauglich?«

»Ich entwickle jetzt mein eigenes Markenzeichen«, sagte ich. Wahrscheinlich hätte ich mittlerweile wissen müssen, was das genau war, aber ich tat mich schwer damit. Sam hatte zum Beispiel sein »Frauenschwarm am Limit«-Ding, und Amber hatte ihr »Spirituelle Filmdiva«-Ding. Ich musste mir etwas Besseres einfallen lassen als eine »Elftklässlerin am Limit«-Ausstrahlung. Damit erreichte ich das von Fionaaa gesteckte »Hip und heiß«-Ziel bestimmt nicht.

»Wirst du so was wie ein It-Girl?« Unerklärlicherweise fand meine Mutter das sehr witzig. »Willst du die Schauspielerei aufgeben und lieber Schminksets verkaufen?« Sie kicherte.

Ich hatte großen Respekt vor Leuten, die Schminksets verkaufen konnten. Umso mehr, weil ich inzwischen eine Vorstellung davon hatte, wie lang das alles dauerte. »Das ist alles für die *Raw*-Promo. Mein beruflicher Insta-Account muss *instagrammiger* werden.« Ich hatte in dieser Woche dreiundzwanzig Follower hinzugewonnen und vierzehn verloren. Offensichtlich fanden die Leute Oreo-Skulpturen nicht so spannend, wie ich gedacht hatte. Erstaunlich. Jetzt musste ich etwas posten. Fionaaa und meiner gründlichen Internetrecherche zufolge (*Wie man eine ERSTKLASSIGE Social-Media-Marke aufbaut, WOHLFÜHLwege zum Aufbau einer Internet-Plattform, Wie man superleicht mehr LIKES bekommt* und *Die besten Tricks, um TWITTER zu BÄNDIGEN*) konnte ich, wenn ich nicht täglich postete, auch gleich das Handtuch werfen und mich zurück ins zwanzigste Jahrhundert schleichen. Und ich hatte eine Menge aufzuholen, weil ich mein Telefon drei Mal innerhalb von zwei Wochen verloren hatte (was theoretisch jedem passieren kann, überwiegend aber nur mir passiert). Meinen Social-Media-Auftritt zu verbessern, war schwieriger als gedacht. Ich musste also auf einen Klassiker zurückgreifen. »Haben wir Avocados da?«

»Nein. Du hasst Avocados. Seit deinem grün eingefärbten Brechanfall seinerzeit habe ich nie wieder welche gekauft.«

»Ich will sie nicht essen! Natürlich nicht. Ich will sie völlig ironiefrei fotografieren.«

»Warum?«

»Weil das Leute mit aufstrebenden Instagram-Accounts und Filmpremieren so machen.«

»Sind Avocados nicht längst out? Als Trend, meine ich?« Wenn *sie* es schon mitgekriegt hatte, dann ja. »Bertie?« Dad war in die Küche gekommen. »Avocados sind out, oder?« Klar, frag einen Architekten mittleren Alters, der muss es ja wissen …

»Wahrscheinlich«, sagte er und füllte Plogs Wassernapf (den ich als Siebenjährige liebevoll mit »König Digby« beschriftet hatte). Was sollte ich jetzt tun? Auf Brokkoli oder Goji-Beeren umsteigen? Ich öffnete den Kühlschrank. Was konnte ich Kreatives und Aufstrebendes mit einer Tüte Milch, einem Stück Käse und einem Teller mit etwas Undefinierbarem unter Frischhaltefolie anstellen? Puh, das war kniffliger als meine Kursarbeit in Kunst. Ich war erleichtert, als es klingelte.

»Bonjour, chérie!« Eulalie stand mit einem Baguette in der einen Hand und einer Flasche Rotwein in der anderen vor der Tür wie ein wandelndes Klischee. Sie küsste mich mehrmals und brach dabei das Baguette durch.

»Du bist wieder da!«, rief ich. Sie war mit Havelski in Paris gewesen – offiziell, um *la culture* zu genießen, aber wenn ich sie mir so ansah, hatte sich wohl alles um *le shopping* gedreht.

»*Bien sûr,* ich bin wieder da.« Irgendwie logo, sonst hätte sie ja nicht nach teurem Parfüm duftend und mit leicht beschädigten Geschenken beladen bei uns im Flur stehen können. »*Ça va?*«

»Ich bin an einem neuen Tiefpunkt angekommen«, erklärte ich. »Meine Eltern haben mich darauf hingewiesen, dass meine Instagram-Ideen total überholt sind.«

»Oh, ich *adore le Insta!*« Natürlich liebte sie es. Eulalie hatte ja auch schicke Kleider und den Eiffelturm zur Verfügung, von denen sie Fotos posten konnte, und nicht nur eine halbe Packung Cheddar und drei Tomaten.

»Wie geht es Havelski?«, fragte ich, nachdem sie Mum und Dad in der Küche begrüßt und die Weinflasche geöffnet hatte.

»Sergei freut sich die meiste Zeit«, sagte Eulalie, brach das Ende des knusprigen Baguettes ab und gab es Plog. Er sah sie voller Verehrung an. Als sie mir ein Fläschchen Parfüm schenkte, sah ich sie genauso an.

»Weil er dich hat.«

»*Non*. Also, *oui*, aber auch, weil er bald endlich mit diesem *cafouillage* von einem Film fertig ist.« Ich musste kein Französisch können, um zu verstehen, was sie meinte.

»Bereitet ihm der Kinostart Sorgen?« Letzte Nacht hatte ich den Angsttraum gehabt, dass die Filmpremiere in meiner Schule stattfand.

»*Un peu*.« Wenn die allzeit optimistische Eulalie »ein bisschen« sagte, dann saß Havelski wahrscheinlich in einem abgedunkelten Raum und wiegte sich stumm hin und her. Sie zuckte mit den Schultern. »Seine Ansehen wird es überleben.«

Dass *mein* Ansehen es überlebte, glaubte ich allerdings nicht. Das Neuste von Carlo (der *immer noch* drehte und den ich gebeten hatte, mir alles zu schreiben, was am Set getratscht wurde, damit ich mich nicht ausgeschlossen fühlte) war, dass sich einer der Autoren »zur Erholung« in eine diskrete Klinik begeben hatte und Sam und Amber die Drehs der neuen Liebesszenen in die Länge zogen, weil sie so viel Spaß daran hatten.

Ich verdrängte diese Gedanken. Die Premiere war noch Ewigkeiten hin. Sozusagen. Bis dahin konnte noch eine Menge passieren.

»Sergei hat viele aufregende neue Projekte zur Auswahl«, erklärte Eulalie stolz. »Vielleicht als Nächstes macht er etwas über üble Soldaten.«

»Übel wie hässlich oder übel wie böse?«, fragte ich.

Eulalie sah mich verwirrt an und schenkte sich Wein nach. Aber egal – was immer sie meinte, eine Rolle für mich war bestimmt nicht dabei. Ich musste mein eigenes aufregendes Projekt finden … »Du musst mir sämtliche Daumen und Zehen drücken, dass ich die Rolle als Regency-Biest bekomme.«

»Der Termin ist heute?« Ich hatte ihr davon erzählt. »*Non?*«

»*Oui!*« Ich schaute auf die Uhr und schluckte. »In zwei Stunden. Willst du die Casting-Info lesen?« Eulalie nickte, und ich öffnete das Dokument auf meinem Laptop und stellte ihn so hin, dass wir gemeinsam auf den Monitor schauen konnten.

CASTING-INFO

FORTUNESWELL: Überblick erste Staffel

Diese Serie (die bereits an Originalschauplätzen in Dorset und London gedreht wird) ist eine für den Herbst angesetzte, über ITV von Aphrodite Productions in Auftrag gegebene Spitzenproduktion.

Sie spielt 1813 in England, das sich auf die Exzesse des Prinzregenten und die Auswirkungen des Kriegs gegen Napoleon einstellen muss, und schildert das Leben der wohlhabenden Adelsfamilie St Clair. Lord St Clair, der Baron von Lowpuddle, hat England verlassen, um unter dem Kommando von General Marquess of Wellington zu kämpfen. Seine besorgte Frau und vier Töchter ließ er zurück – von denen drei (Sophia, Belle und Mary) im gefährlichen heiratsfähigen Alter sind. Vom strengen Regiment ihres Vaters befreit, erleben die Mädchen schon bald so manches romantische Abenteuer. Sophia, die Älteste, geht recht schnell dem schurkischen, aber derb attraktiven und wesentlich älteren Captain Allerton ins Netz, während die lesewütige Mary und die schöne Belle dem Charme des unwiderstehlichen jungen Viscount Luddington zum Opfer fallen.

Folge 5, Debütantinnenball: Überblick

In dieser Folge (die im Londoner Stadtteil Mayfair gedreht wird) sind die drei älteren St-Clair-Töchter in London, um den Ball zur Einführung in die Gesellschaft ihrer temperamentvollen, rothaarigen Cousine Clemency Barton-Wood zu besuchen, die ein echtes Biest ist. Auch Captain Allerton und Viscount Luddington sind anwesend. Die Schwestern erzählen Clemency von ihren Schwärmereien. Sie ist gleichermaßen begeistert wie schockiert – nicht zuletzt, weil sie sich selbst zu Viscount Luddington hingezogen fühlt …

Produktionsangaben

Drehtermine Folge 5

Ein Tag Probe/Tanzunterricht/Kostümanprobe; zwei bis drei Tage Ballsaal- und Abendessen-Szene 19.–23. Dezember (Bestätigung folgt)

Produktion: **Aphrodite Productions Ltd**

Regisseurin: **Amrita Sharma**

Casting:	**Sally Upton (CDG), Upfront Casting Ltd**
Drehort Folge 5:	**Brook Street, Mayfair, London W1**
Honorarkategorie:	**vergütet**

Gastrolle Clemency Barton-Wood

Kurzbeschreibung der Figur

Clemency, weiblich, Spielalter sechzehn, britische Standardaussprache, rothaarig*.

Clemency ist charismatisch und temperamentvoll, keine kühle klassische Schönheit. Sie ist wohlerzogen und kultiviert, nimmt es aber nicht so genau mit den Anstandsregeln und ist ein echtes Regency-Partygirl.

* von Natur aus oder für die Dauer der Dreharbeiten

»Rothaarig!«, sagte Mum, die mir über die Schulter geschaut hatte, und sprach damit zielsicher das einzige mögliche Problem an. »Ist mir beim ersten Lesen gar nicht aufgefallen. Du hast keine roten Haare.«

Ich zeigte auf das Sternchen. »Aber *wenn* ich die Rolle bekomme, bekomme ich auch rote Haare.«

»Du hast wunderschöne Haare.« Ich hatte ziemlich langweilige mittelbraune Haare, die nur eine Mutter lieben konnte. »Warum muss diese Clemency unbedingt rote Haare haben? Warum kann sie nicht einfach brünett sein?«

»Weil sie ein rothaariges Regency-Partygirl ist.« Logo!

»Das ist *formidable*«, sagte Eulalie. »Du bist perfekt für diese Rolle!« Na ja, vielleicht nicht perfekt, aber ich wollte sie unbedingt haben.

»Bis auf die Haare«, sagte Mum. Ihre Stimme wurde immer energischer. »Statistisch gesehen waren braunhaarige

Mädchen in der Regency-Zeit ganz bestimmt in der Mehrzahl.«

»Ich glaube nicht, dass Fernsehen so funktioniert.«

»Bist du sicher, dass du dir dieses Jahr noch etwas aufhalsen willst? Du hast schon so viel um die Ohren.« Bitte sag es nicht! »Wegen der Klausuren im Januar.« Natürlich sagte sie es.

Ich war hundertzwanzigprozentig sicher. Ich wollte gerade zu meinem routinierten und absolut aufrichtigen »Ich will schauspielern/ich *muss* schauspielern/es ist nur eine kleine Rolle in den Ferien/ich schaffe die Schule trotzdem/ich BRAUCHE etwas, bevor *Raw* in die Kinos kommt«-Monolog ansetzen, aber in dem Moment hatte ich (zum Glück, weil mir sowieso keiner richtig zuhörte) einen Geistesblitz. »Habe ich dir schon erzählt, dass Lohan Winter Captain Allerton spielt?«

Mum fiel die Kinnlade runter. »Lohan Winter. *Der* Lohan Winter?«

»Allerdings!« Genau *der* Lohan Winter, in den sie tragischerweise verknallt war, seit er in *The Trial of Sir Montmorency* einen barbrüstigen Anwalt des neunzehnten Jahrhunderts und in *The Retreat from Pirate's Leap* einen barbrüstigen Hauptmann des sechzehnten Jahrhunderts gespielt hatte. Und nun spielte er in *Fortuneswell* einen (vermutlich) barbrüstigen Armeeoffizier des achtzehnten Jahrhunderts. »Stell dir vor, Mum, du würdest mit Lohan beim Catering rumhängen. Oder, noch besser, in der Garderobe. Und du würdest ihm seinen Umhang reichen, bevor er zum Set geht. Du –«

»Lohan Winter …« Mum seufzte verklärt, und plötzlich ging irgendwo in der Nähe ein ohrenbetäubendes Sirenengeheul los. »Was ist das?«

»Oh Gott!«, rief Dad und sprang auf. »Das ist die Auto-Alarmanlage.« Er rannte nach draußen, als wäre die gesamte Warri-Bande hinter ihm her.

»*Korsetts*«, sagte Eulalie glücklich und rollte dabei das R, damit es noch extravaganter klang. In *Raw* gab es keine Korsetts.

»Das Auto!« Mum lief ans Fenster.

»Ballkleider!«, sagte Eulalie. In *Raw* gab es auch keine Ballkleider.

»Es ist noch da!«, rief Mum.

»Gefährliches heiratsfähiges Alter!« Eulalie war außer sich vor Entzücken (und schloss sich selbst offensichtlich nicht aus dieser Kategorie aus).

Dad kam wieder ins Haus. »Falscher Alarm!«, brüllte er über das Getöse hinweg.

»Warum hört es dann nicht auf?«, rief Mum.

»Aus!«, sagte Dad streng zu Plog.

Plog blickte schuldbewusst drein.

»Könntest du dich bitte später um Plogs Probleme mit dem Zahnen kümmern und *etwas gegen diesen Lärm tun*«, sagte Mum.

»Gib. Das. Her!«, knurrte Dad mit zusammengebissenen Zähnen. Plog sah ihn wirklich *sehr* schuldbewusst an – und zugleich störrisch. »Aus!«, schrie Dad, und schließlich spuckte Plog die Autoschlüssel auf den Boden. Wir starrten ihn alle an. Er warf uns wiederum einen flehenden Blick aus großen Augen zu. Dad verzog das Gesicht und hob den vollgesabberten Schlüsselbund auf. Der Lärm war schlagartig zu Ende.

»Also, was haltet ihr davon?«, fragte ich, als sich die Aufregung gelegt hatte und Plog für eine Weile in den Garten verbannt worden war. »Eine Traumrolle, oder?«

»Korsetts«, wiederholte Eulalie mit einem verträumten Ausdruck im Gesicht. »Und die Männer tragen Kniehosen, und die Kniehosen sind sehr eng und –«

»*Und* …« Ich hatte die Zeit aus den Augen verloren. »Wenn ich überhaupt eine Chance haben will, die Rolle zu bekommen, muss ich jetzt los.«

»Willst du den Text noch ein letztes Mal üben?« Alle redeten durcheinander.

»Keine Zeit!« Ich flitzte durchs Haus und warf alles, was ich brauchte, in meine Tasche – Drehbuch, Concealer, Haarbürste, Hirn, Nerven, Talent.

»Herein! Herein!« Zwei Stunden später (von denen ich eine allein damit verbracht hatte, ängstlich darauf zu warten, aufgerufen zu werden) war ich dran. Mrs Upton winkte mich ungeduldig zu sich und schaute von ihren Notizen auf dem Tisch zu mir und wieder zurück. »Elektra James?« Ich nickte nervös, und ihre Assistentin hakte meinen Namen auf ihrer Liste ab. Wir waren in einem kastenförmigen grauen (ursprünglich weißen?) Raum mit Gitterstäben vor dem Fenster in demselben Kirchengebäude, in dem auch das letzte Casting stattgefunden hatte – schlechte Energie. Vor dem Tisch stand ein Stuhl, aber ich traute mich nicht, mich zu setzen. »Du hast auch für die Rolle der Mary St Clair vorgesprochen. Ich erinnere mich. Das hat nicht so richtig gepasst«, sagte Mrs Upton ohne das geringste Lächeln. Ich war mir nicht sicher, ob sie sich nur auf die Rolle bezog. »Aber heute geht es um eine viel kleinere Rolle, und wie ich hörte, hast du in den letzten Monaten mit Sergei Havelski gearbeitet.« Ich nickte. »Es war vermutlich eine harte Schule, oder?« Ich nickte wieder. Ich wusste nicht, was ich sagen sollte, und das war kein guter Anfang. »Dann wollen wir loslegen, ich habe einen langen Tag hinter mir.« Ich begann, ihr umständlich dafür zu danken, dass ich hatte kommen dürfen. »Keine Ursache, bist du textsicher?«

Ich nickte. Bei diesem Vorsprechen konnte es eine Menge Probleme geben, aber dass ich meinen Text nicht konnte, gehörte nicht dazu. Diesmal nicht. »Wo wollen Sie mich haben?«

»Bleib da stehen, wo du bist. Also, der Ball anlässlich deiner Einführung in die Gesellschaft hat begonnen. Du sprudelst über vor Aufregung. Stell dir vor, du bist gerade sechzehn geworden, du hast bisher ein behütetes Leben geführt, und es ist deine erste richtige Erwachsenenparty. Dein erstes Mal ›draußen‹ in der Gesellschaft. Der Raum ist brechend voll; viele Freunde, aber auch Fremde.« Japp, das alles konnte ich mir ziemlich gut vorstellen. »Deine Cousinen, die St-Clair-Mädchen, und ihre Mutter sind gerade angekündigt worden, und du gehst auf sie zu, um sie zu begrüßen. Du hast vor, Mrs St Clair zu stecken, dass deine Mutter wieder schwanger ist. Tracey?« Ihre Assistentin, die nun hinter der Kamera stand, nickte. Sie war bereit. »Alles klar, Elektra, du kannst anfangen.«

Ich/CLEMENCY
Endlich seid ihr da! *(Umarmt die Schwestern)* Guten Abend, Tante. *(Macht einen Knicks)* Ich hoffe, eure Reise ist ohne Zwischenfälle verlaufen.

Mrs Upton/MRS ST CLAIR
Das Wetter war so tückisch, dass ich fürchtete, die Kutsche würde umkippen, aber von einer Umkehr wollten die Mädchen nichts hören. *(Glockenhelles Lachen)* Wir hätten einem Straßenräuber begegnen können, und die Mädchen hätten ihm befohlen, zur Seite zu treten und uns passieren zu lassen, damit wir zu deinem Ball kommen. *(Sieht sich in dem überfüllten Ballsaal um)* Wo ist deine liebe Mutter?

Ich/CLEMENCY
Sie ruht sich im kleinen Salon aus, Tante.

Mrs Upton/MRS ST CLAIR
(Zeigt sich beunruhigt)
Sag mir, mein Kind, ist sie unpässlich? Oder missgestimmt? Ich habe schon länger keinen Brief mehr von ihr erhalten.

Ich/CLEMENCY
(Beugt sich zu ihr)
Sie ist … gesegneten Leibes.

Mrs Upton/MRS ST CLAIR
Clemency! Schweig still, Kind! Hast du vergessen, wo wir sind? Wenn dich jemand hört, wird deine Mutter zum Stadtgespräch!

Ich/CLEMENCY
In diesem Trubel kann mich doch keiner hören. Was für ein Andrang! *(Sie freut sich.)*

Wir setzten den Dialog noch eine Weile fort, und dann unterbrach sie. »Versuchen wir es noch mal. Und jetzt hätte ich gern eine betontere Aussprache von dir.«

»Clemency soll vornehmer klingen?« Ich erinnerte mich dunkel an ihre Beschwerde, dass ich beim Vorsprechen für die Rolle der Mary *zu vornehm* geklungen hatte.

»Wir sind bei ihrem gesellschaftlichen Debüt in ihrem Heim in Mayfair. Ich denke, wir können es riskieren.«

Okay. Wir wiederholten das Ganze.

»Nehmen wir als Nächstes eine Szene mit Clemency und Mary«, sagte Mrs Upton und blätterte in ihrem Skript. »Ich weiß, dass du diesen Text noch nicht kennst, also lies ihn dir in Ruhe durch.«

Ich spürte, wie sie mich beim Lesen taxierte, hatte aber das Gefühl, dass sie mir nicht mehr ganz so ablehnend ge-

genüberstand. Die Schlacht war zwar noch nicht gewonnen, doch sie hatte immerhin aufgehört, ständig auf die Uhr zu schauen. Tracey schaltete die Kamera ein, und wir waren bereit für die nächste Runde.

Mrs Upton/MARY
(Nervös)
Meinst du, er kommt?

Sie sprach mit derselben monotonen Stimme, die sie auch für Mrs St Clair benutzt hatte, aber sie musste sich hier ja auch nicht beweisen.

Ich/CLEMENCY
(*Mit einem Funkeln in den Augen* – eine schwierige Regieanweisung, aber ich gab mein Bestes.)
Wenn du Viscount Luddington meinst – und dessen bin ich sicher: Er kommt auf jeden Fall. Er ist bereits im Kartenspielzimmer!

Mrs Upton/MARY
Oh, Clemency! Ist er nicht der stattlichste Mann, den du je gesehen hast?

Ich hätte fast laut gelacht, denn Mrs Upton misslang es gründlich, sich in einen liebeskranken Teenager einzufühlen.

Ich/CLEMENCY
Er ist in der Tat höchst ansehnlich.

»Sag diesen Satz noch einmal, Elektra, und leg die Betonung auf ›höchst‹, denn Clemency ist genauso beeindruckt von dem attraktiven, galanten Viscount Luddington wie jede andere junge Frau in diesem Ballsaal. Insgeheim ist sie sogar schon lange in ihn verliebt, aber das weiß Mary nicht.«

Ich/CLEMENCY
Er ist in der Tat *höchst* ansehnlich.

Inzwischen konnte ich ihn mir richtig gut vorstellen: groß und schlank, markantes Kinn, coole Frisur ... komisch, in meiner Fantasie hatte er eine starke Ähnlichkeit mit Archie. Ich seufzte verzückt.

»Wie würde es dir gefallen, deine Haare rot zu färben?«, fragte Mrs Upton, als die Kamera ausgeschaltet war und sie wieder hinter ihrem Schreibtisch saß.

»*Sehr gut* würde mir das gefallen«, sagte ich. »Total gut!«

Sie lächelte *fast*. »Nun, du hast wirklich etwas bei Sergei Havelski gelernt.«

Auf dem Heimweg schrieb ich Moss. **Meinst du, mir stehen rote Haare?**

Ja!!! Soll ich sie dir färben?

Vielleicht ... Auf keinen Fall würde ich mir von Moss die Haare färben lassen! Nicht mal, um sie aufzumuntern.

Ich schrieb an Eulalie: **Soll ich mir die Haare rot färben?**

Du kannst dir die Haare in jeder beliebigen Farbe färben. Es sind deine Haare. Surtout, wenn es für die Rolle der Regency-Schönheit ist. xx

Eulalies Ratschläge waren die besten. Ich grinste und schrieb an Archie. **Bist du da?**

Japp, bin gerade mit einer Reitszene fertig geworden. Jetzt chille ich mit Angelina. Angelina war Archies Filmpferd, und er war schwer verliebt in sie.

Archie wechselte zu FaceTime.

Ich nahm den Videoanruf an, und da war er, mein Held.

»Hey, Angelina«, sagte ich und winkte ihr zu. In Wirklichkeit wäre ich wahrscheinlich vor ihr weggelaufen, aber von Display zu Display war ich sicher vor ihr. So konnte sie mir nichts anhaben.

»Ich habe dir ja schon erzählt, wie schön sie ist«, sagte Archie wie ein stolzer Vater. Er hatte es mir nicht nur erzählt, er hatte mir auch ungefähr tausend Fotos von ihr gezeigt. »Sie hat mich heute wirklich gut aussehen lassen.« Er sah heute *echt* gut aus, aber das lag wohl eher an seiner schlammbespritzten Kniehose und seinen zerzausten Locken. Viscount Luddington konnte Archie Mortimer nicht das Wasser reichen. Als ich sah, wie er Angelinas Nase streichelte, wurde ich ein bisschen eifersüchtig (aber nicht, weil ich auch meine Nase gestreichelt haben wollte). »Geiler Tag heute –« Er hielt inne, um zwei Crewmitglieder zu grüßen, die einen Sarg an ihm vorbeitrugen – vermutlich einen Filmsarg, denn alle waren sehr fröhlich. Facetimen war zwar großartig für unsere Beziehung, aber weniger gut für meine

Angst, etwas zu verpassen. »Nur mussten wir schon in aller Herrgottsfrühe anfangen, damit Graf Plogojowitz (Vampir und Bösewicht) genug Zeit hat, in seiner Dachkammer eine beträchtliche Anzahl neuer Untoter anzusammeln.«

»Ist ja doof«, sagte ich, aber nur, weil ich einen sehr kindischen Humor habe – ich wäre liebend gern in aller Herrgottsfrühe aufgestanden, um ein paar Unschuldige zu töten oder auch zu retten, wenn der Regisseur es wollte. »Meinst du, mir stehen rote Haare?«

»Na klar«, sagte Archie, dann stutzte er und sah mich schräg an. »Oh Gott, war das eine Fangfrage? Ich meine, deine Haare sind schön, wie sie sind. Rot würde genauso gut aussehen –« Diesmal wurde er von einem vorbeigehenden (blonden) bildhübschen Mädchen unterbrochen, das ihm Hallo sagen wollte. »Ich finde alle Haarfarben gut.«

»Wenn ich zum Beispiel eine Rolle als rothaariges Regency-Biest bekommen würde?«

»Du hast für *Fortuneswell* vorgesprochen?«

»Habe ich.«

»Und? Mein Gefühl sagt mir, es ist gut gelaufen.«

»Ich bin gerade erst da raus, also kann ich es nicht einschätzen. Ich kann es eigentlich nie einschätzen, *aber* … ich weiß nicht, da waren so Schwingungen. Und die Besetzungschefin wollte eine zusätzliche Szene von mir.«

»Das ist ein gutes Zeichen«, sagte er.

»Manchmal.« Den Fehler, Zeichen zu deuten, hatte ich schon mal gemacht und falschgelegen. »Sie hat mich gefragt, ob ich mir die Haare färben würde. Die Dreharbeiten sind schon in den Weihnachtsferien.« Was gut war, weil meine Eltern weniger Widerstand leisten würden, und gleichzeitig schlecht, weil ich keinen einzigen Tag in der Schule fehlen würde. »Sie müssen die Rolle also ziemlich schnell besetzen.«

Es folgte ein etwas unangenehmer Moment, weil irgendein anderes (blondes) Mädchen versuchte, Archies Aufmerksamkeit zu gewinnen. Vor ein paar Wochen wäre ich voll paranoid geworden, aber nervig fand ich es auch jetzt noch. »Ich habe so große Hoffnungen, und wenn sie grausam zerschlagen werden, ist es umso schmerzhafter«, sagte ich, als wir wieder unter uns waren (also, wir und Angelina). »Ich träume buchstäblich davon, ein Ballkleid zu tragen und mit adligen Herren zu flirten.«

Archie lachte. »Gut zu wissen.«

»Wann kommst du das nächste Mal nach Hause?«

»Erst wenn das Ding im Kasten ist – aber das dauert nur noch ein bis zwei Wochen. Morgen habe ich meine letzte Szene mit Angelina.«

»Die, in der du zu spät heranreitest, um ein junges Mädchen vor einem schrecklichen Tod zu bewahren, und alle Rosen zu Asche werden und von Farbe auf Schwarz-Weiß übergeblendet wird?« Gut möglich, dass ich mir den Drehplan von *Der Fluch* genauer angesehen hatte als unbedingt nötig. »Ist es okay für dich, dass dann Schluss ist?«

Er nickte. »Es ist mir wirklich mehr als recht. Ich mochte endlich mal wieder längere Zeit in London sein.«

»Ich möchte auch, dass du endlich mal wieder längere Zeit in London bist«, sagte ich, und dann wurde ich rot, weil ich immer noch die uncoolste Freundin der Welt war.

Von: Fiona Hull, Personality PR

Datum: 23. November 10:13

An: Elektra James

Cc: Stella Haden, Agentur Haden

Betreff: *MEHR* HILFREICHE TIPPS!!!

Liebe Elektra,
ich möchte dich kurz daran erinnern, dass du VIEL mehr und regelmäßiger posten solltest – und wenn wir dir Inhalte rüberschicken, dann erwarten wir, dass du sie SCHNELLSTMÖGLICH postest und dich mit positiven Beiträgen ins Internetgeschehen einbringst.

- Wir möchten, dass du dich DER WELT PRÄSENTIERST. Offenbare deine Seele. Rede über dein Handwerk, über deine Tätigkeit. Ein paar Dinge solltest du jedoch dabei berücksichtigen:

- VERMEIDE POSTS ÜBER DIE SCHULE.

- Am besten vermeidest du alle Themen, die nichts mit der Branche zu tun haben! (Obwohl Fotos von deinem süßen Hund zielführend sein könnten, wenn sie künstlerischer gestaltet wären – und du dir die Anspielungen auf seine Erziehung zur Stubenreinheit sparen würdest.) Denk bitte immer daran, dass reale Beziehungen und persönliche Vorlieben in Werbeaktivitäten nichts zu suchen haben – es sei denn, wir bitten dich, sie einzubringen!

- Poste keine unangemessenen/markenuntauglichen Bilder #Rawand-Clean! Ich begrüße es zwar, dass dein knapper Schlafanzug mit Schweinchen drauf weniger freizügig ist als deine Straker-Kostüme, aber *wir können nicht vorsichtig genug sein* (zumindest nicht ohne einen ausgezeichneten Fotografen).

Was immer du tust, versuch BITTE nicht, Witze über Enttäuschungen oder Sorgen zu machen. Teile keine negativen Nachrichten oder Gerüchte. *The Bizz* bringt seine Botschaft leider auch ohne deine Hilfe rüber. Verzichte auf SARKASMUS. ***VERSAGENSÄNGSTE SIND NICHT HILFREICH UND AUSSERDEM ANSTECKEND!!!***

Und bitte vergiss nicht, dich zu schminken. Das ist deine Chance, gut auszusehen. Achte darauf, dass du es auch tust – für dich und für *Raw.*

Liebe Grüße und Umarmungen
Fiona

PS: Wir suchen ein paar Einladungen zu Branchenevents für dich aus, damit du dich unter die Leute mischen kannst. Das wird helfen! #RawGlamour

**** PPR * ON FIRE in Soho seit 2010***
Folgt uns auf Twitter: @Personality, Facebook: PersonalityPR, Insta: @PersonalityonFire

KAPITEL 6

»Du kommst in einen Raum, und da sind zehn andere Leute, die genauso aussehen wie du oder besser oder in vielerlei Hinsicht interessanter als du, und es ist alles darauf angelegt, dass du Selbstzweifel bekommst.«

Ryan Gosling

Lerneinheit B 675: Feindliche Welt und Untersuchung der schrumpfenden Welt. »Wer lässt sich bloß solche Klausurthemen einfallen? Weltuntergangsdrehbuchautoren? Endzeitkultführer?« Ich räumte den Stapel Übungsaufgaben vom Küchentisch.

»Geografielehrer«, sagte Moss bekümmert. Sie wohnte jetzt praktisch bei mir (weil wir »zusammen lernten«, aber hauptsächlich, weil ihre Mutter einen neuen Freund hatte und sie die öffentlichen Liebesbekundungen unerträglich fand). »Die sind auf der dunklen Seite. Sie verleiten uns mit hübschen Teichbiotopen und Piktogrammzauber dazu, das Fach zu wählen, und dann – *peng* – zwei Jahre später geht es nur noch um Entwaldung, Naturgefahren und Flächenkartogramme. Ist es zu spät, um auf Medienwissenschaft umzusatteln? Du könntest meine Fallstudie sein. ›Unbekannte Möchtegernschauspielerin Miss X nutzt Social Media wie ein Profi und schließt zu den A-Promis auf.‹ Wie läuft es eigentlich?«

»Nicht gut.« Ich seufzte so schwer, dass Plog von meinem Schoß rutschte. »Gestern Abend habe ich schon wieder einen Beitrag im Internet gefunden, der prognostiziert, dass die Kinogeschichte mit *Raw* einen neuen Tiefpunkt erreichen wird, und von *Fortuneswell* habe ich immer noch nichts gehört. Ich glaube, daraus wird nichts.« Es wurde Zeit, dass ich damit aufhörte, alle fünf Minuten meine E-Mails zu checken und unter der Dusche erfundene Szenen zu »proben«. Es wurde Zeit, alle Hoffnungen zu begraben.

»Das tut mir leid, aber ich habe nicht deine ganze ›Karriere‹ gemeint.« Ihr Mitgefühl wäre besser bei mir angekommen, wenn sie zu »Karriere« keine Gänsefüßchen in die Luft gemalt hätte. »Ich habe nur die Sache mit der Publicity gemeint.«

Ach so, das. »Das wird schon klappen.« Es musste einfach klappen. »Ich muss nur mein Media-Ding finden.«

»Was? Aufblasbare Flamingos?«

»Wohl eher nicht. Aber irgendetwas brauche ich. Ich habe nicht genug Follower.« Vielleicht war das der Grund, warum ich nichts von *Fortuneswell* hörte. »Und ich bekomme viel zu wenig Likes.« Ich überprüfte ständig meinen Beliebtheitsgrad, als wäre ich wieder im achten Schuljahr (und da hatte es mir auch nicht viel genützt). »Ich verwende Unmengen von Zeit darauf, und ich habe immer noch keine Marke aufgebaut.« Moss sah mich an, als hätte ich mich in Flissy verwandelt (die Regina George unserer Schule und – auch wenn ich es nur ungern zugebe – eine Social-Media-Königin). »Ernsthaft, Moss, ich dachte, das schaffe ich locker.« Genug »geübt« hatte ich schließlich, wenn man die Stunden zusammenzählte, die ich in meinem Leben auf Instagram und Buzzfeed verbracht hatte. »Aber … es ist unheimlich schwer.« Ich zeigte ihr die neusten »hilfreichen Ratschläge«, die Fionaaa mir geschickt hatte. »Ich kriege es nicht richtig hin.« Es war, als würde ich meine Posts wie Hausaufgaben abgeben und sie alle mit der Bemerkung »Streng dich mehr an!« zurückbekommen. Ich war sechzehn, und Fionaaa war eine vierzigjährige Frau mit einer Schwäche für gestreifte Strickwaren – das war schon ein bisschen … entmutigend. »Wie soll ich mich ›der Welt präsentieren‹, wenn ich nichts mitteilen darf, das mit meinem wirklichen Leben zu tun hat?«

»LOL, das heißt auf jeden Fall: keine Fotos von mir.« Moss las weiter. »Du sollst auf Sarkasmus verzichten? Das ist schwierig. Dann bleibt dir wirklich nicht viel.«

Ich nickte niedergeschlagen. »Und ich habe keine Zeit, eine neue schillernde Persönlichkeit aus dem Hut zu zaubern.« Schon gar nicht, wenn ich die Geografieklausur schaffen wollte. »Es sei denn …« Ich hörte auf zu jammern und zeigte auf das PS, den guten Teil der E-Mail. »Es sei denn, Fiona schleust mich tatsächlich bei Promi-Events ein.«

»Zum Beispiel?«

»Filmpremieren? After-Show-Partys vielleicht? Ich weiß nicht, Handtaschenpräsentationen? Du kannst als meine Begleitung mitkommen.«

Moss schnaubte. »Dass deine Mutter dich auf eine After-Show-Party gehen lässt, ist genauso unwahrscheinlich wie eine Eins in Chemie für mich.«

»Ich werde es ihr nicht sagen.«

»Ha, viel Erfolg!«

Moss war nicht gut drauf – vielleicht wegen Geografie, wahrscheinlich aber wegen Torr, der ihr seit »Der Großen Liebeserklärung« nicht mal ein paar Brotkrümel, sprich Nachrichten, hingeworfen hatte, um ihre Hoffnung aufrechtzuerhalten. Ich klappte meinen Laptop auf. »Was Carlo alles auf die Beine stellt, gibt mir das Gefühl, eine totale Niete zu sein. Guck dir sein Insta an!« Nicht gerade die subtilste Taktik …

»Ja und? Da ist doch nur er zu sehen, bei irgendwelchen mehr oder weniger sportlichen Aktivitäten – mit freiem Oberkörper.«

»Nicht nur.« Aber hauptsächlich. »Er macht sogar seine Späße auf *Twitter.*« Ich wusste nie, was ich schreiben sollte, und wenn ich etwas schrieb, dann drehte ich durch, weil es möglicherweise falsch war, und löschte es wieder, und dann drehte ich durch, weil es unter Umständen jemand mitbekommen hatte (PPR bekam alles mit). Es war total nervenaufreibend.

»Guck mal, da bist *du!*« Moss zeigte auf ein Gruppenfoto von mir, Carlo und der halben Crew, wie wir im »Fluss« paddelten (besser gesagt herumalberten). »Kann nicht mehr lange dauern, bis *The Bizz* das ein *Ding* nennt.« Mittlerweile war sie neugierig geworden und durchforstete seine gesamten Fotos.

»Und? Schreibt ihr euch?«

»Das weißt du vermutlich schon, oder?« Ich nickte. Carlo hatte es erwähnt. »Da läuft aber nichts«, sagte sie schnell.

»Könnte aber, oder? Wäre doch lustig.«

»Ich werde mich nicht auf eine virtuelle Geschichte mit Carlo als Lückenbüßer einlassen, nur um dich zu amüsieren, Elektra. Er hat sowieso keine Absichten. Und ich auch nicht. Natürlich weil er *Schauspieler* ist.« Ich sah sie böse an. »Trotzdem finde ich ihn … egal, ich habe kein Interesse. Nicht das geringste. Wirklich nicht.«

»Aber –«

»Nein, Elektra. Daraus wird nichts. Männer sind nur noch Kumpel für mich«, sagte sie spröde. »Vielleicht für immer.«

»Ich muss los.« Mum kam in die Küche. »Ich setze dich am Park ab, Elektra, dann kannst du Plog ausführen und auf dem Rückweg ein paar Einkäufe für mich erledigen. Ich komme nämlich erst sehr spät wieder nach Hause. Moss? Du siehst aus, als könntest du auch einen Spaziergang an der frischen Luft gebrauchen. Von dem Monitorlicht werdet ihr ganz blau im Gesicht.«

Das war nun wirklich Quatsch.

Moss lehnte höflich ab. Was für eine Überraschung.

Eine Stunde später war mir kalt und langweilig, und ich kam in einem Tempo von gefühlt zehn Schritten pro Stunde vorwärts. Ich drehte mich zu meinem kleinen, aber sehr eigensinnigen gepunkteten Hund um und zerrte an der Leine, aber er blieb hartnäckig sitzen. Ich zog ihn ein Stück hinter mir her, ohne die bösen Blicke der sachkundigen Hundehalter ringsum zu beachten, die mich wahrscheinlich für eine Tierquälerin hielten. Das war doch verrückt. Plog war ein Hund. Und Hunde gingen gern spazieren, oder etwa nicht?

»Komm schon, Plog, halt dich an die Regeln!«

Keine Bewegung. Er rührte sich nicht vom Fleck. Ich setzte mich auf eine Bank und nahm ihn auf den Schoß, um mich zu wärmen. Er grinste mich förmlich an und kaute vergnügt an seiner Leine. Ich checkte mein Telefon – zwei Nachrichten von meiner Mutter, die mich bat, noch irgendein Gemüse mitzubringen, eine von Eulalie mit einem Foto, das sie und Havelski lachend vor einem Hintergrund aus goldenen Ananas zeigte (keine Ahnung, was das war), und eine von Archie. Nur drei Wörter: **Es ist vorbei.**

So eine Botschaft wollte eigentlich kein Mädchen von seinem weit entfernten Freund bekommen, aber ich war ziemlich sicher, dass ich wusste, was er meinte. **Hast du gerade deine letzte Szene abgedreht???**

Ja. Jetzt ist es aus. Aus und vorbei! 😢😢😢😢😢⚰️⚰️⚰️⚰️⚰️🦇🦇🦇🦇🦇🧛‍♀️🧛‍♂️🧛🏾‍♀️🧛🏾‍♂️🧛‍♀️

Haben alle geheult? Nach meiner letzten Szene hatten alle geheult, aber es war ja auch eine entsetzliche Todesszene gewesen. Meine Todesszene.

Nein, NIEMAND. Es war eine Green-Screen-Szene. Ich war allein mit dem dritten Regieassistenten, dessen Namen ich immer noch nicht kenne, mehreren Technikern und zweihundert unsichtbaren Fledermäusen.

Keine schluchzenden Mädchen als Publikum? Er würde es überleben. **Es ist erst vorbei, wenn sie keine zweite Staffel mehr machen wollen …**

Daran will ich jetzt gar nicht denken. Ich muss schmutzige Klamotten von drei Monaten zusammenpacken, mich von hundert Leuten verabschieden und in ungefähr zwei Stunden meinen Flug kriegen.

Und in ungefähr fünf Stunden würde mein Freund wieder eine Busfahrt von mir entfernt wohnen und nicht mehr von bildhübschen Mädchen umringt in einem Wald in Rumänien hocken. **Bringst du mir einen Berg Schokolade aus dem Duty-free-Shop mit?**

Ich habe noch genau vier Euro in der Tasche, also wohl eher nicht. Aber morgen komme ich zu dir rüber und helfe dir, Plog zu erziehen oder so. Gibt es gute Nachrichten von Fortuneswell?

Nein, ich gebe den Traum vom Korsett auf.

Er schrieb sofort zurück: **Diesen Traum gebe ich niemals auf! Muss jetzt los, bis morgen dann. xx**

Und dann stellte ich fest, dass ich irgendwie einen Anruf von Stella verpasst hatte. Vielleicht doch gute Nachrichten? Gab es immer noch Hoffnung? Ich rief sie sofort zurück. »Stella? Hey … Hier ist Elektra … *Runter mit dir!*«

»Wie bitte?«

»Oh, sorry, ich habe Plog gemeint«, sagte ich. »Er ist mein neuer Hund«, schob ich schnell nach, damit Stella nicht auf die verrückte Idee kam, dass ich von einem kleinen Mann mit einem merkwürdigen Namen belästigt wurde.

»Hallo, Plog!«, flötete Stella, und als er nicht antwortete, fragte sie: »Was machst du so?«

»Ich? Jetzt gerade?«

»Ja, jetzt.«

»Nichts. Nein! Wir spielen jetzt *nicht!*«

»Wie bitte?«

»Das ging auch an Plogs Adresse.« Natürlich. »Gibt es etwas Neues von *Fortuneswell?*« Ich bemühte mich, nicht allzu verzweifelt zu klingen.

»Leider nicht. Nichts als Schweigen von Upton. Aber uns ist zu Ohren gekommen, dass die Rolle besetzt wurde.« Wahrscheinlich mit einer Schauspielerin, die eine Million Instagram-Follower hatte. »Ich würde das einfach als Erfahrung abhaken.« Alle Hoffnung niedergemetzelt. Wieder einmal.

Ich atmete tief durch und tat so, als würde es mir nicht so viel ausmachen. »Dann muss ich die Quadrille wenigstens nicht lernen.«

Stella lachte. »Eines Tages, Elektra, eines Tages! Aber jetzt musst du erst mal auf dem schnellsten Weg nach Shoreditch. Du musst spätestens um sechzehn Uhr da sein. Ist das machbar?«

»Geht es um ein *Casting?*« Wenn es um ein Casting ging, war alles machbar. Kratzte da etwa die Hoffnung am Sargdeckel?

»Ja.« Wow, jetzt vollführte die Hoffnung auf ihrem verfrüht geschaufelten Grab einen Stepptanz. Dieses Gespräch war die reinste Achterbahn der Gefühle! »Es geht um die Pilotsendung für eine Familienkomödie.« Ich versuchte, mich zu beruhigen und auf das zu konzentrieren, was Stella sagte. »Ein überfordertes Elternpaar, ein Teenagermädchen, das wahrscheinlich eine Untote ist, und ein neugeborenes Baby.« *Yes!* Es war zwar keine Korsett-Rolle, aber mit der ganzen

Untoten-Thematik kam ich klar. Das war okay. »Aus Gründen, die nur die Produzenten kennen, lautet der Arbeitstitel *Strawberry Jam*. Ich habe kein Drehbuch, aber ich maile dir eine Karte.« Damit legte sie auf.

Hm.

Jetzt hatte ich ein Problem.

Ein kleines Problem, das mit vier Pfoten und einer schwachen Blase zu tun hatte.

Ich konnte Plog nicht einfach im Park lassen. Und ich konnte ihn auch nicht nach Hause bringen, weil meine Eltern kilometerweit weg waren und nicht vor sechs Uhr zurückkamen und ich meinen Haustürschlüssel verbummelt hatte. Hilfe! Ich rief Moss an und dann Daisy. Bei beiden erreichte ich nur die Mailbox.

Das war nicht gut. Ich rief Stella noch mal an. »*Hier ist der Anrufbeantworter von Stella Haden. Ich bin gerade nicht an meinem Schreibtisch, hinterlassen Sie Ihren Namen und Ihre Nummer.*« Ich versuchte es bei Charlie. »*Ich bin gerade nicht im Büro …*« Ich wählte Stellas Handynummer. »*Hier ist der …*« Von Charlie hatte ich keine andere Nummer. Vor lauter Panik und Adrenalin fing ich an zu schwitzen. Ich ging fünf Minuten lang nervös auf und ab und probierte alle Nummern noch mal durch, die ich hatte. »*Hier ist der …*« Ich sah auf meine Uhr; es war kurz vor drei.

Was sollte ich tun?

Ich schaffte es, um fünf vor vier da zu sein. An der Tür war ein Schild, das aussah, als wäre es auf einer alten Schreibmaschine getippt worden.

WENN DU KAT CASTING SUCHST, GEH DURCH DAS CAFÉ IN DEN FLUR UND DIE TREPPE HOCH IN DEN ERSTEN STOCK. MÖGEST DU RUHM UND REICHTUM FINDEN – WENN DU ES WIRKLICH WILLST. IM ZWEIFELSFALL BLEIB LIEBER UNTEN UND PROBIER DEN HUMMER-KIMCHI-BURGER MIT KÄSE UND CHILISOSSE …

Es war die Art von Café, die sich die Räumlichkeiten mit einer Fahrradwerkstatt teilte, frisch gemahlene Bohnen aus eigener Röstung für den Kaffee verwendete, als ausgefallensten Kuchen Möhrentorte anbot und von Bartträgern bevölkert war. Es war der reine Insta-Himmel – das war das Gute daran. Weniger gut war allerdings, dass ich dort nirgendwo einen kleinen gepunkteten Hund unterbringen konnte. Ich atmete tief durch, nahm Kontakt zu meiner inneren Amber Leigh auf und verfrachtete Plog kurzerhand in meine Tasche. Er wirkte etwas überrascht, machte es sich aber gleich zwischen leeren Chipstüten und meinen Sportsocken gemütlich.

»Hey, Elektra James, richtig?« Katya öffnete mir die Tür, bevor ich geklingelt hatte – wahrscheinlich, weil ich beim Umstoßen ihres Fahrrads schon genug Lärm gemacht hatte. Sie trug eine Beanie und hatte nur einen Hauch von Schnurrbart. »Ich habe dich wegen deines Porträts wiedererkannt …« Sie hatte einen starken amerikanischen Akzent. »Oh. Mein. Gooott! Wie *goooldig!*«

So eine Reaktion war ich von Casting-Leuten nicht gewohnt. Es fühlte sich gut an.

»Wen haben wir denn da?«

Ach so. Plog hatte eine Pfote aus der Tasche gestreckt, und es sah aus, als wollte er ihr die Hand schütteln.

»Das ist ... ein Hund. Es tut mir so leid«, sagte ich. »Ich muss auf ihn aufpassen, und ich wusste nicht, was ich tun sollte, und ich konnte Stella nicht erreichen und –«

»*Dein* Hund?«

Ich widerstand der Versuchung, ihr zu erzählen, irgendein Fremder hätte ihn mir praktisch in die Arme gedrückt, und nickte beschämt.

»Ein Dalmatiner, nicht wahr?« Seine Punkte kamen von Tag zu Tag deutlicher zum Vorschein. »Ich LIEBE Dalmatiner!«

»Soll ich ihn hier draußen lassen?« Ich sah mich um und suchte etwas, woran ich ihn festbinden konnte.

»Aber nicht doch«, sagte Katya fröhlich. »Nimm ihn mit. Wir haben einen Büromops.« Es gab einen großen Unterschied zwischen einem Büromops und Plog.

»Er ist schon stubenrein«, murmelte ich hoffnungsvoll, aber nicht ganz überzeugend.

»Keine Sorge! Polly ist uralt und braucht inzwischen Windeln.« Katya zeigte auf einen schniefenden Hund, der zusammengerollt auf einem Ledersofa in der Ecke lag – halb Mops, halb Kissen. Zur Begrüßung ließ Polly erst mal einen fahren.

»Entschuldige den kurzfristigen Samstagstermin und die fehlenden Infos. Die Kunden haben es verbockt – aber das hast du nicht von mir! Also, es geht um ein Demo für eine Sitcom. So ähnlich wie *Outnumbered,* aber mit Problemen. Na ja, das haben sie mir jedenfalls gesagt.«

»Mit welchen Problemen?« Ich zog Plog von einem Kamerakabel weg, das seine Neugier geweckt hatte.

»Vernachlässigung durch die Eltern. Kinder bleiben in der Schule zurück. Mobbing. Zombies. Vielleicht mobbende Zombies? Solche Sachen.«

»Aber witzig angelegt, oder?« Ich versuchte, mir eine Vorstellung davon zu machen, was von mir verlangt wurde, bevor Katya mich filmte.

»Ich denke mal, es ist eine schwarze Komödie. *Britischer Humor.*« Katya klang etwas unsicher. »Möglicherweise mit sozialrealistischem Unterton, vielleicht handelt es sich aber auch um magischen Realismus. Ich wusste noch nie, was das eigentlich ist, aber es gibt auf jeden Fall einige Traumsequenzen ...« Sie griff gedankenverloren in das Keksglas auf ihrem Tisch. Großartig. Sie gab Plog einen Keks. Er flippte aus vor Begeisterung. Und ich wartete. Und wartete ... »Jedenfalls«, fuhr sie endlich fort und ließ Plog die Krümel von ihren Händen lecken, »könnte die Szene, die wir filmen werden, nicht einfacher sein.« Sie gab mir einen Drehbuchauszug. »Du bist Meg. Sie ist mit ihrer Mutter in der Küche. Es ist eine typische Streitszene, wie sie in jeder Familie vorkommt, aber mit einem *untoten* Einschlag. Kinderleicht.«

Ich überflog den Text rasch. Es gab nur wenige Anhaltspunkte für meine Figur. Vielleicht konnte mir Katya hilfreiche Regieanweisungen geben, aber sie ignorierte mich schon wieder und spielte mit Plog. Ich musste Meg perfekt rüberbringen. Also konzentrierte ich mich und las die Seiten *sehr* aufmerksam und immer wieder, bis Katya endlich aufhörte, Plog den Bauch zu kraulen, und sich hinter die Kamera stellte.

»Ich lese die Mutter«, sagte sie. »Bereit?« Das kleine rote Licht an der Kamera blinkte, und Katya, die gechillte Welpenschmuserin, verwandelte sich in eine gestresste Mutti.

Katya/MUM
Beeil dich, Meg. Du kommst *schon wieder* zu spät zur Schule!

Ich/MEG
Ich gehe heute nicht zur Schule.

Ups, ich hatte Meg unwillkürlich einen starken amerikanischen Akzent verpasst. Wir hatten die Szene in stillschweigender Übereinkunft nach Texas verlegt.

Katya/MUM
Wenn du nicht gehst, bekommst du Ärger.

Katya war garantiert eine der vielen Casting-Agentinnen, die als Schauspielerin angefangen hatten. Sie legte sich mächtig ins Zeug.

Ich/MEG
Was für einen Ärger ich kriege, wenn ich hingehe, willst du gar nicht wissen.

Aufgeputscht von der Keks-Zuckerbombe sprang Plog neben mir auf und ab. Neiiin! »Es tut mir furchtbar leid«, sagte ich. »Ich glaube, er ist ins Bild gekommen. Sollen wir das wiederholen?« Katya knuddelte Plog fünf Minuten lang, dann machten wir weiter.

Katya/MUM
Wovon redest du?

Ich/MEG
Ich wurde von der Schule geworfen.

Katya/MUM
(Schockiert)
Was? Warum?

Ich/MEG
Es war ein Irrtum. Logo. Ein klitzekleiner Tod im Klassenzimmer, und wer wird verdächtigt? Ich natürlich. Typisch!

Plog sprang kläffend an mir hoch. Er wollte spielen – ich wollte sterben. Ich versuchte, ihn abzuwehren, ohne ihn quer durch den Raum zu schubsen, und wiederholte meinen Text. »Es war ein …« Aber kaum hatte ich angefangen, jaulte Plog kläglich.

»Es tut mir so leid.« Ich dachte an Digby – er hätte mich niemals so blamiert.

»Nein. Wow, das war großartig!«

Tatsächlich?

»Ernsthaft, Ploggy ist so gescheit!«

Ploggy.

»Er hat hundertprozentig mitgekriegt, wie aufgebracht du in dieser Szene warst. Wow. Er ist so einfühlsam.«

Einfühlsam? Vielleicht war er das wirklich. Jetzt schaute er jedenfalls schuldbewusst mit großen Augen zu mir auf.

»Oh mein Gott, dafür hat er eine Belohnung verdient.« Hatte er absolut nicht, aber Katya kam hinter der Kamera hervor und ging zu dem Keksglas. Diesmal nahm sie zwei Kekse heraus. Leider waren sie beide für Plog.

Ich bekam noch zwei weitere Versuche; zehn Prozent Filmzeit für mich, neunzig Prozent Ablenkung durch Plogs Gebettel um mehr Kekse.

Die Hoffnung war zurück auf der Intensivstation.

WEEKEND RECORD

Promi-News ... Film & TV

Der idyllische Frieden von Affpuddle im maleri-
schen Dorset wurde heute durch Außenaufnahmen
für die TV-Serie *Fortuneswell* gestört. Die Dorfbe-
wohner haben sich bereits daran gewöhnt, dass sie
den einen oder anderen Fernsehstar flüchtig zu se-
hen bekommen und Horden von Technikern sämt-
liche Glühbirnen und Batterien im Ort aufkaufen.
Aber nun wird eine Dorffestszene gedreht, und die
Fans können hautnah dabei sein.

Die meisten, die heute um einen guten Platz
kämpften, haben gehofft, näher an Lohan Winter
heranzukommen, der in prächtiger roter Uniform
Captain Winter spielt, den Eroberer des Herzens
der wunderschönen Sophia St Clair (gespielt von
Ally Sheer). »Wäre ich dreißig Jahre jünger, würde
ich mich mit ihm um sie schlagen«, erklärte Dawn
(45), Eigentümer des örtlichen Gemischtwarenla-
dens. Malia war eigens aus Winnipeg angereist,
um Mr Winter einmal in echt zu sehen. »In Uni-
form sieht er wirklich gut aus«, sagte sie begeis-
tert. »Obwohl ich gehofft hatte, einen Blick auf
sein berühmtes Sixpack erhaschen zu können.«
Doch Mr Winter war nicht der einzige Herzensbre-
cher, auf den es die zahlreichen Fans abgesehen
hatten. Der junge, attraktive James Moore (zuletzt
im Cast von *Möge Eton blühen* und Gewinner des
letztjährigen alternativen Filmpreises in der Kate-
gorie *»Schauspieler mit dem größten Snob-Poten-
zial«*) spielt Viscount Luddington und genießt es
zweifellos, dass sich die St-Clair-Schwestern
(Belle, gespielt von Lucy Morton, und Mary, ge-
spielt von Georgie Dunn) um ihn streiten. »Er hat
ein Selfie mit mir gemacht!«, kreischte die fünf-
zehnjährige Sofia verzückt. »Der schönste Tag
meines Lebens!«

»Dass derart viele Säue durchs Dorf getrieben
werden, habe ich zuletzt erlebt, als ich noch ein
kleiner Bub in kurzen Hosen war«, kommentierte
Willy Ellis, mit neunzig Jahren der älteste Dorfbe-
wohner.

Die Londoner Leser dürfen sich auf einige Au-
ßendrehs in der Hauptstadt im Dezember freuen.

KAPITEL 7

»Mittlerweile bin ich relativ immun gegen gehässige Kritik.«

Sienna Miller

»Es ist ein Angebot. Ich denke, wir müssen darüber reden«, sagte Dad. »Und sie sind offensichtlich sehr interessiert. Sie haben sich schnell entschieden – sie haben es anscheinend eilig.«

»Ich nehme an, es ist zeitgebunden«, meinte Mum. »Das Spielalter ist sicher ein Einflussfaktor. Und es ist so eine große Entscheidung.«

»Es könnte die Entwicklung in einem sehr wichtigen Jahr behindern.« Dad reichte mir die Milch. Wir saßen bei einem späten Frühstück zusammen, weil ich (aus einem nicht näher bezeichneten – also vermutlich ungeheuerlichen – Lehrer-Grund) ausnahmsweise erst um elf in der Schule sein musste.

»Und wir müssen wirklich bedenken, welche Auswirkungen die langen Tage am Set haben«, fügte Mum hinzu. »Die ganze Warterei.«

»Und die ganze Zeit nur Catering.« Was redete mein Vater da? An dem Catering am Set war absolut nichts auszusetzen. Dieses Essen schmeckte einfach jedem!

»Meine Sorge ist, wo das alles *endet*. Ich weiß einfach nicht, ob das so gesund ist.« Mum seufzte.

»Seht euch Lindsay Lohan an«, fügte ich hinzu. »Die vielen jungen Schauspieler, die aus dem Tritt geraten …«

»Das ist eigentlich mein Text, Elektra«, sagte Mum und sah Dad lachend an.

Krass.

So witzig war es nun auch nicht.

Ich las Stellas E-Mail zum dritten Mal.

Von: Stella, Agentur Haden

Datum: 24. November 08:51

An: Elektra James

Cc: Julia James; Charlie, Agentur Haden

Betreff: Kat Casting Pilotfilm/*Strawberry Jam* + Update über *Raw*

Liebe Elektra,

Kat Casting hat mir gestern nach Büroschluss eine E-Mail mit einer interessanten Rückmeldung geschickt. Katya hat sich wirklich gefreut, dich kennenzulernen (ich bin ziemlich sicher, dass sie dich nicht vergisst), aber leider haben sie sich für dieses Projekt anders entschieden. Es gab allerdings noch mehr Feedback, und da nimmt die Geschichte eine bizarre Wendung!

Elektra James, was hast du dir nur dabei gedacht?! Es ist noch nie vorgekommen, dass ein Schützling von mir mit seinem Hund beim Vorsprechen aufgetaucht ist! Mit dem falschen Drehbuch – ja, mit verbotenen Substanzen – ja, aber mit einem Haustier? *Noch nie!*
In aller Regel ist das keine gute Idee.

Gleichwohl besteht *Kundeninteresse* … Plog ist, wie du wahrscheinlich weißt, mehrmals ins Bild gekommen, und als Katya den Kunden das Material geschickt hat, waren sie sehr beeindruckt von ihm. Sie haben gefragt, ob es vielleicht möglich ist, dass Plog in dem Pilotfilm die Rolle des Familienhunds übernimmt. Sie sind überzeugt, dass er genau die Energie und Lebendigkeit in die Szene einbringen würde, auf die sie abzielen. Er würde auch ordentlich bezahlt – unter Einkalkulierung der Betreuungskosten würde er einen Stundensatz bekommen, der etwas *höher* ist als der, den wir für dich hätten verlangen können.

Wir hätten Plogs Porträt zwar furchtbar gern bei uns an der Wand, aber wir haben eigentlich nicht die nötige Fachkompetenz, um ihn zu vertreten, also werde ich deine Kontaktdaten an Katya weitergeben, damit ihr das unter euch klären könnt. Wenn Plog richtig ins Geschäft einsteigen will, sollte er sich einen eigenen Agenten besorgen (hier findest du eine Liste seriöser Tiercasting-Agenturen)!

Lob den Kleinen von uns, das hat er gut gemacht! Er ist offensichtlich ein Hund mit außergewöhnlichen Begabungen 😀.

Und zu *Raw*: Bevor ich es vergesse – ich weiß, dass Fiona von PPR daran arbeitet, eine Reihe von Einladungen zu Branchenevents für dich zu organisieren, damit du dein öffentliches Profil aufbauen kannst.

Julia, ich habe Sie einfach in cc gesetzt, weil mir klar ist, dass dieses Schuljahr besonders wichtig für Elektra ist und Sie sicherlich in der Familie darüber entscheiden wollen, ob sie diese Art von Arbeit (die durchaus wichtig ist) neben der Schauspielerei machen kann … Fühlen Sie sich nicht unter Druck gesetzt. Ich unterstütze Sie, ganz gleich, welche Entscheidung Sie treffen.

Stella x

Das war echt nicht die Rückmeldung, die ich mir erhofft hatte. Ich sah mir Plog an, der wie ein Murmeltier in Digbys großem Korb schlief. Er schnarchte leise. Tja, er hatte ja auch allen Grund dazu, tief und fest zu schlummern. Er war nicht derjenige, der keine Rollen bekam. Er sah putzig aus. Ich überlegte, ob ich ein Foto posten sollte – Werbung mit Plog. *Er* wurde ja jetzt ein Star. Mein Telefon bellte; es war, als würde mich mein Klingelton mit Spott überschütten. Wieder eine E-Mail für mich, die eigentlich gar nicht für mich war.

Von: Katya, Kat Casting
Datum: 24. November 09:09
An: Elektra James
Betreff: Plog in *Strawberry Jam!*

Hallo Elektra,

hat Stella dir gesagt, dass wir unbedingt einen Star aus Plog machen wollen? Er ist PERFEKT. Würdest du mir bitte ein paar Bilder und seine Daten schicken? Das Übliche: Größe, Alter, Augenfarbe usw.

SO aufregend!

Katya

PS: Tut mir so leid, dass wir dich nicht genommen haben, Elektra! Mich hast du auf jeden Fall als »gestresster untoter, aber echter Teenager« überzeugt, doch vielleicht habe ich nicht richtig verstanden, was der Kunde wollte. Es war eine kniffelige Angelegenheit. Vielleicht nächstes Mal!

»Oooh«, sagte Mum, die mir über die Schulter schaute. »Sie finden ihn perfekt!« Dann wandte sie sich von mir ab, um mein vierbeiniges Brüderchen mit Liebe und Zuneigung zu überhäufen. »Du bist perfekt, nicht wahr, mein süßer kleiner Hundeschatz?« Er war nicht *ihr* süßer kleiner Hundeschatz! Er war ganz sicher nicht ihr süßer kleiner Hundeschatz gewesen, als er ein halbes (geklautes) Würstchen auf den Teppich gekotzt hatte. »Tut es weh, zugunsten von Plog übergangen zu werden?«

»Es ist ja nicht so, als wollten sie ihn für die Rolle, für die *ich* vorgesprochen habe«, wiegelte ich ab. »Mein Ego wird es überleben.« Meine Karriere möglicherweise nicht. »Ob sein Ego das schafft, weiß ich nicht.«

»Ich glaube nicht, dass Hunde ein Ego haben«, sagte Dad. »Ich bin nicht mal sicher, dass Menschen eins haben.« Er murmelte etwas Unverständliches über Freud und unbewiesene Konzepte. Aber Dad hing ja auch nicht mit Mädchen aus meiner Klasse rum. Oder mit Schauspielern.

»Ich habe einiges über das Seelenleben von Welpen gelesen. Sie sind hochintelligente soziale Wesen«, sagte Mum.

Der arme Plog! Gleich würde sie ihm eine Liste zur Leseförderung machen und ihn mit Nahrung fürs Gehirn versorgen. Aber warum eigentlich nicht? Wenn er mir schon die Rollen klaute, konnte er auch gleich die Prüfungen für mich machen.

»Er hat viele Eigenschaften, auf die man stolz sein kann«, sagte Dad.

Wir sahen alle Plog an, der aufgewacht war und sich sein Hinterteil leckte. »Er wird Einladungen zu Promi-Events bekommen«, sagte ich – der einzige Lichtblick in Stellas E-Mail.

»Glaub bloß nicht, dass du dich auf irgendwelchen Promi-Events herumtreiben wirst«, erwiderte Mum sofort.

»Komm schon, Mum! Das ist was Berufliches.«

»Nein, niemals!«, sagte sie bestimmt. »Keine Chance.«

Ich sah Dad an. »Ich bin mit deiner Mutter einer Meinung«, bekräftigte er. »Dass wir uns mit deiner schauspielerischen Tätigkeit abgefunden haben, ist eine Sache – dich abends losziehen zu lassen, damit du bei allen möglichen Events fotografiert wirst, eine ganz andere. Das ist ein gewaltiger Unterschied.«

»Aber ich bin *sechzehn.*«

»Genau«, meinte er.

Ach, meine Eltern waren hoffnungslos. Mein Telefon bellte wieder. **Angelina kommt nach Hause.**

»Von Archie?«, fragte Mum. Ich nickte. »Grüß ihn von uns.« Nein, auf keinen Fall!

Sie ist gerade in Deutschland auf der Autobahn unterwegs. Endlich kehrt sie wieder in ihren luxuriösen Stall in Ascot zurück. Ich besuche sie am Wochenende. Ihm fehlte dieses Pferd mehr als sämtliche bildhübschen Mädchen zusammen. Angelina wuchs mir allmählich ans Herz. **Kommst du mit?**

Ich kann nicht. Muss zu dem eintägigen Kurs »Erfolgreich unterwegs in der steinigen Social-Media-Landschaft« im Actors' Center

Klingt grauenhaft.

Nur etwas weniger grauenhaft als der eintägige Wiederholungskurs »Steine und Steinlandschaften« in Geografie. Ich hab übrigens was von dem Zombie-Casting gehört. Sie haben sich gerade gemeldet.

Und?

Sie wollen mich nicht.

Mist. Vergiss es! Zombies sind doch gestorben.

Sind sie eben nicht. Das ist ja der Punkt ... Sie haben ein Angebot gemacht.

???

Für Plog.

Hahahahaha.

Offenbar ist er vor der Kamera ein Naturtalent.

Hahahaha. Sicher.

Das ist kein Witz. Sie wollen ihn. Ich habe dir doch erzählt, dass dein Hund mir ganz ungeniert die Show gestohlen hat.

Mein Hund? Unser Hund, Elektra. Wir sollten stolz auf ihn sein. Und er braucht unsere Unterstützung, um seine Träume zu verwirklichen.

Nicht witzig. Mein Humor war mir kurzfristig abhandengekommen.

Ein bisschen schon. Will er es machen?
Keine Ahnung, er hat sich noch nicht dazu geäußert.

»Mir ist es vollkommen egal, ob sich diese Versammlung bis in die Mittagspause zieht«, sagte Mrs Green (die ratloseste Beratungslehrerin der Schulgeschichte) einige qualvolle Stunden später. »Ich lasse euch erst gehen, wenn wir alle Punkte auf dieser Liste besprochen haben.« Sie hielt etwas hoch, das aussah wie die Schriftrollen vom Toten Meer. »Die Klausuren«, fuhr sie fort. »Es wird euch sicher freuen zu hören, dass wir den Zeitplan fertig haben.« Wir waren ein schwieriges Publikum. Von Freude konnte keine Rede sein. »Je nach Fächerauswahl schreibt ihr eure Klausuren zwischen dem 19. und 25. Januar.«

»Das ist ja noch ewig hin«, sagte eine Optimistin in der letzten Reihe.

»Die Zeit verfliegt ihm Nu, wie ihr feststellen werdet«, entgegnete Mrs Green (die noch nie etwas für Optimismus übriggehabt hatte).

»Womöglich werden wir bis dahin gar nicht mit dem ganzen Stoff fertig«, sagte Molly in die beklommene Stille hinein. Molly war das einzige Mädchen in unserer Jahrgangsstufe, das garantiert mit allem fertig wurde. Im Gegensatz zu ihr hatten einige von uns noch nicht mal richtig angefangen.

»Die Fragen beziehen sich hauptsächlich auf das, was im Unterricht behandelt wurde.« Hauptsächlich? Und bei den restlichen sollten wir einfach optimistische Vermutungen anstellen? »Die Termine geben euch den nötigen Schubs, damit ihr endlich beginnt, dieses Jahr ernst zu nehmen.«

»Bisher war die Elf ja auch das reinste Vergnügen«, brummelte Flissy.

Manchmal fand ich sie gar nicht so übel.

Mrs Green machte weiter: »Hier ein paar Dinge, die ihr wissen müsst. Was ihr auf jeden Fall vermeiden solltet, sind Stress, Panik und schlechte Noten.« Bei dem Stichwort »schlechte Noten« gerieten wir alle sofort in Stress und Panik. »Nutzt die verbleibenden Unterrichtsstunden gut, denn viele sind es nicht mehr. Wenn ihr etwas nicht versteht, dann fragt. Wenn ihr im Klausurraum sitzt, ist es zu spät.« Irgendjemand stöhnte leise. »Ihr müsst anfangen, auf euch zu achten. Keine langen Nächte!« Sie sah Flissy durchdringend an, die prompt die Augen verdrehte. »Und keine sinnlosen Ablenkungen – nach den Klausuren habt ihr noch genug Zeit, euer Liebesleben in Ordnung zu bringen – oder nach dem Schulabschluss, wenn ihr so vernünftig seid.« Ganz schön krass. »Und ihr braucht einen Übungsplan. Ich habe hier Kalender für euch alle.« Sie zeigte auf einen großen Stapel auf ihrem Pult. Oh Gott, sie waren in A3! »Wenn ihr sie ausfüllt, erhöht das eure Motivation zum Üben, Üben, Üben. Seht euch die alten Klausuraufgaben im Internetportal der Schule an und lernt, lernt, lernt! Es versteht sich von selbst, dass ihr in dieser Zeit auf sämtliche Social-Media-Aktivitäten verzichten solltet.« Dazu hätte Fionaaa sicherlich etwas zu sagen. »Und vergesst alles, was ihr über gemeinsames Lernen mit Freunden gelesen habt.« Sie sah Moss und mich an. »Das ist absolute Zeitverschwendung. Natürlich sind aus schulischer Sicht euer Wohl und eure charakterliche Entwicklung die wichtigsten Aspekte, aber bedenkt bitte, dass Gefühle vorübergehen, Prüfungsergebnisse jedoch für immer bestehen bleiben.«

»Puh, das war deprimierend«, sagte Moss, als wir endlich erlöst waren und zur Cafeteria gingen.

Ich nickte. »Und wir kommen so spät zum Essen, dass nur noch Salat und Obst übrig sind. In der Zeit, in der sie uns vollgetextet hat, hätten wir ein komplettes Modul wiederholen können.« Hätten wir gekonnt, hätten wir aber nicht gemacht. Ich seufzte. Ich musste schleunigst mit dem Lernen anfangen. Ich wollte nicht durchfallen.

»Will jemand diesen Kalender haben?«, fragte Molly. »Ich habe schon einen. Es klappt besser, wenn man gleich zu Anfang des Schuljahrs damit anfängt. Zum jetzigen Zeitpunkt besteht schon ein erheblicher Aufholbedarf.« Sie hatte ja keine Ahnung.

»Ich nehme ihn.« Jenny riss Molly den Kalender förmlich aus der Hand.

»Du brauchst doch keine zwei Kalender«, sagte ich. Wahrscheinlich hätte ich ihn nehmen sollen. Dann hätte ich einen für meinen Prüfungscountdown und einen für meinen Countdown bis zum Kinostart von *Raw* gehabt.

»Meinen habe ich schon vollgeheult, und jetzt ist alles verschmiert.« Jenny war eine meiner besten Freundinnen, und ich liebte sie, aber als stabile, belastbare Person konnte man sie wahrlich nicht bezeichnen. Ich gab ihr mein letztes Haribo.

»Musst du die Klausuren überhaupt schreiben?«, fragte Flissy, die – wie es »das Glück« wollte – auf einmal hinter uns in der Essensschlange stand. »Oder kommst du wieder mit der ›Ich drehe gerade‹-Ausrede?« Sie malte spöttisch Gänsefüßchen in die Luft. »Aber du hast ja schon seit einer Ewigkeit keine Rolle mehr gehabt, nicht wahr?«

»Ein paar Monate sind keine Ewigkeit. Das ist nicht mal besonders lang«, log ich. Es kam mir unheimlich lang vor.

»Als du die Rolle in dem seltsamen Weltuntergangsfilm bekommen hast, hast du bestimmt gedacht, dass du nie wieder hierher zurückkehrst. Pech gehabt!«

»Das habe ich nicht gedacht.« Das lange, qualvolle Jahr, bevor ich überhaupt eine Rolle bekommen hatte, hatte mich eins gelehrt: Pessimismus. Und jetzt bekam ich einen hübschen kleinen Auffrischungskurs.

»Bleib fair, Flissy«, sagte Talia (ihre treue Freundin). »Elektra ist definitiv eine professionelle Schauspielerin. Das wissen wir inzwischen alle.«

»Vielleicht nicht alle«, sagte Flissy. »Wir sind noch eine sehr kleine, exklusive Gruppe. Wie viele Likes hat deine neue Facebook-*Fanpage,* Elektra?«

»Ungefähr sieben, oder?«, warf Talia ein.

»Inzwischen müssten es mehr sein«, sagte Flissy. »Ich habe gestern Abend mindestens ein Dutzend Leute getaggt. Weiterverbreiten ist gut.«

»Du brauchst allerdings ein bisschen mehr Inhalt«, sagte Talia. Da war was dran. Bisher hatte ich es nur geschafft, mein Porträt und einen Link zu einer offiziellen Website zu posten.

»Wie wär's, wenn du ein paar witzige Sachen einbaust?«, schlug Jenny vor. Sie bekam die giftigen Schwingungen von Flissy und Talia mal wieder nicht mit.

»Oh, die Seite ist nicht *un*witzig«, sagte Flissy. »Es ist nur etwas enttäuschend, dass du nicht mit deinen *Fans* kommunizierst, Elektra. Die Leute machen sich die Mühe, einen Kommentar abzugeben, und sie bekommen nicht mal eine Antwort.«

Wenn ich es richtig in Erinnerung hatte (und das hatte ich leider), lauteten ihre Kommentare: »Was ist das hier überhaupt?«, »Moment mal, bist du berühmt? LOL!« und »Habt ihr das schon gesehen? 😂«, gefolgt von etwa zwanzig getaggten Namen, unter denen sich bedauerlicher- und vorhersehbarerweise auch @ArchieMortimer befand. Sie waren nur ein kleines bisschen weniger peinlich als der Post »Kann es nicht erwarten, dich auf der Leinwand zu sehen, Darling! Xx«. Der war zwar nicht spöttisch, aber die siebenundvierzig Likes, die er bekommen hatte, waren es auf jeden Fall. Ich musste meine Mutter unbedingt sperren, bevor sie wieder auf die Idee kam, mit mir zu *kommunizieren*.

»Aber *Raw* wird *riesig*«, sagte Flissy laut. »Das stand gestern in *The Bizz*.« Ich war hin- und hergerissen zwischen Heißhunger und dem Bedürfnis wegzulaufen. Ich hatte die Leute vor mir gezählt, und wenn ich in der Schlange blieb, hatte ich gute Aussichten, noch das letzte Stück Pizza zu ergattern. Mein Hunger siegte. Ich wich nicht von der Stelle. »›Eine riesige Katastrophe in jeder Hinsicht‹ lautete die Formulierung, wenn ich mich nicht irre.« Sie irrte sich nicht.

Natürlich hatte ich den Beitrag auch gelesen. Und wenn ich ihn nicht gelesen hätte, hätte mir eine kurze Google-Suche unzählige apokalyptische Prognosen geliefert. »Gut zu wissen, dass du das so genau verfolgst.« An der Stelle hätte ich einfach nicht weiterreden sollen, aber nein, ich fügte auch noch hinzu: »Und danke für deine Kritik und die Wahrsagung.« Der Hunger hatte mich offensichtlich mutig, verwegen *und gaga* gemacht. Wo waren diese Wörter überhaupt hergekommen?

»Wahrsagung. LOL. Du bist echt witzig, Elektra.«

Eigentlich brauchte ich keine Pizza. Manchmal ist Rückzug einfach die bessere Entscheidung.

Ich hätte mich für den Rest des Tages zurückziehen sollen …

14:03 Uhr: Rüge wegen »unerhörter Verspätung« im Matheunterricht kassiert. Die dritte in Folge, also war Nachsitzen in dieser Woche das einzige Event für mich. #RawHinterGittern

14:50 Uhr: Wurde aufgerufen, um vor der ganzen Klasse meine »originelle« französische Aussprache vorzuführen. Wurde als Beispiel hingestellt, »wie man es nicht macht«. Eine öffentliche Demütigung und ein klassisches Beispiel dafür, wie meine Menschenrechte in der Schule täglich mit Füßen getreten werden. #RawBlamage

15:35 Uhr: Musste in Sozialkunde in der ersten Reihe sitzen, weil ich mit Moss gequatscht hatte, statt aufzupassen. Unsere Sozialkundelehrerin denkt nämlich, wir wären noch im sechsten Schuljahr. Aber ich hätte wirklich aufpassen sollen: Es ging um das »Stress und Angst«-Modul. #RawAngst.

»Ich habe darüber nachgedacht«, sagte ich, als ich nach Hause kam. Ich hatte viiiel Zeit gehabt, um darüber nachzudenken, weil der Bus eine Panne gehabt hatte. »Warum gönnen wir Plog nicht seinen strahlenden Moment vor den Kameras?« Ich nahm ihn auf den Arm und knuddelte ihn.

»Ich dachte, wir hätten uns alle darauf geeinigt, dass es eine verrückte Idee ist«, entgegnete Mum. *Sie und Dad* hatten sich darauf geeinigt. Ich hatte nur geschmollt und gar nichts gesagt. »Wieso hast du deine Meinung geändert?«

Die ehrliche Antwort war: Weil Moss mir klargemacht hatte, dass ich einen Batzen Geld verdienen würde, und es schließlich nicht so war, dass ich engagiert werden würde, wenn er den Job ablehnte; aber ich entschied mich für: »Ist doch lustig; dann hat er etwas, wovon er seinen Enkeln erzählen kann.«

»Du hast nicht mal genug Zeit, um dich um *deine* Karriere zu kümmern, geschweige denn um die von Plog.«

»Momentan drehe ich doch gar nicht. Und es ist in den Ferien, und ich würde meine Lernsachen mitnehmen. Ich kann richtig gut lernen, wenn ich am Set bin.« Das war gelogen. »Bitte! Er ist *mein* Hund! Ich werde auch nicht von euch verlangen, uns zum Set zu fahren. Ihr werdet nichts davon mitbekommen!«

»Damit ist die Katastrophe schon vorprogrammiert, wenn du mich fragst«, meinte Mum, »aber solange in den Ferien gedreht wird und du dein Lernpensum schaffst, ist es wohl deine Sache, wie du deine Zeit verbringst. Ist immerhin besser als im Park rumhängen und Bier trinken.« Was redete sie da? Das hatte ich noch nie gemacht.

★

WARTEN

- Zeit, die ich abwechselnd mit begeistert von *Raw* sein und Angst vor dem Kinostart/vor einem Riesenflop verbracht habe: 81 Prozent
- Zeit, die ich mit Träumen von einem Leben auf dem roten Teppich verbracht habe: 54 Prozent. Zeit, die ich auf dem roten Teppich verbracht habe: 0 Prozent
- Zeit, die ich in der Schule mit Konzentrieren/Panikschieben wegen der Klausuren verbracht habe: 13 Prozent
- Zeit, die ich damit verbracht habe, Moss zuzuhören, wie sie Torr nachtrauert: 21 Prozent (Zeit, die ich damit verbracht habe, mich zu bemühen, nicht »hab ich dir doch gesagt« zu sagen: 21 Prozent)
- Zeit, die ich damit verbracht habe, es nicht auf die Reihe zu kriegen, Plog auf ein Leben als Star vorzubereiten: 11 Prozent. Mit Ploglieben verbrachte Zeit: 100 Prozent
- Mit Digbyvermissen verbrachte Zeit: etwas weniger als 100 Prozent. Immer geliebt, nie vergessen.

Noch

106

Tage …

Von: Charlotte, Agentur Haden

Datum: 11. Dezember 15:23

An: Elektra James

Cc: Stella, Agentur Haden; Julia James

Betreff: *Fortuneswell.* Pfeiffer-Drüsenfieber: gute Nachrichten

Anhänge: Angaben zum Drehort,
Google-Karte (vertraulich)

Liebe Elektra,

gerade hat mich Tracey, die Assistentin von Sally Upton, angerufen. Ihre erste Wahl für die Rolle der Clemency Barton-Wood in *Fortuneswell* liegt mit Pfeiffer-Drüsenfieber im Krankenhaus. Du bist ihre zweite (natürlich bessere) Wahl – also hast du die Rolle. Das ist jetzt etwas kurzfristig (Drehtermin ist immer noch **19.–23. Dezember**), aber du bist ein Profi. Ich weiß, dass du den Text bis dahin draufhast.

Du hast hoffentlich weiter tanzen geübt? Nein, KEINE PANIK, am ersten Tag wird es einen Durchlauf mit dem Tanzlehrer geben, und Tracey meinte, Clemency muss nicht viel mehr machen als ein paar Knickse und Drehungen. Es ist erstaunlich, wie gut diese Experten selbst die durchschnittlichsten Tänzer aussehen lassen!

Weil du dein Kostüm direkt am Set bekommst, musst du deine Maße in das angehängte Formular eintragen. Die Kostümabteilung ist zwar groß, und eine Näherin wird permanent zur Verfügung stehen, aber sei bitte trotzdem sehr genau mit deinen Maßangaben – das beschleunigt den ganzen Prozess.

Und du musst dir die Haare mindestens ein paar Tage vor den Dreharbeiten färben lassen (für den Fall, dass es komplett schiefgeht …), also ruf mich an, und wir machen einen Termin. Ich kann es nicht erwarten, dich als Rotschopf zu sehen!

Ich melde mich später am Tag noch mal wegen der Verträge, der Drehgenehmigung usw. usw.

Charlie x

KAPITEL 8

»Immer dran denken: bloß keine Witze machen.«

Ruth Negga

Ich büffelte zusammen mit Moss und Jenny. Wir hatten uns in einer der Nischen im Schulflur eine kleine Lernecke eingerichtet. Wir mussten zwar auf dem Boden sitzen, und es roch ziemlich nach Käse und Zwiebelchips, aber einen besseren Ort hatten wir nicht gefunden.

»Elektra wird auf einem Ball vernascht«, verkündete Moss. »Von einem Lord.«

»Es ist nur ein Landedelmann«, korrigierte ich sie vergnügt. Jenny sah mich fragend an. »Ich hab die Rolle in *Fortuneswell* gekriegt!« Ich führte im Sitzen ein kleines Freudentänzchen auf. Es waren bloß ein paar Drehtage, aber ich war wieder im Geschäft.

»Auf einem Ball? Klingt nach einer heiklen Szene.«

»Sie ist 1813-heikel. Er ergreift meine behandschuhte Hand und flüstert mir vielleicht ein paar süße Worte ins Ohr.« Keine peinlichen Liebesszenen, kein Gefummel vor der Kamera. Kein Blut. Keine Explosionen, keine Verletzten, keine Maden, kein Sack-Kostüm. Die einzige Action bestand in ein paar Drehungen beim Tanzen. Je länger ich darüber nachdachte, desto besser fand ich Kostümfilme. Es fiel mir ziemlich schwer, Mitleid für die erkrankte erste Wahl aufzubringen.

»Ist es denn ein *attraktiver* Landedelmann?«, fragte Jenny.

»Alle Filmtypen von Elektra sind attraktiv«, sagte Moss.

»Und das macht Archie nichts aus?«

»Ärgerlicherweise nicht – aber er verbringt ja auch Monate in Gesellschaft von hübschen Filmpartnerinnen.« Nur einer von vielen Gründen, warum ich so froh war, dass er wieder in London war.

»Ist schon komisch«, sagte Jenny, während sie kleine Kühe auf ihren George-Eliot-Roman *Silas Marner* zeichnete.

»Ich habe den Kerl noch nicht gesehen, vielleicht ist er ja hässlich.«

»Bestimmt nicht«, sagte Moss missmutig. »Er hat garantiert coole Haare und ein Kinn, mit dem er Glas zerschlagen könnte.«

»Ich muss mich mal damit befassen, wo *ich* ein paar annehmbare Landedelmänner kennenlernen kann«, sagte Jenny.

»Draußen auf dem Land?«, schlug ich vor.

»Ernsthaft, mein Leben ist zu einem elenden, dunklen, einsamen, mit Lehrbüchern gefüllten Ort verkommen, wo das einzige gesellschaftliche Highlight … Nein, es gibt kein gesellschaftliches Highlight.« Jenny malte ihren Kühen weinende Gesichter.

»Uns bleibt nichts anderes übrig, als uns in Elektras Glanz zu sonnen«, sagte Moss und gab mir die Hälfte von ihrem letzten Oreo. »Im Glanz unserer stolzen, verheirateten Freundin mit der steilen Film- und Fernsehkarriere.«

»Bleibt also nur ›stolz‹«, entgegnete ich strahlend. Seit ich Charlies E-Mail bekommen hatte, war ich schrecklich gut gelaunt.

»Bekommst du dann auch so ein traumhaftes Ballkleid?« Jetzt versuchte Jenny, ihre Kühe so aussehen zu lassen, als würden sie tanzen, aber es ging voll daneben.

»Das hoffe ich!« Obwohl ich bei meinem Pech mit Kostümen wahrscheinlich in ein Teil gesteckt wurde, in dem ich wie eine Schwangere im Nachthemd aussah. Mein Telefon bellte. **Pyrotechnik 🔥🔥🔥🔥🔥🔥 Wahnsinn!** Um mich so richtig neidisch zu machen, hatte Carlo ein paar Fotos angehängt.

In welcher Szene gibt es denn so ein Feuer?

Das Lager der Warris wird durch eine Feuersbrunst zerstört.

Ich dachte, durch eine Überschwemmung? Es war wirklich nicht normal, so schlecht über die Handlung eines Films informiert zu sein, in dem man selbst mitspielt.

Warum soll man sich mit einer Überschwemmung begnügen, wenn man Wasser UND Feuer haben kann? Hier steht ein gewaltiger Flammenwerfer. Ein RIESENTEIL. Leider durfte ich ihn nicht bedienen 😩😩😩😩😩. Einerseits fand ich, dass seine Begeisterung allmählich irre Züge annahm, aber andererseits: *Warum fehlte mir das alles so sehr?* Ich zeigte Moss, was er geschrieben hatte.

»Schreibt er dir eigentlich *die ganze Zeit?*«, fragte sie. Es klang wie ein Vorwurf.

»Er hält mich über alles auf dem Laufenden, was *Raw* betrifft«, sagte ich. »Damit ich mich nicht ausgeschlossen fühle.«

»Gott, er schreibt dir ja öfter als Archie.« Wieder dieser vorwurfsvolle Ton.

»Aber nur, weil am Set Drehschluss-Chaos herrscht und er ständig sein Telefon bei sich hat. Um die Regeln kümmert sich jetzt keiner mehr.«

Außerdem habe ich einen Ast auf den Kopf gekriegt. Keinen echten, aber trotzdem habe ich eine Schramme abbekommen.

Ich wette, du warst selbst schuld.

Du fehlst mir, E.

Moss schaute ziemlich fassungslos auf das Display. »Also wirklich!«

»*So* ist es doch nicht gemeint.«

»Genügt es denn nicht, dass sich Archie wegen dieses Landedelmanns Gedanken machen muss?«, sagte Moss, dann schob sie nach: »Fehlt Carlo dir etwa auch?« Die Schärfe in ihrer Stimme war unüberhörbar.

»Mir fehlt *das Ganze* – der Set, die Leute, vor der Kamera jemand anders zu sein, zu *arbeiten* …« Ich gab auf. Es war einfach zu schwer zu erklären.

»Wie kann es sein, dass sie *immer noch* drehen?«, fragte Jenny erstaunt.

»Sie sind fast fertig. Es werden nur noch ein paar Szenen nachgedreht, und die Postproduktion ist schon in vollem

Gang.« Ich fand, ich klang mittlerweile schon ziemlich profihaft. **Die Schramme steht dir,** schrieb ich.

Ja, sieht heiß aus. Meinst du, Moss steht drauf?

»*Deshalb* ist Carlo so nett zu mir.« Ich hielt den beiden mein Telefon hin. »Hast du es jetzt kapiert, Moss?«

»Leg ihn weg!«, erwiderte sie bestimmt.

»Wenn du ihn nicht willst, nehme ich ihn«, meinte Jenny, die inzwischen Bilder von Carlo gegoogelt hatte. »Du musst es nur sagen. Ich folge ihm überall!« Sie begann, ihre Sachen zusammenzupacken. »Ich kann mich nicht mehr konzentrieren. Ich muss mir irgendwo ein ruhiges Plätzchen suchen und meinen Lernplan ausfüllen. Das gibt mir das Gefühl, mein Leben und mein Schicksal im Griff zu haben.«

»Aber gibt es dir auch das Gefühl, das Periodensystem im Griff zu haben?«, fragte Moss.

»Was glaubst du denn? Wir sehen uns dann in Bio!«

»Warum verabredest du dich nicht einfach mal mit Carlo?«, sagte ich zu Moss, als Jenny gegangen war. »Er will sich schon seit meiner Party mit dir treffen – und du musst an ihm interessiert sein, weil du ihm schreibst. Ich weiß, dass du das machst.«

»Weil er dir alles erzählt?« Autsch. »Dann verstehe ich nicht, warum er dir nicht gesagt hat, dass wir uns schon mal getroffen haben.«

Ich war so überrascht, dass ich den Kaugummi verschluckte, den ich mir gerade in den Mund gesteckt hatte. »*Du* hast es mir nicht gesagt!« Das war nicht okay.

»Ich sage dir eben nicht alles.«

»Aber ich sage *dir* alles.«

»Nur weil du keine Geheimnisse für dich behalten kannst.« Das stimmte leider. Moss sammelte ihre Sachen zusammen. »Es war ein ganz spontanes Treffen. Und ich hätte dich *natürlich* angerufen, wenn du dein Telefon nicht verloren hättest.« Oh. Na gut.

»Ver*legt*«, korrigierte ich sie. »Ich hatte es einen halben Tag lang verlegt.« Nur einen halben Tag, und ich hatte so etwas Wichtiges verpasst! (Es war in Plogs Körbchen wieder aufgetaucht, also konnte ich wahrscheinlich gar nichts dafür.) Es klingelte zum Pausenende, und Moss versuchte, mir zu entwischen, aber diese Sache war mir eine Rüge wegen Verspätung wert. »*Und???*« Ich zog sie am Arm.

»Es war eine absolute Blamage, eine Katastrophe, und ich will nicht darüber reden.«

»Ich. Bringe. Ihn. Um!«

»Es war nicht seine Schuld.«

»Was. Hat. Er. Getan?«

»Es lag nicht *an ihm*. Es lag an *mir*.«

»Was hast du eigentlich für ein Problem? Du gibst nie dem Jungen die Schuld!« Tja, und ich gab dem Jungen die Schuld, auch wenn er gar nichts angestellt hatte. »*Wann?* Und was ist *passiert?*«

»Gestern. Und es ist nichts passiert.« Sie blieb abrupt stehen (wahrscheinlich, weil ich ihr den Weg versperrte). »Ich bin ins Starbucks gekommen, und er war schon da und hat mir einen Kaffee geholt, und ich habe ihn verschüttet, weil er mich nervös gemacht hat, und dann wusste ich nicht, was ich sagen sollte, und er saß nur da und hat mir glühende Blicke zugeworfen, und weil ich immer nervöser wurde, habe ich gesagt, mir wäre ›plötzlich wieder eingefallen‹, dass meine Mutter krank ist … Vielleicht habe ich auch gesagt, sie wäre im Krankenhaus, auf dem Sterbebett, oder vielleicht habe ich gesagt, mein Vater wäre todkrank – oder vielleicht alle beide? Wie auch immer, es war *der nackte Horror.*« Sie holte Luft. »Und dann bin ich gegangen. Es gibt also nicht viel zu erzählen.«

Nicht viel zu erzählen? »Wir müssen das genauestens analysieren«, sagte ich, als ich die Sprache wiedergefunden hatte.

»Wir werden es nicht analysieren. Wir werden nie wieder darüber reden. Und ich bin froh, dass er es dir nicht gesagt hat.« Ich war auch froh. Volle Punktzahl für Carlo! »Ich kann diesen Jungen nicht treffen, ohne mich unsterblich zu blamieren, deshalb werde ich ihn nie wiedersehen!«

Ich hatte Moss noch nie so schnell zum Unterricht rennen sehen.

»Frösche!«, sagte Mr Williams und scheuchte uns auf unsere Plätze. »Diese Frösche werden heute unsere Lehrer sein.« Er klopfte auf den Deckel einer ganz harmlos wirkenden Tupperdose.

»*Müssen* wir das machen?«, fragte Molly. »Ich meine, wir werden schließlich nicht in Fröschesezieren geprüft.« Sie redete sehr schnell. Das tat sie in letzter Zeit häufig – als hätte sie mehr Zeit zum Lernen, wenn sie bei allem anderen einen Zahn zulegte. »Ich will eine Drei«, fügte sie hinzu. »Ich *brauche* eine Drei.« Der Rest von uns starb ein bisschen.

»Man lernt nicht nur für die Prüfungen.« Mr Williams zog sich ein Paar Latexhandschuhe an. Er sah aus, als würde er jeden Moment in Tränen ausbrechen. »Und ich habe hier ein paar Frösche, und wir müssen etwas mit ihnen machen.«

»Wir könnten sie freilassen, Sir?«, schlug Jenny vor.

»Ausgezeichnete Idee«, sagte er und nahm den Deckel ab. »Lange Haare zurückbinden, Laborkittel anziehen und ran an die Handschuhe! Ich teile euch in Gruppen ein.« Er sah sich um. »Elektra, Moss und Talia, ihr nehmt den Tisch hinten links.«

»Was deine neue Rolle angeht«, sagte Moss, während Mr Williams mit den anderen beschäftigt war und Talia in einer Ecke verschwand, um sich als Barbie-Naturwissenschaftlerin zu stylen und zu schmollen, weil sie mit uns in einer Gruppe war. »Gibt es dann da einen richtig echten Ball?«

»Aber was Carlo –«

»Darüber reden wir nicht.« Na gut. Ich nahm mir vor, das Thema nicht mehr anzusprechen – vorläufig. »Ich finde es schon ziemlich erstaunlich, dass du das mit dem Ball so gelassen nimmst.«

»Ich bin voll aufgeregt!«

»Aber du drehst nicht durch.« Moss machte eine Pause, um mir die Möglichkeit zu geben, durchzudrehen. »Ich meine, du *kannst* tanzen. Ich habe dich tanzen sehen. Auf Partys. Und nicht auf Partys. In deinem Zimmer. In meinem Zimmer. Aber –«

»Wir haben einen halben Tag mit einem Tanzlehrer.« Das war der Strohhalm, an den ich mich klammerte.

»Dann besteht ja kein Grund zur Sorge. Dick hat bei deinem Laufstil Wunder vollbracht!« Dick Murphy, *der* Trainer für Stars und bei *Raw* auch für mich, hatte Wochen gebraucht, um mir beizubringen, nicht wie ein Huhn unter Strom zu laufen. Aber wenn ich tanzen musste, um Clemency Barton-Wood spielen zu können, dann würde ich eben tanzen. Ich war zu allem bereit. Und es war ja bloß Tanzen – es ging schließlich nicht um lineare Algebra oder den glühelektrischen Effekt. Außerdem war es *gespieltes* Tanzen.

»Ich muss nur meinem Partner gegenüber in einer Reihe stehen, knicksen, süß lächeln und mich ein bisschen drehen. Das könnte Plog wahrscheinlich auch.« Obwohl ich hoffte, dass er mich diesmal nicht ausstach. (Was mich daran erinnerte, dass ich meine Mutter noch dazu überreden musste, auf ihn aufzupassen, weil sich unsere Drehtermine überschnitten – Schauspielerfamilienprobleme). »Ich habe schon *viele* Kostümfilme gesehen.«

»Das habe ich auch, aber Gesellschaftstänze habe ich dadurch nicht gelernt.«

»Dann hast du nicht richtig aufgepasst. Ich habe die Filme bei allen Tanzszenen angehalten. Ich habe praktisch jede Version von *Stolz und Vorurteil* geguckt.« Das war sozusagen die Regency-Einstiegsdroge. »Und es gibt ja auch Sachen auf YouTube.«

»Ach so, wenn du es von YouTube gelernt hast, dann ist ja alles bestens.« Bevor ich dahinterkommen konnte, ob sie das sarkastisch gemeint hatte, ließ Mr Williams Frösche auf die Tische pladdern wie eine biblische Plage und bat um Aufmerksamkeit.

»Also, Mädels, guckt sie euch erst mal an – vergewissert euch, dass euer Frosch richtig herum liegt.«

»Wie ist richtig herum?«, fragte ich.

»Wenn du sein Gesicht sehen kannst«, sagte er, als wäre es selbstverständlich. »Und jetzt stellt ihr fest, ob euer Frosch ein Männchen oder Weibchen ist.«

»Wie geht das?«, fragte ich und betrachtete den toten Frosch genauer.

»Seht euch den Finger an einem der Vorderbeine an, der nach innen zeigt, also praktisch den Daumen … Ja, richtig, Elektra, das sind die Fingerspitzen. Wenn es ein Männchen ist, hat es sogenannte Daumenschwielen, mit denen es sich bei der Paarung am Weibchen festhält.« Mr Williams klickte mit seinem digitalen Stift, und auf dem interaktiven Whiteboard erschien ein lärmiges Video von Fröschen bei der Paarung.

Wir untersuchten unseren Frosch.

»Philomena ist ein guter Name für einen Frosch«, sagte Moss, die mir gespannt über die Schulter schaute. »Oooh, sieh dir nur ihr süßes kleines Gesicht an!« Allmählich begeisterte sie sich für das Projekt. Und sie fing an zu spinnen.

»Elektra, hast du eigentlich inzwischen mit Carlo über mich geredet?«, fragte Talia. Warum hätte ich das tun sollen? »Du weißt schon«, drängte sie. »Oder *willst* du mich nicht mit ihm in Kontakt bringen?« Ich konnte die giftige Energie spüren, die Moss in Talias Richtung aussandte. »Stehst du etwa auf ihn? Ich meine, wenn ja, kann ich es gut verstehen. Aber wenn er dich bis jetzt noch nicht angebaggert hat, wird wohl nichts draus, oder?« Für Philomena zeigte sie nicht das geringste Interesse. »Ach, und da ist ja auch noch Archie«, fügte sie spöttisch hinzu. (Talia und Archie hatten mal was miteinander gehabt; zwar nur kurz, und es war auch längst Geschichte, aber trotzdem.)

»Erstens stehe ich nicht auf Carlo, zweitens steht Carlo nicht auf mich, und drittens bin ich fest mit Archie zusammen – nur dass die Reihenfolge eigentlich umgekehrt ist. Oh, igitt, jetzt soll ich ihre Zunge rausholen. Kann das bitte jemand anders machen?« Anscheinend nicht. Mir wurde zwar etwas übel, aber ich schaffte es.

»Gut«, sagte Mr Williams. »Und jetzt müsst ihr eure Frösche mit der ventralen Seite nach oben drehen.« Die Hälfte von uns hob die Hände. »Legt sie auf den *Rücken*«, erklärte er sofort. »Und dann müsst ihr alle vier Gliedmaßen fixieren.« Es war die härteste Biostunde, die ich je gehabt hatte – und die menschliche Fortpflanzung in der sechsten Klasse war schon kein Spaziergang gewesen. »Seht zu! Ich mache es euch einmal vor.« Er schob Moss aus dem Weg, wendete Philomena wie einen Burger und pinnte sie auf die Unterlage.

»Dann kannst du mich ja mit Carlo verkuppeln!«, sagte Talia, ohne sich um den Schnellkurs im Kreuzigen zu kümmern, der direkt vor ihrer Nase ablief. War sie jetzt völlig verrückt geworden? Dass ich das tat, war genauso unwahrscheinlich wie eine jemals wieder fröhlich über Seerosenblätter hüpfende Philomena.

»Wenn euer Frosch sehr steif ist, müsst ihr ihm vielleicht die Beine brechen.« *Was?* Ich entdeckte eine neue, dunkle Seite an Mr Williams. »Würdest du bitte mal für zehn Minuten aufhören, dir über dein Liebesleben den Kopf zu zerbrechen, Talia, und den ersten Schnitt machen?« Philomena war »bereit«. Mr Williams hielt Talia das Skalpell hin.

»Sorry, ich kann das nicht«, sagte sie und warf ihren Pferdeschwanz nach hinten. »Ich bin Veganerin.«

»Ich mache es«, sagte ich, weil wir schließlich nicht rumstehen und Philomena anglotzen konnten, bis die Wirkung des Konservierungsmittels nachließ und sie anfing zu verwesen.

»Nur einen scharfen Schnitt …« Mr Williams zeigte es mir und ging zum nächsten Tisch.

»Carlo steht auf eine andere«, sagte ich, als er außer Hörweite war.

»*Auf wen?*« Das, was ich sagte, interessierte Talia wesentlich mehr als das, was ich machte. »Amber Leigh?«

»Schere, bitte!« Wenn es mit der Schauspielerei nicht klappte, konnte ich vielleicht Chirurgin werden. »Amber ist ungefähr zwanzig Jahre älter als er«, sagte ich und schnippelte los. »Also nein.«

»Wer ist es dann? Ich wette, sie ist berühmt«, sagte Talia.

»Eigentlich nicht«, entgegnete ich und reichte das Skalpell an Moss weiter.

Von: Fiona Hull, Personality PR
Datum: 11. Dezember 16:22
An: Elektra James
Betreff: Leiche!!!

Liebe Elektra,

nur eine kurze Nachricht mit der Empfehlung, die Insta-Posts mit dem sonderbaren kleinen, grauen, toten Froschtier zu löschen, haha! Es kommt optisch nicht gut rüber, und du willst doch keinen Ärger mit der Anti-Sezier-Lobby bekommen. Na, wenigstens ging es nicht um Vivisektion oder Jagen!!!

Liebe Grüße und Umarmungen
Fiona x

**** PPR * ON FIRE in Soho seit 2010***
Folgt uns auf Twitter: @Personality, Facebook: PersonalityPR, Insta: @PersonalityonFire

* * *

Von: Fiona Hull, Personality PR
Datum: 11. Dezember 17:12
An: Elektra James
Betreff: BRAVO!!! #TRAUMPAARE

Liebe Elektra,

du hast uns gar nicht erzählt, dass du mit Archie Mortimer zusammen bist! Das ist eine großartige Neuigkeit! Er ist zwar momentan noch relativ unbekannt, aber da *Der Fluch* voraussichtlich eine der Topserien im Herbst wird, solltest du anfangen, dieses Thema wirksam in deinen Social Media einzusetzen (viel besser als Kröten!!!). Wenn du als eine Hälfte von einem angesagten jungen Schauspielerpaar wahrgenommen wirst, sammelst du Pluspunkte (#Traumpaare). Super!

Liebe Grüße und Umarmungen
Fiona x

PS: Das soll dich nicht davon abhalten, auch viele Fotos von dir und Carlo Winn zu posten. 😉 Nicht vergessen: Es ist gut für den Umsatz, wenn die Gerüchteküche brodelt!!!

**** PPR * ON FIRE in Soho seit 2010***
Folgt uns auf Twitter: @Personality, Facebook: PersonalityPR, Insta: @PersonalityonFire

* * *

Von: Fiona Hull, Personality PR
Datum: 14. Dezember 10:12
An: Elektra James
Cc: Stella Haden, Haden Agency
Betreff: DRINGEND!

Liebe Elektra,

wir haben den ganzen Tag versucht, dich anzurufen, weil es auf deinem Instagram-Account einen NOTFALL gibt!

Aus irgendeinem Grund hast du ein Foto von dir beim Essen gepostet. Es scheinen Nudeln zu sein, aber diesmal sind die Kohlenhydrate nicht das einzige Problem …

Bitte LÖSCH SOFORT die Bildunterschrift *»Wahre Warris essen Maden …«* und die Hashtags #NudelnSindBesserAlsMaden und #RawUndEkelig! Die Nahrungsmittelknappheit und der Hunger, unter dem die verfeindeten Gruppen wegen der Ökokatastrophe leiden, auf der die Geschichte basiert, sind *wichtige Handlungselemente*. Das wollen wir nicht verraten, bevor die Leute ihre Karten gekauft haben! *Natürlich* wollen wir das nicht. Du hast einen fetten SPOILER gepostet!

Zu sehr müssen wir allerdings nicht in Panik verfallen, weil deine Followerzahlen noch enttäuschend niedrig sind, aber wir wollen doch nicht, dass ausgerechnet das dein erster Post ist, der viral wird, nicht wahr?

Liebe Grüße usw.
Fiona x

PS: Sieh dir an, wie Amber Leigh mit Ernährung Werbung gemacht hat: Sie hat ein Mini-Video von sich gepostet, in dem sie zum *Raw*-Soundtrack grüne Smoothies mixt! #RawUndGesund

**** PPR * ON FIRE in Soho seit 2010***
Folgt uns auf Twitter: @Personality, Facebook: PersonalityPR, Insta: @PersonalityonFire

* * *

Von: Fiona Hull, Personality PR

Datum: 14. Dezember 15:43

An: Elektra James

Cc: Stella Haden, Haden Agency

Betreff: MEGADRINGEND!

Liebe Elektra,

wir haben den ganzen Tag versucht, dich zu erreichen. Je länger dieser SPOILER bleibt, desto größer wird das PROBLEM. Bitte LÖSCH diesen Post SOFORT!

Würdest du bitte auch deine gesamten Social-Media-Zugangsdaten rüberschicken, damit wir uns, wenn es wieder eine KATASTROPHE gibt und wir dich nicht erwischen, FÜR DICH DARUM KÜMMERN KÖNNEN!!!

Fiona

**** PPR * ON FIRE in Soho seit 2010***

Folgt uns auf Twitter: @Personality, Facebook: PersonalityPR,

Insta: @PersonalityonFire

* * *

Von: Charlie, Agentur Haden

Datum: 14. Dezember 17:34

An: Elektra James

Betreff: DRINGEND! BITTE SCHNELL BEI PPR MELDEN!

Hallo Elektra,

du reagierst nicht auf Nachrichten und gehst nicht ans Telefon – hast du es schon wieder verbummelt?! Fiona dreht wegen einer Sache durch, die du auf Instagram gepostet hast. CHECK DEINE E-MAILS!

Charlie x

KAPITEL 9

»Für mich ist Angst nur unnütze Zeitverschwendung.«

Idris Elba

Es war Viertel vor fünf, noch lange nicht hell, aber ich hatte eine Mission. Ich hatte die Artikel *Die Fünf-Uhr-Superfrau!*, *Der frühe Vogel fängt den Wurm!* und *Sieger stehen früh auf!* gelesen und einen Plan geschmiedet. Aus der Asche der Unorganisiertheit würde sich ein funkelnagelneues Ich erheben. Draußen vor dem Küchenfenster zwitscherte ein durchgeknallter Vogel. Warum klang er so fröhlich? Warum? Und warum war er so laut? Ich tastete nach meinem Telefon.

Eulalie? Bist du wach?

Oui! Ich war tanzen.

Mit Sergei?

Oui, aber jetzt er schläft, und ich tanze immer noch. Ich vermute mal, du tanzt gerade nicht.

Nein. Wirklich nicht. Kannst du mir mit Twitter helfen? Mein funkelnagelneues Ich sollte aus den richtigen Gründen eine Social-Media-Legende werden. **Du bist mein einzi-**

ger Follower. Keine große Übertreibung. Ich war inzwischen bei einhundertdreiunddreißig. Das waren zehn weniger als auf meinem vernachlässigten privaten Instagram-Kanal (*er fehlte mir*) und nicht mal genug für ein sehr kleines Kino. **Wie hast du es geschafft, so viele Follower zu kriegen?**

Sie sind einfach so gekommen. Das ist wie eine Party. Man ist freundlich, und dann gewinnt man viele neue Freunde. Très amusant. Das braucht ein bisschen Zeit, hab Geduld.

Ich habe keine ZEIT wegen der SCHULE. Und ich habe nichts zum Posten wegen der SCHULE/Außer dass ich unabsichtlich einen SPOILER gepostet habe und alle mich HASSEN – würden sie jedenfalls, wenn sie mir folgen würden. (Fionas Tick mit den Großbuchstaben färbte allmählich auf mich ab.) **Die Publicity-Frau hasst mich ganz sicher 😩😩😩😩😩/Meine einzige Leistung, die sie glücklich macht, war bisher, dass ich mit Archie zusammen bin.**

Nun, das macht uns alle glücklich! Kurz darauf schrieb Eulalie noch: **Soll Sergei dafür sorgen, dass es aufhört? Soll ich ihm das sagen?**

Nein! Bloß nicht! Ich war ziemlich sicher, dass Sergei Havelski – und wenn er noch so verliebt in meine Stiefgroßmutter war – nicht wusste, was auf meinen Social-Media-Kanälen los war, und dass es ihn auch nicht juckte.

Plog kann Le Twitter übernehmen. Ich folge bereits zwei Hunden und einem Pferd. Hör auf, dir Sorgen zu machen, und geh schlafen, chérie. xxx

Ich konnte nicht wieder schlafen gehen, weil ich zu viel zu tun hatte. Und ich konnte mich nicht konzentrieren. Ich legte den Kopf auf den Tisch und schloss die Augen. Gar nicht mal so unbequem. Nur ein Minütchen ausruhen. Höchstens fünf Minuten …

»Was machst du da?!«

Ich schreckte aus dem Schlaf auf. Mum stand im Morgenmantel vor mir.

»Du solltest schlafen!«

»Habe ich ja.« Wie viel Zeit hatte ich *verschwendet?*

»Im Bett und nicht am Küchentisch mit offenem Laptop!« Ich knallte den Deckel zu. »Was. Machst. Du. Da?«

»Ach, nur arbeiten.«

»Nicht einmal *ich* halte halb sechs in der Frühe für eine vernünftige Zeit zum Lernen. Um diese Uhrzeit ist außer Schlafen gar nichts vernünftig.«

»Du schläfst doch auch nicht.«

»Ich bin alt und muss nicht in die Schule. Und ich habe dich gehört und dachte, es wäre Plog, also bin ich runtergekommen, um nach ihm zu sehen.« Prioritäten … »Ich dachte, ihm macht vielleicht der näher rückende Drehtermin zu schaffen.« Klar, weil Plog sich ja auch bestens mit dem Kalender auskannte. »*Halb sechs.*« Es klang nicht besser, wenn sie es wiederholte.

»Das ist die magische Stunde.« Der Vogel legte wieder los. Ich hasste diesen Vogel und sein fröhliches, unbekümmertes Gezwitscher.

»Es ist mitten in der Nacht.«

»Wenn ich sämtliche Dinge, die ich erledigen muss, jetzt mache, ist alles im grünen Bereich. Dann bin ich organisiert.« Ich schaute nervös zur Uhr. Meine goldene Stunde war fast vorbei, und ich hatte nicht mal die Hälfte von meinem Media-Kram upgedatet und mit den Hausaufgaben noch gar nicht angefangen. Ich hatte keine Zeit für dieses Gespräch.

»Geht es dir gut?«

Die ehrliche Antwort darauf war Nein. »Ich muss meinen Tag schon vor dem Frühstück im Griff haben«, sagte ich. Es war mir wie die Lösung aller Probleme vorgekommen, als ich vor acht Stunden auf Netflix auf »nächste Folge« geklickt hatte.

»Woran hast du gearbeitet?« Mum klappte den Laptop auf, bevor ich sie daran hindern konnte. »Elektra! Bitte sag mir, dass du nicht mitten in der Nacht aufgestanden bist, nur um auf Facebook rumzuhängen.«

»Hände weg von meinem Computer!« Ich versuchte, mich gegen meine Mutter zu behaupten.

»Gerade jetzt solltest du deine Zeit nicht derart vergeuden.« Sie war alles andere als erfreut.

»Ich vergeude keine Zeit. Ich arbeite.«

»Sei nicht albern.« Sie guckte neugierig auf den Monitor; natürlich guckte sie.

Gott, es war voll peinlich.

»Elektra!«

Keiner will, dass seine Mutter diese Dinge sieht. Das mit dem magischen Morgen und dem neuen Ich ging noch gerade so, aber es waren viele weitere Tabs geöffnet: *Steigen die Kardashians demnächst ins Filmgeschäft ein? Zehn Schauspieler, die Megaspoiler im Internet gepostet haben. Rote Haare sind OUT. Verliert Sam Gross den Verstand? Verliert Sam Gross seine Haare?*

Sollte Cara beim Modeln bleiben? Sollte Havelski lieber wieder Kunstfilme mit kleinem Budget machen?

»Was in aller Welt …?«

»Arbeit, Mum.« So viel harte Arbeit. »Und Recherche.« So viel deprimierende Recherche. *Fünfzig Gründe, warum die meisten Kinderstars als erwachsene Schauspieler scheitern. Zwanzig Karrierekiller-Filme. Zehn Spoiler, die Filme ruiniert haben. Zweihundert Karrierekiller-Filme und die Stars, die durch sie in den Ruin getrieben wurden.*

»Das ist keine Arbeit, das ist Wahnsinn.«

»Du verstehst das nicht.«

»Nein, wirklich nicht.«

»Ich baue meine eigene Internet-Persönlichkeit auf. Was ziemlich schwierig ist, wenn man kein Leben hat, worüber man reden kann. Unfassbar, dass ihr mir nicht mal erlaubt habt, zu dieser Fernsehpreisparty zu gehen!«

»Warum nimmst du diese Dinge so ernst?« Sie sah mich prüfend an. »Und warum bist du geschminkt? Bitte sag mir, dass du es nicht wegen Fotos machst.« Weshalb denn sonst? »Aber Elektra, du bist doch kein Social-Media-Star!« Das war mir klar. »Du bist ein *schüchterner* Mensch.« Was ich nach besten Kräften zu verbergen versuchte (und was ohne Maske, hinter der ich mich verstecken konnte – also ohne Rolle und Kostüm –, ganz schön schwer war). Ich warf meiner Mutter einen wütenden Blick zu. »Hör mal, ob du nun um fünf Uhr morgens etwas postest oder nicht – ob mit oder ohne Rouge –, hat doch nicht die geringste Auswirkung darauf, wie gut sich *Raw* verkaufen wird, oder auf sonst irgendetwas.«

»Aber das steigert sich. Wenn ich dranbleibe …«

»Wenn du dranbleibst, passiert zweierlei.« Sie klang inzwischen nicht mehr so sauer, eher ernst. Immerhin ein Fortschritt. »Erstens wirst du in der Schule und wahrscheinlich auch außerhalb der Schule alles vermasseln, und dafür bist du zu klug. Zweitens – und das hängt eng damit zusammen – werden wir unsere Entscheidung, dir das Schauspielern zu erlauben und dich dabei zu unterstützen, überdenken müssen. Und ich mag diesen ganzen Medien-Unfug nicht.« Sie wusste doch gar nicht, wovon sie redete! »Du musst dich nicht da draußen anpreisen wie eine Dose Bohnen.«

»Doch! Vielleicht nicht gerade wie eine Dose Bohnen, aber … wie eine Avocado. Das sagen alle. Auch Stella sagt, dass es wichtig ist. Ich muss eine *bessere Avocado* werden.«

»Du redest dummes Zeug. Geh ins Bett.«

»Jetzt lohnt es sich nicht mehr. Es ist ja fast schon Aufstehzeit. Hörst du? Die Vögel haben angefangen zu zwitschern.«

»Es ist stockdunkel, und die Vögel zwitschern nicht. Du halluzinierst vor Müdigkeit!« Gab es so was? War sie überhaupt hier?

»Ich kann sowieso nicht wieder einschlafen. Wenn ich verspreche, alles andere wegzutun, darf ich dann einfach hier sitzen und meine Hausaufgaben machen?« Die letzten Hausaufgaben vor den Klausuren und sozusagen mein letzter Strohhalm.

»Gut, ich mache mir einen Kaffee.« Mum stellte den Wasserkessel auf den Herd.

»Kann ich eine Tasse haben?«

»Du trinkst keinen Kaffee. Sitz einfach da und knuddel Plog, das entspannt dich. Wann siehst du Archie das nächste Mal?« Verdächtige Frage, so ohne jeden Zusammenhang.

»Er kommt am Freitag zu mir. Dann fragt er mich noch mal ab.« Vielleicht. »Kann ich bitte einen Kaffee haben?«

Sie schnalzte missbilligend mit der Zunge, schenkte mir aber eine halbe Tasse ein. »Es ist nicht gut, in Abhängigkeit zu geraten.« Ob sie sich auf Archie bezog oder den Kaffee, sagte sie nicht.

Ich ließ es auch offen. »Kommt auf einen Versuch an.«

Dad kam in die Küche. »Morgen, Plog!« Er öffnete ihm die Tür zum Garten. »Warum bist du schon so früh auf, Elektra?«

»So früh ist es gar nicht.« Meine magische Stunde, die Mum mir kaputt gemacht hatte, war schließlich vorbei. »Gott, Kaffee ist wirklich *fantastisch!*«

»Jetzt kennst du also auch dieses Geheimnis«, sagte er traurig, als hätte ich alle Unschuld verloren. »Außer wenn du zu Dreharbeiten musstest, habe ich dich noch nie freiwillig so früh aufstehen sehen.« Ich wünschte, ich müsste zu einem Filmset! Dann hätte ich nur *eine* Sorge gehabt. »Aber heute ist der große Tag, oder? Die letzten Stunden als Brünette. Konntest du deshalb nicht schlafen?«

»Ich habe immer noch Bedenken wegen der Haare.« Nach Mums Gesicht zu urteilen, waren es ziemlich große Bedenken.

»Jetzt ist es zu spät«, sagte ich, denn die *Fortuneswell*-Leute hatten mir in einem der besten (und vermutlich teuersten)

Friseursalons von London einen Termin gemacht. Heute Abend würde ich entweder eine traumhafte flammend rote Mähne haben oder wie ein orangefarbener Zwergspitz aussehen. Zuerst brauchte ich aber noch mehr Kaffee.

»Da hat aber jemand ziemlich dünne Haare.« Die Koloristin Leanne war zu mir gekommen und zupfte kritisch an meinem Kopf herum.

»Äh … bitte?«

Sie schürzte die Lippen. »Nimmst du Haar-Vitamine?« Sie zog den Umhang fester um meinen Hals und erdrosselte mich fast.

»Ja.« Nein. Was waren überhaupt Haar-Vitamine? Leanne zog die Augenbrauen hoch. »Ja … nehme ich … jeden Tag«, stammelte ich.

Leanne blickte mich durchdringend an. Sie durchschaute mich offensichtlich. »Okay, sehen wir uns mal diese Farbproben an.« Die *Fortuneswell*-Leute hatten eine Karte mit ein paar Mustersträhnen geschickt, als ginge es um irgendein komisches Raumgestaltungsprojekt.

»Für mich sehen die alle ziemlich ähnlich aus«, sagte ich.

»Oh nein! Es besteht ein himmelweiter Unterschied zwischen dem schimmernden Hellrot und beispielsweise dem dunklen Kupferrotblond.« Tatsächlich? »Wir müssen herausfinden, was am besten zu deinem Hautton passt.« Sie drehte mein Gesicht hin und her und starrte mich an, bis ich mich absolut unwohl fühlte. »Ja, eindeutig die 6.64. Okay, ich gehe kurz die Farbe mischen. Du hast doch keine Allergien, oder?«

»Ich glaube nicht«, sagte ich und machte mir sofort Gedanken darüber, ob ich vielleicht doch welche hatte.

Wenn du es nicht machen willst, ist es noch nicht zu spät zum Aussteigen. Eine Nachricht von Mum.

Ich denke doch.

Leanne kam mit einem kleinen Wagen voll diverser Chemikalien und Alufolie zurück. »So, jetzt schneide ich dir erst mal die Haare ab.«

WAS?!

»Hahahaha! War nur ein Witz. Damit kriege ich die Leute immer.« Unheimlich lustig. Sie kämmte mir die Haare durch und zückte ihren kleinen Färbepinsel. »Oooh, nun guck dir dein Gesicht an! Du siehst aus wie ein erschrockenes Buschbaby.« Gott, ich war erwachsen! »Das wird super. Vertrau mir!«

Ich vertraute ihr nicht.

Leanne wickelte das letzte Stück Alufolie um meine Haare. »Die Farbe muss eine Stunde einwirken. Hast du etwas zum Lesen dabei? Willst du eine Zeitschrift?«

»Ich habe meine Mathesachen dabei.«

»Perfekt.« Perfekt? War es das wirklich? Ich warf einen sehnsüchtigen Blick auf die Klatschzeitschriften auf dem Tisch in der Ecke und nahm *Mathematik leicht gemacht* aus der Tasche.

Nach einer Weile bekam ich einen heißen Kopf, aber das lag vielleicht nur am angestrengten Rechnen oder am frühen Aufstehen. Ich lockerte meinen Umhang ein wenig und griff zu meinem Telefon. Meine Kopfhaut wurde wirklich immer wärmer. Und sie begann zu jucken. Das konnte nicht gut sein. Clemency musste für ihre roten Locken nicht so eine Tortur durchmachen. Ich versuchte, mich zu konzentrieren. *In einer Tüte sind 5 Zitronenbonbons und 4 Orangenbonbons …* Keine Frage, mein Kopf war inzwischen glühend heiß und juckte wie verrückt. Und je mehr ich daran dachte, desto schlimmer wurde es. Was bedeutete, dass es wahrscheinlich aufhören würde, wenn ich nicht mehr daran dachte. Ich fuhr mit dem Finger unter die Alufolie und kratzte mich. *Kiran greift wahllos ein Bonbon heraus …*

Mein Telefon bellte. Es war Archie. **Wie sieht's aus? Bist du schon ein Rotschopf?**

Der Punkt, an dem es kein Zurück mehr gibt, liegt hinter mir. Stehe kurz vor einer Panikattacke. Ist es normal, dass man von der Farbe einen heißen Kopf bekommt? Und dass es JUCKT?

Tja, das weiß ich leider nicht. Frag den Friseur.

Ist mir zu peinlich.

Es wird dir noch viel peinlicher sein, wenn du keine Haare mehr auf dem Kopf hast. Zwei Sekunden später: **Oder tot bist.**

Das war ein Argument. »Äh … Leanne …« Ich winkte sie zu mir, als sie vorbeiging. »Mir ist irgendwie warm auf dem Kopf.« Heiß. Voll heiß! »Ist das normal?«

Sie stocherte ein bisschen zwischen den Folien herum. »Das ist okay. Du garst nur.«

Sehr beruhigend. Zuerst war mein Schopf mit Chemie vollgekleistert, dann in Alufolienstreifen gewickelt worden, und jetzt wurde er gekocht. **Das war anscheinend alles nur**

in meinem Kopf. *Auf* meinem Kopf. **Es dauert EWIG! Und ich bin GESTRESST. Was ist, wenn es furchtbar aussieht? Was ist, wenn ich buchstäblich wie eine Tomate aussehe? Oder wie ein Kürbis? Oder eine Orange? Oder wenn im schlimmsten Fall Blorange dabei rauskommt?**

Vergiss die roten Lebensmittel, wird bestimmt cool.

Oder wie eine Karotte – das wäre eine Katastrophe.

Karotten haben grüne Haare! Hör auf, dich zu stressen. Dafür ist es jetzt eh zu spät, oder? Schick mir ein Foto, wenn du fertig bist.

Wenn du bis heute Abend nichts von mir gehört hast, dann schick Hilfe und eine Skimütze.

»›Wow‹ wie gut oder ›wow‹ wie schlecht?«, fragte Leanne, die lächelnd beobachtete, wie ich mich im Spiegel anstarrte.

»Du kennst die Antwort«, sagte ich, sprang aus dem Sessel und umarmte sie stürmisch.

»Ich habe dir doch gesagt, es lohnt sich«, entgegnete sie. »Und fang endlich an, Conditioner zu benutzen.« Ich würde tun, was immer sie sagte. Sogar Vitamine nehmen.

Die Frau war ein Genie.

KAPITEL 10

»Ich bin immer noch zu ungefähr fünfundsiebzig Prozent der Zeit im Panikmodus.«

Robert Pattinson

»Ehrlich? Gefällt es dir wirklich?«

»Du fragst mich jetzt schon zum siebten Mal«, sagte Archie. »Und es gefällt mir immer noch richtig gut. Ehrlich.«

»Bist du sicher, dass ich nicht aussehe wie eine rothaarige Trollpuppe?«

»Hm, also ...« Er zögerte. Was? Nein! Das war nicht okay. Er sah mir ins Gesicht. »Ich mache doch nur Spaß, Elektra.«

»Oder wie das uneheliche Kind von Ed Sheeran und Königin Elisabeth der Ersten?«

»Eher nicht.«

»Wie Daphne aus *Scooby-Doo?*«

»Nein.«

»Jetzt hättest du Ja sagen sollen.«

Er lachte. »Sei nicht so auf Komplimente aus. Erzähl mir lieber alles über *Fortuneswell*. Ich will wissen, was für Szenen du mit dem Landedelmann hast. Und mit diesem James Moore.« Er wirkte nicht sehr beunruhigt, aber er lag ja auch bei mir auf dem Sofa, und ich machte ihm ein Sandwich (weil ich einen Riesenhunger hatte und nicht, um dem Patriarchat zu dienen).

»Entschuldige, ich weiß, meine Haare riechen noch komisch.« Ich schob Plog zur Seite und kuschelte mich an Archie. »Ich bin froh, dass du wieder da bist. Wahnsinnig froh.«

»Alles in Ordnung mit dir?« Er musterte mich prüfend. »Du klingst ein bisschen … matt für jemanden mit so einer umwerfenden Frisur.«

»Ja … nein, ich weiß auch nicht. Ich bin nur müde. Es war echt ein langer Tag.«

»Und?«

»Ach, ich bin nur gestresst, weil ich in Sachen *Raw* was vermasselt habe. Meine neueste Insta-Katastrophe ist, dass ich einen Spoiler gepostet habe.« Mir brach der Schweiß aus, wenn ich nur daran dachte. »Ich habe der Welt unglücklicherweise – okay, blöderweise – verraten, dass Straker Maden isst.«

Archie sah mich verständnislos an. »Und das ist ein Problem, weil …?«

»Weil es ein wichtiges Handlungselement ist. Wer hätte das gedacht?«

»Aber es ist ja nicht so, als hättest du das Ende verraten.«

»Ich bin mir nicht sicher, ob ich das Ende überhaupt kenne«, entgegnete ich, und Archie lachte.

»Man darf sich einfach nicht verrückt machen lassen wegen diesem Medienkram.« Er klang so *rational.* »Bei *Der Fluch* scheint es die einzige Sorge der Produzenten zu sein, dass wir nichts vom Set posten. Vergiss es!«

»Das kann ich nicht. Ich muss mitmachen.« Und ich hatte es nicht drauf. Sie hassten alles, was ich tat. Fast alles. »Du bist das Einzige, was ich zustande gebracht habe, das sie gut finden.« Archie stutzte. »Die Publicity-Frau hat mitgekriegt, dass wir zusammen sind, und sie findet das *sehr aufregend.*«

»Verständlich. Finde ich auch.«

»Der Betreff der E-Mail lautete: BRAVO!!! #TRAUMPAARE.« Er fand es witziger als ich. »Aber es kommt noch dicker. Sie will … Ich weiß nicht, wie ich es sagen soll.« Dich benutzen? Dich ausnutzen? Hm, das klang alles nicht gut.

»Was hat sie geschrieben? *Zeig es mir.*« Es war mir peinlich, aber ich öffnete die E-Mail auf meinem Telefon. »Ernsthaft, was soll das eigentlich bedeuten? Wie sollst du uns denn bitte ›wirksam in deinen Social Media einsetzen‹? Gott, diese Branche ist total verkorkst.«

»Wir wollen aber beide in dieser Branche bleiben.«

»Ich glaube nicht, dass es viel für deine zukünftige Bildschirmdominanz bringt, aber poste, was du willst. Ich habe Bilder von dir gepostet.« Überwiegend ungetaggt und mit Plog vor meinem Gesicht. Ich kannte Fionaaa inzwischen gut genug, um zu wissen, dass ihr wohlüberlegtere Beiträge lieber wären. »Vielleicht habe ich die ganze Zeit unbewusst einen PR-Plan ausgeführt.« Er hörte auf zu scherzen und fragte: »Und dich und Carlo wollen sie auch manipulieren?«

»Das hat Fiona nicht gesagt.«

»Doch, irgendwie schon. Geht es denen eigentlich nur um den Umsatz?« Vielleicht nicht nur, aber hauptsächlich …

War Archie etwa sauer? Nein, er legte mein Telefon weg und zog mich wieder an sich. »*Hör auf, dir darüber Sorgen zu machen!* Denk an was Schönes! An deine Haare zum Beispiel. Und an *Fortuneswell*. Und an Weihnachten. Und an mich!«

»Archie? Kann ich dich um einen Gefallen bitten?« Er sah mich misstrauisch an, aber ich war nicht darauf aus, ihn irgendwie »wirksam einzusetzen«. »Kannst du mir Walzer tanzen beibringen?«

»Ich würde das ja gern für einen schrägen Annäherungsversuch halten, aber ich schätze mal, jetzt geht es um deine Panik vor der Tanzszene.« Ich nickte, und er zuckte mit den Schultern. »Ich kann's versuchen. Wir brauchen irgendwas mit einem Dreivierteltakt.« Er fing an zu scrollen.

»Ich habe keine Ahnung, wovon du redest, aber wenn ich es auf die Reihe kriegen soll, brauche ich schon richtige Walzermusik.«

»Es überrascht dich vielleicht, aber *Die schönsten Walzermelodien* habe ich nicht auf meinem Telefon.« Er sah mich an. »Du wirst mich zwingen, welche runterzuladen, nicht wahr?«

»*Zwingen* werde ich dich nicht.« Aber ich war sehr erfreut, als er es tat.

»Okay, packen wir's an!« Archie verschlang den letzten Happen von *meinem* Sandwich und stand auf. »Komm, lass mich und Strauss nicht hängen.«

»Ich glaube nicht, dass du das richtig machst«, sagte ich und blieb auf dem Sofa sitzen.

»Ich habe doch noch gar nicht angefangen«, protestierte er.

»Du musst mich zum Tanzen *auffordern*. Ich lasse mir doch nicht die einmalige Gelegenheit entgehen, dass du dich mal vor mir verbeugst.«

»Du bist eine sehr anspruchsvolle Freundin.« Archie deutete eine winzige Verbeugung an und zog mich vom Sofa. Dann stellte er den *Donauwalzer* auf volle Lautstärke; Plog suchte unter dem Sofa Schutz, und im nächsten Moment war ich schon in Archies Armen. Jetzt hätte ich mich einfach in den Rhythmus einfinden und mich mit Archie drehen müssen.

Woraus leider nichts wurde. »Entschuldige, tut mir leid, sorry …«

»Schon gut«, sagte er mit unerschütterlicher Ruhe. »Ich weiß allerdings nicht, wie du es geschafft hast, mir gleichzeitig auf *beide* Füße zu treten. Dazu gehört schon einiges Talent. Versuchen wir es noch mal.«

»Verbeugst du dich noch mal vor mir?«

»Unter den gegebenen Umständen solltest du dich wohl eher vor mir verbeugen. Jetzt stell dich erst mal auf meine Füße, bis du ein Gefühl dafür bekommst.«

Trotz aller Ablenkungen machte ich ziemlich schnell Fortschritte. Nach einer Weile drehten wir uns schon (fast) richtig im Takt der Musik.

Das war wirklich #Traumpaare, aber es blieb komischerweise privat.

Mein Telefon bellte ziemlich hartnäckig in der Sofaritze. Es machte die ganze Stimmung kaputt. Ich ging es ausschalten und schaute kurz auf das Display.

ELEKTRA!

Es war Carlo.

CHECK

SOFORT

DEINE

E-MAILS.

Ich öffnete mit zitternden Fingern mein E-Mail-Konto. Zwei neue Mails waren gerade eingegangen. Die von Produzent Jonathan war kurz: »Trailer ist raus! Hier der **Link.** Gruß, J. M.«

Oh Gott. Ich bewegte den Cursor auf den Link … nein, ich hatte zu viel Angst. Die andere E-Mail war von Fionaaa. Sie war länger – aber die vielen Ausrufezeichen beanspruchten ja auch eine Menge Platz. »*Archie!*«, quiekte ich aufgeregt. Er und Plog waren in Sekundenschnelle bei mir. Ich legte mein Telefon auf den Tisch, und wir schauten alle auf das Display.

Von: Fiona Hull, Personality PR

Datum: 15. Dezember 17:23

An: *Raw,* Besetzung und Crew

Cc: Jonathan Martin, Panda Productions

Betreff: TRAILER!!!

HALLO LEUTE!!!

Ich freue mich, verkünden zu können, dass der TRAILER FÜR *RAW* ENDLICH DRAUSSEN ist!!! Hier ist der **Link** für euch alle zum IMMER WIEDER ANGUCKEN!!!

Ihr brennt natürlich darauf, den Trailer mit allen zu teilen, die ihr kennt, aber beachtet bitte, dass er noch bis **18:30 Uhr** gesperrt ist, also zeigt ihn bis dahin NIEMANDEM.

Ab 18:31 Uhr erwarte ich allerdings von euch, dass ihr teilt, teilt, TEILT. Auf allen euren Social-Media-Kanälen. Wir werden alle denselben Text verwenden: **Wenn ihr auf #RawAction, #RawAdrenalin und #Raw-Emotion aus seid … ist es Zeit für #GetRaw!** Falls ihr der Sache euren eigenen Stempel aufdrücken wollt, wovon wir dringend abraten (!!!), tut das bitte erst SPÄTER beim Weiterposten.

Wir finden den Trailer ganz FANTASTISCH!!! Und wir hoffen, euch gefällt er auch! Er ist so COOL! So UNGLAUBLICH! Sorgen wir gemeinsam dafür, dass dieser Trailer einschlägt wie eine BOMBE, um der negativen Presse entgegenzusteuern, die wir zuletzt hatten.

Liebe Grüße und Umarmungen
Fiona x

**** PPR * ON FIRE in Soho seit 2010***
Folgt uns auf Twitter: @Personality, Facebook: PersonalityPR, Insta: @PersonalityonFire

»Aaah, ich kann das nicht aufmachen.«

»Du musst!« Archie und Plog kauten sich förmlich die Nägel ab.

»Ich *kann nicht.*« Fühlte es sich so an, wenn man den Umschlag mit den Prüfungsergebnissen öffnen musste? »Und du darfst den Trailer sowieso erst in …« Ich sah auf die Uhr.

»… in fünfunddreißig Minuten sehen. Jetzt ist er noch tabu für dich.«

»Ja und? Heimlich ein bisschen zu früh einen noch gesperrten Trailer angucken – ich lebe eben gefährlich!« Archie gab mir den Laptop, der auf dem Tisch stand (den von meinem Dad). »Wir brauchen einen vernünftigen Bildschirm.«

Ich nahm allen Mut zusammen, loggte mich ein (Passwort »Digby007«), öffnete Fionas E-Mail erneut, schluckte und klickte den Link an …

Tiefste Schwärze und irgendein merkwürdiger Sprechgesang.

Eine Explosion.

Das Wort **RAW** in greller weißer Blockschrift. Eine Kamerafahrt über Bäume. Der Sprechgesang weicht disharmonischer »Musik«.

ACTION

Die Bäume explodieren.

Ohne ersichtlichen Grund.

RAW

Verwackelte Aufnahmen von Füßen, die durch Matsch laufen. Ich entdeckte ein Stück Sack – einer dieser Füße konnte *durchaus* meiner sein.

ADRENALIN

Oh, noch eine Explosion. Vielleicht in der Höhle, vielleicht aber auch nicht. Dann eine Nahaufnahme von Ambers Gesicht, mit kunstvoll angeordneten Dreckstreifen. Die Musik wird romantischer und schwillt an. Amber öffnet die Augen, ganz weit – die Kamera zoomt rein.

RAW

Wieder Gerenne, ein paar von den gruseligen Wolfswesen, ein Mann (keine Ahnung, wer genau) stürzt von der Klippe in den See. Weitere Explosionen als »Würze« und noch ein neues aufregendes Element, das (wahrscheinlich) nicht so wichtig für die Handlung war: ein Tsunami, der den Wald verwüstet …

EMOTIONEN

Nun wieder der unheimliche Sprechgesang, diesmal zu einer Szene mit Amber und Sam, die sich vor dem schmeichelhaften, aber ansonsten völlig überflüssigen Hintergrund eines Waldbrands tief (und wohl auch vielsagend) in die Augen schauen.

RAW

Gliedmaßen. Ein Berg von Gliedmaßen. Ziemlich wirr durcheinander, aber hauptsächlich Beine und überwiegend abgetrennt. Blut. *Überall.*

GÄNSEHAUT

So viele gruselige abgetrennte Arme und Beine.

RAW: DER FILM

PANDA PRODUCTIONS

VOM REGISSEUR VON *DIE HORROR-INSEL*.

DEMNÄCHST IM KINO.

EIN FILM, DER EUCH UMHAUEN WIRD!

Und dann die Abschlussszene mit Sam und Carlo, die blutüberströmt von der Klippenkante springen.

»Großartig!«, sagte Archie, noch bevor der Trailer ganz zu Ende war. Wirklich?

Ich drückte wieder auf PLAY. »Sag mir deine ehrliche Meinung.« Ich wusste nämlich nicht, was ich davon halten sollte.

»Hammermäßig. Ein Klassiker seines Genres.«

»Welches ist denn sein Genre?«

Archie schwieg, während wir uns den Trailer ein zweites Mal anschauten. »Action«, sagte er danach voller Überzeugung. »Definitiv Action. Und Blut. Ist das ein Genre?«

»Würdest du ihn dir im Kino ansehen?«

»Natürlich.«

»Auch wenn ich nicht mitspielen würde?«

»Ja. Der perfekte Film für ein Date.« Wir guckten den Trailer noch mal; noch einige Male, und er schien immer lauter und blutiger zu werden und immer weniger Sinn zu ergeben. Archie warf einen Blick auf seine Uhr. »Hey, du musst das jetzt posten.«

Ich zögerte. »Es wird wahnsinnig … angeberisch wirken.«

»Ist doch egal. Du hast es verdient. Mach es einfach«, sagte er. Ich schluckte. Und öffnete meinen »beruflichen« Facebook-Kanal. »Vergiss die Hashtags nicht!« Oh Gott, diese Hashtags. Meine Hände schwebten über der Tastatur. »Komm schon … Es ist Zeit für #*GetRaw.* Du hast zehn Sekunden, dann poste ich es für dich.« Ich tippte einige Buchstaben, löschte sie und fing noch mal neu an. Und löschte wieder … Archie schnappte sich den Laptop. »Wenn ihr auf #RawAction aus seid …«, begann er zu tippen. »Soll ich ein paar zusätzliche Hashtags nur für dich reinschreiben?« Er nahm das Ganze viel zu leicht. »Zum Beispiel #StrakerIst-DerKnaller …«

Neiiiin! Ich versuchte, ihm den Laptop abzunehmen. Er zog ihn weg, ich stürzte mich auf ihn, und wir plumpsten kichernd auf das Sofa.

Plog bellte und wollte »mitspielen«. Hinter uns fiel scheppernd etwas zu Boden.

»Der Compi von deinem Dad!« Wir starrten ihn alle an (auch der Hund) und hielten die Luft an, als könnte er jeden Moment explodieren. Archie machte mutig einen Schritt auf ihn zu und hob vorsichtig den Deckel. Der Laptop ging an, und wir fingen wieder an zu atmen.

»Das war schrecklich! Als würde man beobachten, wie beinahe ein Kind ertrinkt.« Es war auf jeden Fall ~~das Stressigste das Zweitstressigste~~ das Drittstressigste, was an diesem Tag passiert war.

»Aber es ist ja alles gut, also komm wieder her.« Archie nahm mich an die Hand und zog mich aufs Sofa. »Du kannst auf dem Boden bleiben, Plog.«

Ungefähr zehn Minuten später klingelte mein Telefon.

»Ignorier es«, flüsterte Archie mir ins Ohr und strich mir eine Haarsträhne aus dem Gesicht.

Es klingelte wieder. Und wieder. Schließlich ging ich doch dran. »Was?«, fragte ich genervt. Archie musste sich das Lachen verkneifen.

»Elektra James? Hier ist Fionaaa Hull. Ich will dich nicht stööören – du bist offensichtlich *sehr beschäftigt* –, aber hier bei PPR und wahrscheinlich auch bei Panda sind alle ziiiemlich in Sooorge.«

»In Sorge? Wegen des Trailers?« Er war wirklich ein bisschen spät herausgekommen.

»Dein *Post* …« Fiona holte tief Luft. »Ist jetzt seit acht Minuuuten *überfällig*. Wir haben schon befüüürchtet, dir ist etwas *zugestoßen!*«

»Ja, äh … nein, ich … Ich bin gerade dabei.« Ich schnappte mir den Laptop. Archie war inzwischen total hinüber.

»Weißt du den Text noch?«, fragte sie.

Ja. Leider.

»Guck dir die Kommentare erst gar nicht an«, riet mir Archie. »Die sind überhaupt nicht von Bedeutung.«

Was war schlimmer: Unmengen von scheußlichen Kommentaren zu bekommen oder gar keine? Natürlich sah ich sie mir an. Okay, gar keine hatte ich schon mal nicht, sondern sage und schreibe einhundertachtundzwanzig.

Unbekannter Fremder 1: »Großartig!«
Unbekannter Fremder 2: »Megacool! Sam Gross ♥♥♥♥
Unbekannter Fremder 3: »Kann den Kinostart nicht erwarten.«

Das war doch gar nicht so übel. Und ich gewann viele neue Follower dazu. Fionaaa würde sich freuen.

Unbekannter Fremder 4: »Wow. Ganz schön laut.«
Unbekannter Fremder 5: »Sieht scheiße aus.«
Unbekannter Fremder 6: »Was???«

Trotzdem konnte ich nicht aufhören zu lesen.

Sensationnel! Étonnant! Merveilleux!

Nicht schwer zu erraten, von wem das kam.

Carlo: ECHT COOL!

Carlo: ICH BIN NICHT VOREINGENOMMEN.

Moss: Du bist eine Göttin.

Moss: HAMMERFRAU!

Sie hatte mir auch eine Nachricht geschickt, in der stand, dass sie es besser gefunden hätte, wenn mehr von mir zu sehen gewesen wäre, und dass die letzte Szene gewirkt hätte, als hätten Carlo und Sam nicht den Weltuntergang im Nacken, sondern würden im Urlaub von einer Jacht ins Meer springen.

Da hatte sie wirklich recht.

Jenny: Das ist fantastisch!

Unbekannter Fremder: Soll grottenschlecht sein, hab ich gehört.

Talia: Bist du überhaupt dabei?

  Antwort: Flissy: Ja, dachte, du hättest ’ne Hauptrolle?!?!??

    Talia: Vielleicht ist einer der Füße von ihr?

      Flissy: Dann braucht sie DRINGEND ’ne Pediküre.

        Talia: Nein, das ist der #RAWLOOK!!!

Unbekannter Fremder: Ich schwör, #GETRAW bedeutet was anderes.

  Antwort: Anderer unbekannter Fremder: Ich raff das nicht.

Siebenundzwanzig unbekannte Fremde: Posts mit Links von Filmseiten, die Raw schonungslos zerreißen

Dreiundfünfzig unbekannte Fremde und siebenundzwanzig flüchtige Bekannte: *Worum geht es da?!*

Das war dann wohl der berühmte Punkt, an dem es kein Zurück mehr gab. Ein komisches Gefühl.

Raw kam bald in die Kinos.

Der Film kam bald raus, obwohl die Dreharbeiten noch gar nicht beendet waren.

Er kam bald raus, obwohl niemand wusste, wovon er eigentlich handelte.

Er kam bald raus, ob ich nun bereit war oder nicht.

Ich war nicht bereit.

Der Winter nahte.

★

KAPITEL 11

»Ich will keine halben Sachen machen – wenn ich Stepp tanzen soll, will ich auch Stepp tanzen und nicht nur so tun, als ob.«

Emma Stone

STRASSE GESPERRT! DREHARBEITEN!

Es waren nicht nur die Schilder, die darauf hinwiesen. Lastwagen und Anhänger parkten in zwei Reihen vor großen Häusern, in die locker ein bis zwei Ballsäle passten. Mit den Fairmount Studios ließ sich das alles nicht vergleichen, aber die Atmosphäre war ähnlich. Crewmitglieder mit der üblichen »Uniform« aus schwarzen Klamotten, schweren Boots und Funkgeräten liefen umher, und Schauspieler, manche ganz normal und manche in einem merkwürdigen Regency-Ballkleid/Steppjacke-Stil gekleidet, standen in kleinen Gruppen zusammen.

Es war eisig kalt. Zwei stämmige Kerle mit blinkenden Rentiergeweihen auf den Köpfen, die Kleiderständer mit

Kostümen in Schutzhüllen vor sich herschoben, drängten sich mit einer Entschuldigung an mir vorbei. Es war himmlisch, wieder zurück in diesem Wahnsinn zu sein! Beängstigend, aber himmlisch.

Ich ging zu einem Mann, auf dessen Jacke **SECURITY** stand, und nannte ihm meinen Namen.

»Ich soll mich bei dem Regieassistenten melden«, sagte ich und checkte mein Telefon. »John Price, und dann muss ich in die Maske.«

»John?«, rief er einem Mann im mittleren Alter zu. »Ein neues Opfer für dich!«

»Elektra James? Ich habe deine Probeaufnahmen gesehen. Die roten Haare stehen dir.« Er wandte sich kurz ein paar Aufbauhelfern zu, die mit silbernen Kerzenständern bepackt waren, um ihnen (ganz freundlich) zu sagen, wo es langging. »Prima Timing. Du hast schon Trainingssachen an, oder?« Ich nickte. »Also, der Tanzdurchlauf wird den größten Teil des Tages beanspruchen.« Bei dem Wort »Tanz« unterdrückte ich einen kleinen nervösen Quietscher. Komischerweise vertraute ich von Stunde zu Stunde weniger auf meine ausführliche TV-Recherche zu Regency-Tanzszenen. »Aber es gibt eine Mittagspause.« Er zeigte auf einen großen Wagen mit Theke. »Catering.« Zwei Typen mit weißen Schürzen gaben Kaffee, Schokomuffins und Schinkenbrötchen an die Leute aus. »Du holst dir, worauf du Lust hast, und suchst dir ein warmes Plätzchen zum Essen.« Er wies auf ein paar umgebaute Busse, die mit Tischen und Bänken ausgerüstet waren. »Und dann gehst du mit den anderen wieder in den Ballsaal.«

»Habe ich heute auch meine Kostümanprobe?« Darauf freute ich mich mehr als auf die Tanzerei.

Er schüttelte den Kopf. »Nicht nötig. Ich habe mit der Kostümabteilung gesprochen. Du hast eine ziemlich normale Größe, und die haben viele Möglichkeiten. Du musst morgen früh um sieben Uhr am Set sein, und weil du erst nachmittags gebraucht wirst, bleibt dann noch jede Menge Zeit für dein Kostüm. Okay, wollen wir uns auf den Weg in den Ballsaal machen? Folg mir!«

Das ließ ich mir nicht zweimal sagen und heftete mich an seine Fersen. Ich wäre jedem nachgelaufen, der mich in einen Ballsaal hätte führen wollen. Wir gingen einen breiten holzgetäfelten Korridor entlang, der sehr nobel ausgesehen hätte, wenn nicht überall Kabel und Leitern gewesen wären, und dann eine Doppeltreppe hinauf.

Oh. Mein. Gott.

Was ich sah, wirkte wie aus einem Disney-Film. Riesige Flügeltüren führten in den größten Raum, den ich jemals außerhalb des Fairmount-Geländes betreten hatte. Ringsum an den vertäfelten Wänden standen Kameras bereit, die sich in den alten hohen Fenstern spiegelten. Durch eine Doppeltür ging es hinaus auf eine Terrasse. Ich schaute zu den Kristall-Kronleuchtern auf, über denen ein prächtiges Deckengemälde prangte: eine so gut wie nackte Göttin mit zwei nicht ganz astreinen dämonischen Engeln. Und *überall* waren goldene Verzierungen. Verzierungen und Gold in rauen Mengen. Ich bin ja eher ein Fan von *Die Eiskönigin,* aber gegen eine gediegene *»Die Schöne und das Biest«*-Atmosphäre habe ich auch nichts einzuwenden.

»Weitergehen, Elektra!«, sagte John, der mit mir zusammengestoßen war, weil ich wiederum wie angewurzelt in der Tür stehen geblieben war. »Der Typ da drüben in dem pinken T-Shirt.« Er zeigte auf einen Mann mit schwarzen Leggings und einem abgefahrenen T-Shirt mit dem Spruch »Hotter than Darcy«. »Das ist Danny, der Tanzlehrer. Tu einfach, was er sagt, dann klappt das schon. In der Pause folgst du den anderen, dann landest du automatisch beim Catering.« Und schon war er verschwunden.

Oh je. Die anderen kannten sich anscheinend alle. Sie hingen in Grüppchen zusammen und quatschten miteinander. Ich entdeckte Ally Sheer, die Sophia spielte. Sie hielt sich an Lohan Winter fest, um nicht das Gleichgewicht zu verlieren, während sie eins ihrer ewig langen Beine ausstreckte. Lucy Morton, die Belle spielte, saß umringt von mehreren Jungs auf dem Parkettboden. Meine Freundin Daisy und sie hatten mal zusammen in irgendeinem Film gespielt, und sie war offenbar ebenso nett wie perfekt. Ich wusste, dass ich gaffte. Ich fand es einfach immer noch seltsam, Stars in echt zu begegnen.

»So, Leute!«, rief Tanzmeister Danny mit einem starken schottischen Akzent und klatschte in die Hände. Es gab kein Entrinnen mehr. »Dann stellt euch mal paarweise auf. Steht alles auf der großen Liste da.« Er zeigte auf eine wahrhaft riesige Liste, die an einem der mächtigen vergoldeten Spiegel befestigt war.

Ich lächelte den Fremden rings um mich nervös zu und checkte die Liste: **CLEMENCY/ELEKTRA: LANDEDELMANN/ MIKE.** Okay, ich kam also nicht mit Lohan Winter zusammen, aber wenigstens lernte ich jetzt meinen heißen Tanzpartner kennen.

»SOFORT, wenn ich bitten darf! Nicht erst, wenn die globale Erwärmung Glasgow erreicht«, bellte Danny, und alle begannen, sich ein bisschen zügiger zu bewegen. Ich suchte vergeblich nach jemandem, der mein Landedelmann sein konnte. »Und Penny!« Danny zeigte auf eine Technikerin. »Du kannst doch ganz anständig tanzen. Würdest du bitte für Georgie Dunn einspringen? Sie hat sich heute wieder mal dagegen entschieden, uns mit ihrer Anwesenheit zu beehren.« Er klang ziemlich sauer.

Ein langer, spindeldürrer Typ mit fliehendem Kinn kam auf mich zu und stellte sich neben mich. Was? Nein. Wo war der *attraktive* Landedelmann? Da lag wohl eine Verwechslung vor.

»Landedelmann?«, fragte ich. »Sorry, ich meinte Mike?« Er nickte. Ich hielt vergeblich nach einem anderen Edelmann Ausschau. »Clemencys Tanzpartner?« Er nickte wieder. Tja, das war eine Enttäuschung. Ich lächelte nervös, er lächelte nicht zurück. Ich versuchte es mit Small Talk, aber Reden war nicht seine Stärke. Also standen wir schweigend nebeneinander.

»*La Pastorale!*«, kündigte Danny an, als hätten wir alle einen Riesenspaß vor uns – und vielleicht hatten wir das ja auch.

»Ich bin nicht gut in Dingen, die mit Französisch zu tun haben«, sagte ich. Mike schaute zu Boden. »Kennst du dich damit aus?« Keine Reaktion. Sprach er nur, wenn ihm jemand einen Text in die Hand drückte?

»Das ist ein *Cotillon*, ein Kontratanz«, bellte Danny, »aber das wisst ihr wahrscheinlich schon.« Äh, eigentlich nicht. »Alle vertraut mit dem Kontratanz?«

Im Saal erhob sich Gemurmel; *zustimmendes* Gemurmel, wie ich entsetzt feststellte. Was war mit dem Walzer? Und was für ein Leben führten diese Leute, dass sie einfach so nebenbei *Cotillon* tanzen gelernt hatten?

»Dann habt ihr offensichtlich geübt. Ausgezeichnet! Ach so, ist vielleicht jemand neu hier?« Ich hob die Hand (es musste eine coolere Methode geben, auf sich aufmerksam zu machen). »Ah ja, unsere Clemency … Man hat mir gesagt, dass du zu dem Durchlauf kommst. Willkommen, Allegra.«

Ein Durcheinander aus vielen Hallos ertönte. »Ich heiße *Elektra*«, sagte ich und ergänzte so die Ansammlung von peinlichen Namen um einen weiteren.

»Elektra? Seltsamer Name. In der Kartei steht, du verfügst über qualifizierte Kenntnisse, was das Tanzen angeht. Du bist also *au fait* mit dem *Cotillon?*«

Ich hatte nicht damit gerechnet, jemals einen solchen Satz zu hören, schon gar nicht von jemandem, der klang, als würde er mit dem Ungeheuer von Loch Ness abhängen. »Nicht so ganz … *au fait,* aber ich habe mir viele …« Ich verstummte verlegen.

»Ach, nur keine Panik.« Zu spät. »Ist wohl eine Weile her, seit du ihn das letzte Mal getanzt hast, was?« So konnte man das auch sagen. Ich war eine Hochstaplerin und drohte jeden Moment aufzufliegen. »Ich gebe Anweisungen, und du orientierst dich einfach an den anderen. Dann kommt im Nu alles zurück.« Nichts würde zurückkommen, rein gar nichts. »Dein Partner weiß, was zu tun ist.« Er nickte Mike zu, der ihn nur ausdruckslos ansah. Vielleicht hatte er ja verborgene rhythmische Fähigkeiten.

»Bildet zwei Kreise!« Das klang ziemlich einfach. Ich folgte Mike auf die Tanzfläche. »Etwas enger.« Wir quetschen uns alle ein bisschen zusammen. Auf der einen Seite hatte ich Mike und auf der anderen den umwerfenden, verwirrend gut aussehenden Lohan Winter. Er lächelte mich an, und ich wischte meine schwitzigen Hände an meiner Leggings ab. »Besser. Und ... Musik!« Danny machte eine so überschwängliche Geste, dass ich fast dachte, ein ganzes Orchester oder zumindest ein Streichquartett würde im Saal erscheinen, aber er schaltete nur eine Klangmaschine ein, die fast so alt war wie der *Cotillon.* »Dumm-di-dumm, didi-dumm ...«, rief er über die Musik hinweg. »Machen wir uns noch mal kurz den Rhythmus des *Cotillon* bewusst. Alle zusammen bitte: dumm-di-dumm, didi-dumm ...« Eins muss man Schauspielern lassen, sie haben echt keine Hemmungen – innerhalb kürzester Zeit schallten enthusiastische Dumm-di-Dumms durch den Raum. Sogar Mike machte mit (aber leise). »Okay, und jetzt acht Takte Intro.« Ich stand voll auf dem Schlauch. Was war noch mal ein Takt? Keine Zeit zum Überlegen; Danny begann schon mit den Anweisungen. »Erste Dame«, sagte er und wies auf Lucy Morton, »und der ihr gegenüberstehende Herr.« Er nickte Lohan Winter zu. »*Contretemps* auf das rechte Paar zu, *Rigaudon* umeinander und auf den gegenüberliegenden Platz wechseln.«

Ich hatte keine Ahnung, wovon er redete. Die anderen bewegten sich. Sie *tanzten.*

Nur ich stand immer noch da, wo ich eben stand.

Danny gab mir einen kleinen Schubs, und jetzt setzte auch ich mich in Bewegung. »Hüpf-Schritt-Schritt, hüpf, Schritt, Schritt, hüpf, ist doch *einfach!*« Nein, es war überhaupt nicht einfach. »Und Schritt-Schritt und jetzt der *Rigaudon*-Hüpf-Schritt-Schritt. Mehr Einsatz bitte! Ihr bewegt euch wie eine Herde lahmer Schafe!« Lohan Winter lachte, aber er sah ja auch nicht aus wie ein lahmes Schaf. »Das ist ein Werbungstanz und kein Totentanz! Hüpf-Schritt-Schritt und ... *plié* ... Und Sprung.« Ich war ein totes Schaf. »Insgesamt noch ziemlich holprig; fangen wir noch mal von vorn an. Allegra, versuch einfach, das zu machen, was die anderen machen.« Das wäre ein guter Rat gewesen, wenn sich bei diesem verrückten Tanz alle gleichzeitig in dieselbe Richtung hätten bewegen müssen. »*Rigaudon* und wechseln.« Jetzt schob Danny mich ziemlich unsanft übers Parkett. Was einerseits besser für mich war, andererseits aber auch schlimmer. Es war härter als unser Physik-Übungstest. Mir ging die Puste aus. »Ich würde sagen, wir machen kurz Pause. Allegra ... Elektra, atmen, *atmen!*«

Der Schweiß lief mir über den Rücken, als ich mich auf den Boden plumpsen ließ und erschöpft gegen die Wand lehnte.

»Wohlverdiente Verschnaufpause, Clemency!« Lohan Winter ging grinsend an mir vorbei. Wenn ich meiner Mutter davon erzählte, würde ich die Szene wahrscheinlich ein bisschen ausschmücken.

Lucy Morton kam zu mir. »Hallo, Cousine!«, sagte sie. Sie kannte meinen Namen auch nicht. »Hältst du durch?« Leider war die Antwort auf diese Frage für jeden offensichtlich, wie sehr ich mich auch bemühte. »Hier, ich habe Wasser für dich.« Sie ging in die Hocke und gab mir zu trinken wie eine Helferin bei der Versorgung von Verwundeten in einem Katastrophengebiet. »Guck nicht so sorgenvoll! Wenn du einen falschen Schritt machst, schneiden sie das einfach raus.«

»Aber ich habe Text, während wir tanzen.«

»Dann werden sie sich mehr auf dein Gesicht konzentrieren als auf deine Füße.« Lucy gab mir einen aufmunternden Klaps auf die Schulter, faltete ihre unheimlich langen Beine auseinander und ging davon, um mit ihren richtigen Kollegen zu reden.

Als ich mich hinter den anderen her zum Cateringwagen schleppte, entdeckte ich die Tafel mit der Speisekarte, die draußen aufgehängt worden war. Ich blieb stehen und staunte. Ich war davon ausgegangen, dass ich mir ein Sandwich holen würde, aber irgendwie hatten sie es geschafft, in diesem einfachen Wohnanhänger ein echtes Schlemmermahl auf die Beine zu stellen – nein, eine ganze Auswahl an Schlemmereien.

Menü

Pappardelle mit Lammragout
Toast mit Truthahn, Cranberrys und gegrilltem Brie
Vegetarische Fajitas
Calamari auf Rucolasalat

***

Plumpudding-Eis mit heißer Brandysoße

Gesalzenes Karamellpopcorn
auf Käsekuchenmousse

Kandierte Äpfel

Die Warteschlange kam zügig voran. Alle stampften mit den Füßen, um sich warm zu halten, und quatschten miteinander. Ich konnte nicht mit den Füßen stampfen, weil ich viel zu kaputt war, und ich konnte nicht mitquatschen, weil die anderen sich alle kannten und ich niemanden kannte. Alle waren sehr freundlich zu mir, doch ich war eben nur Gastdarstellerin, und ich wusste nicht, wovon sie redeten (obwohl ich den Namen Georgie mehr als einmal hörte). Das Gute an diesem Tag war aber, dass nicht gedreht wurde und wir deshalb unsere Telefone behalten durften – solange wir uns an das strikte Posting-Verbot hielten. Ich hatte eine E-Mail von Fionaaa. Noch mehr Social-Media-Unterstützung? Weitere »hilfreiche Ratschläge«?

Von: Fiona Hull, Personality PR

Datum: 19. Dezember

An: Elektra James

Betreff: ***Raw: neue Strategie für Elektra/Straker***

Liebe Elektra,

wir haben den Aufbau deiner Social-Media-Plattform genau beobachtet, und wir denken, dass der Zeitpunkt möglicherweise günstig ist, um eine neue STRATEGIE auszuprobieren!!! Es ist nicht mehr lange hin bis zum KINOSTART (yay!!! Aufregend!!!), und deine Followerzahlen wachsen immer noch nicht so schnell, wie wir gehofft haben. In der letzten Woche hast du dich fast gar nicht in den Social Media engagiert! Aus Gesprächen mit deiner Agentin haben wir auch erfahren, dass deine Verfügbarkeit für abendliche Branchenevents bedauerlicherweise immer noch Einschränkungen unterliegt.

Seit dem unerfreulichen SPOILER-Vorfall haben wir deine Zugangsdaten, und du hast vielleicht gesehen, dass wir einige hübsche PROMO-INHALTE für dich eingefügt haben – damit du Zeit sparst!!! Nun sollten wir einen Gang höher schalten. Deshalb möchten wir jetzt jede Menge HIPPE, GLAMOURÖSE Inhalte posten. Wir setzen alles daran, dich bekannt zu machen!

In nächster Zeit kommen auch Interviews mit Print- und Onlinemedien auf dich zu. Was die kleineren, neuen PR-Slots angeht (Fun Facts, Twitter-Chats etc.), erscheint es uns sinnvoll, weiterhin die Inhalte für dich zu erstellen und sie *hinaus in die Welt* zu senden. Du bekommst von uns eine richtig coole, optimistische PERSÖNLICHKEIT, versprochen!

Selbstverständlich musst du es uns wissen lassen, falls du mit irgendetwas nicht einverstanden bist! Es ist alles deine Entscheidung, wir bieten nur unsere HILFE an.

ENTSPANN DICH und lass uns die Marketingarbeit erledigen. Dein Image ist bei Personality PR in den besten Händen!!!

Fiona xx

**** PPR * ON FIRE in Soho seit 2010***
Folgt uns auf Twitter: @Personality, Facebook: PersonalityPR, Insta: @PersonalityonFire

Puh, echt demütigend.

Vielleicht konnte PPR ja auch den *Cotillon* und die Klausuren für mich übernehmen?

KAPITEL 12

»Ich hoffe, wir kommen dahin, dass Frauen tief ausgeschnittene Kleider tragen und zugleich bedeutend sein können.«

Amy Adams

Ein neuer Tag, ein anderer großer Wagen – diesmal mit verdunkelten Fenstern.

»Steh nicht so lange vor der Tür rum! Komm rein, bevor wir alle erfrieren!« Ich machte einen lässigen Sprung, denn der Wohnwagen war ziemlich hoch über dem Boden. Und ich bedauerte es sofort, weil mir schon bei der kleinsten Bewegung sämtliche Gräten wehtaten.

»Die Farbe ist wirklich gut gelungen.« Mel, die Frau fürs Make-up, inspizierte meine Haare Strähne für Strähne. »Das ist der perfekte Farbton für dich. Nimm dir einen Tee oder einen Kaffee.« Sie zeigte auf einen Tisch, der sich unter der Last von Thermoskannen und Bechern und angebrochenen Kekspackungen bog. Der Wagen war praktisch eine transportable Miniversion der Maske in den Fairmount-Studios inklusive Waschbecken, Friseurstühlen und Schminkspiegeln (leider keine mit Glühbirnen ringsum). Und es roch auch genauso – achtzig Prozent Haarspray, zwanzig Prozent Schokolade. Himmlisch! »Setz dich schon mal. Wir fangen in fünf Minuten mit dir an. Du bist die Letzte auf unserer Liste. Wir müssen die anderen nur noch loswerden.«

»Hey, Clemency, ich hoffe, du hast dich von gestern erholt.« Lucy winkte mir von weiter hinten zu. Ich lächelte unsicher – *erholt* vielleicht nicht gerade. Aber ich war ja schon froh, dass mir nicht per E-Mail gekündigt worden war, bevor ich überhaupt mit dem Drehen angefangen hatte. Lucys Kopf war zur Hälfte mit langen, geschwungenen weißen Federn geschmückt. Sie sah fantastisch aus, aber das Gewippe und Gezippel machte mich nervös. Ich glaubte nicht, dass ich mit solchen Federn klarkommen würde. Georgie Dunn saß neben ihr. Endlich lernte ich sie persönlich kennen. Na ja, »kennenlernen« war zu viel gesagt. Sie ignorierte mich mehr oder weniger, und so ließ ich einen Platz zwischen uns frei, um nicht in ihren Star-Hauptdarstellerinnenbereich einzudringen. Mein Telefon bellte. **Wir sind angekommen! Noch dazu zeitig!** Mum hatte geschrieben (die nachgegeben hatte und an meiner Stelle als Begleitperson mit Plog am »*Strawberry Jam*«-Set war). »Sind Telefone hier drin erlaubt?« Ich stellte meins leiser.

Lucy nickte. »Solange man keine Fotos macht. Ich könnte die Maske ohne Telefon gar nicht überstehen. Ich sitze hier schon seit sechs Uhr!«

»Weil du *Federn* hast«, sagte Georgie. »Wenn ich Glück habe, bekomme ich vielleicht ein einzelnes Schleifchen.

Schlicht und brav, das ist mein Look. Aber ich meine, sehe ich etwa aus wie eine schlichte, brave Frau?« Wie sie es sagte, klang es wie eine üble Beleidigung. »Nein!« Sie zeigte auf ihre Gucci-Fellslipper. Hätte ich solche Schuhe gehabt, hätte ich meinen Internetkram garantiert auf die Reihe gekriegt. »Verflixt, ich will auch eine extravagante Frisur!«

Gedämpftes Gebell. **Zwei Stunden zu früh.** Typisch Mum. **Ich gucke mal, wo ich eine schöne Tasse Tee bekomme.**

»Aber diese Frisuren dauern unendlich lange«, sagte Lucy. »Die sind schon seit mehr als einer Stunde dran, und ich habe immer noch Unmengen von Federn *und Ringellocken* vor mir.«

Ich nahm mir eine Zeitschrift und tat so, als würde ich einen Artikel über Promis und ihre Tattoo-Pannen lesen, während ich heimlich lauschte.

»Eine Stunde ist immer mein absolutes Minimum, bis ich fertig bin«, sagte Georgie. »Ich meine, wenn ich *drehe.*« Sie sagte es, als wäre es die reinste Strafe für sie – was einfach verrückt war, selbst wenn ihre Alternative nicht aus Klausuren bestand. »Wenn ich freihabe, kann das schon einen ganzen Tag dauern. Am liebsten würde ich mich rund um die Uhr pflegen und schön machen. Ich bin wie eine Katze.«

»Oder ein Affe«, meinte Lucy, die ihren Tee mit einem Strohhalm trank, weil sie schon fertig geschminkt war.

»Nein, Lucy«, sagte Georgie frostig. »Nicht wie ein Affe. Affen sind nicht süß.« Affen waren ja wohl voll süß! (Hätte ich nicht unter dem »Die Neue am Set«-Syndrom gelitten, hätte ich mich hundertprozentig in dieses Gespräch eingemischt.)

»Hat dir Amrita eigentlich wegen gestern die Hölle heißgemacht?«

Georgie zuckte mit den Schultern. »Sie hat mir eine E-Mail geschickt. Voll aggressiv. Ich kriege echt wegen jeder Kleinigkeit, die ihr nicht passt, eine E-Mail. Wenn ich nur ein kleines bisschen zu spät komme, flippt sie schon aus. Und sie imitiert meine Agentin. Sie ist ein Albtraum!«

»Ist sie nicht«, widersprach ihr Lucy. »Und fairerweise muss man sagen, dass du diesmal nicht zu spät gekommen bist.«

»Bin ich auch nicht.«

»Du bist *gar nicht* gekommen!«

»Ich bitte dich! Ich wollte doch nicht einen ganzen Tag mit Dannys stinklangweiligen Proben vertun. Und Mary tanzt sowieso nie. Dazu ist sie viel zu verklemmt.«

»In der Dispo steht aber –«

»Piepegal, was in der Dispo steht. Mary tanzt den *Cotillon* jetzt nicht mehr, und ich habe mir einen Tag freigenommen, damit ich zur Abwechslung auch mal ein *Leben* habe.« Wow. Havelski hätte sie rausgeworfen.

Mein Telefon bellte leise; wieder Mum. **Hier kann man nirgendwo eine schöne Tasse Tee trinken. Ich brauche einen Tee. Kamillentee. Ich glaube, Plog ist nervös.** Da war er vermutlich nicht der Einzige … **Ja, Plog ist eindeutig nervös. Er muss ständig pinkeln.**

Hast du ihm etwa zu Hause Kamillentee gegeben?

Mag sein.

»Wenn ich ›Tag‹ sage, meine ich natürlich ›Nacht‹. Rate mal, wen ich im VIP-Bereich im *Circus* gesehen habe!«

»Keine Ahnung.« Lucy klang etwas gelangweilt. Ich war *fasziniert*.

»Kylie ...«

»Jenner? Im Ernst?« Ich hatte ganz vergessen, dass ich stumm und unsichtbar war. Ich wurde rot und vergrub mich wieder in meiner *Closer*.

Okay ... Wir sind drin ... Mum war also endlich am Set, aber es klang eher, als wäre sie in Alcatraz eingebrochen. Zwei Minuten später: **Alle sind wahnsinnig nett. Die machen ein unglaubliches Trara um Plog.** Natürlich, er war ja auch ein Superstar. Mum hatte wirklich Glück, dass ich ihr den Job als Begleitperson hatte übertragen müssen.

Wie ist das Mädchen, das »meine« Rolle spielt?

Blass und heftig. Sie könnte wirklich ein Zombie sein. Aber alle anderen sind reizend. Sie füttern Plog mit Teegebäck. Ich knabberte noch einen Keks. Ich war noch nie an einem Set mit Gratis-Teegebäck gewesen.

»Jetzt müssen wir uns wieder einen ganzen Tag lang angucken, wie James von seiner fluffigen Haarpracht an die Wand gespielt wird«, sagte Georgie. »Seine Haare sollten ihren eigenen Agenten haben. Er ist so ein langweiliger Schauspieler.« Wirklich? Ich war immer viel zu fasziniert von seinen markanten Gesichtszügen gewesen, um mir ein Urteil bilden zu können.

»Finde ich nicht.« Lucy wurde rot.

»Nein?« Georgie lachte künstlich. »Na, das hätte ich mir eigentlich denken können.«

Damit war ihr Gespräch beendet, und eine unangenehme Stille trat ein. Ich checkte mein Telefon. **Oh je, Plog hat sich**

erbrochen. Er hat die Thunfisch-Sandwiches der Regisseurin aufgestöbert. Die nächste Nachricht: **Das ist ganz schön stressig.** Und noch eine: **Das ist TOTAL stressig!** Ich bekam Gewissensbisse.

Was hat er jetzt angestellt? Keine Antwort.

Etwa zwei Stunden und zwei Drittel einer Kekspackung später war ich die Letzte, die noch in der Maske war.

»Oh, kriegst du etwa richtige Haare?« Georgie tauchte wieder auf, inzwischen voll kostümiert, mit einer angezündeten Zigarette in der Hand.

Ich *hatte* richtige, echte Haare (wenn man mal von der ganzen Chemie absah), aber das meinte sie wohl nicht. »So eine richtig stilechte Frisur …« Sie fuchtelte mit den Händen und deutete auf ihren Kopf.

Ich hatte keine Ahnung, was für eine Frisur ich bekam, aber Georgie machte mich nervös, und ich nickte nur.

»Ich bin wirklich die Einzige in dieser Produktion mit beschissenen Haaren. Und einem beschissenen Kostüm. Ich sehe aus wie eine alte Jungfer. Ich darf nicht mal ein winziges Dekolleté haben. Das ist doch albern! Nur weil im Drehbuch was von ›belesen‹ steht, bin ich zu so einem furchtbaren Kostüm verdammt.« Das klang ein bisschen diskriminierend. »Findest du, ich sehe schwanger aus?«

Es dauerte einen Moment, bis es bei mir klick machte. Laut *Weekend Record* war es gut möglich, dass sie tatsächlich schwanger war. »Du siehst unglaublich schlank aus«, entgegnete ich, und sie lächelte. Ich hatte die richtigen Worte gewählt.

»Sie hätten eng taillierte Kleider nehmen sollen! Ich wollte eins von diesen Korsetts, über die sich in der Presse alle aufregen, weil sie Frauen angeblich zu sexuellen Objekten machen. Also, in diesem Kleid hier werde ich garantiert nicht zum Sexualobjekt! Hast du zufällig mein Telefon?« Sie nahm meins vom Tisch.

»Das ist *mein* …«, begann ich, aber sie scrollte schon durch die Fotos.

»Ist das dein Lover?« Sie klang beeindruckt.

Der »Lover« war Carlo in voller Warri-Montur. Er hing an einem Styropor-Felsvorsprung. »Nein«, sagte ich.

»Schade. Geiler Oberkörper.« Sie scrollte weiter. »Der da vielleicht?«

»Der da« war Archie in wehendem weißem Hemd auf Angelina. »Ja«, entgegnete ich und versuchte, ihr mein Telefon so gelassen wie möglich wegzunehmen. »Auch heiß«, kommentierte sie und wirkte überrascht. »Hast du eine Schwäche für Jungs in Kostüm?« Gut möglich. »Gott, du hast ganz schön stressige Nachrichten. Wer ist *Plog?*«

Ich riss ihr mein Telefon einfach aus der Hand.

Ich habe mich noch nie so geschämt. Nicht mal deinetwegen.

Entweder hatte meine Mutter das Gedächtnis verloren, oder es war wirklich übel.

WIESO???

Er hat es zerfetzt.

WAS hat er zerfetzt?

Das DING am Ende von diesem Ton-Dingsda, das wie ein kleines Schäfchen aussieht. Er hat es einfach ZERFETZT.

Mel kam zurück, bevor mir eine tröstende Antwort einfiel – aber vielleicht gab es gar keine tröstende Antwort. »Dann wollen wir mal, Elektra.« Sie wandte sich Georgie zu. »Du darfst hier drin nicht rauchen. Und im Kostüm solltest du schon gar nicht rauchen. Dein Telefon liegt übrigens da hinten, falls du es suchst.« Mel bugsierte Georgie innerhalb von Sekunden zur Tür hinaus, und dann schwebten ihre Hände auch schon unheilvoll über meinem Kopf. Es sah aus, als wollte sie mich verfluchen. »Raus mit den Lockenwicklern!«

Nachdem sie gefühlt minutenlang an meinem Kopf herumgezerrt hatte, war ich nur einen einzigen Lockenwickler und ungefähr sechzigtausend Gehirnzellen los. Es war nicht gut, ausgerechnet in diesem Jahr Gehirnzellen zu verlieren. Aber dann kam Mel in Schwung, und nach kurzer Zeit lag ein ganzer Haufen Lockenwickler vor uns. »Das war's!« Sie nahm den letzten raus.

Ich hatte voll die Krause auf dem Kopf – ich sah aus wie ein unter Strom stehender roter Pudel.

Ich hasste Spiegel!

Mel schnalzte missbilligend mit der Zunge. »Ich muss noch ein Haarteil dazunehmen. Du hast für diese Frisur einfach nicht genug Haare.« Ohne auf meine Entschuldigungsversuche einzugehen, öffnete sie eine kleine Schublade und hielt zum Farbvergleich Teile an meinen Kopf, die wie Fuchsschwänze aussahen. Als sie sich für eins entschieden hatte, musterte sie mich zufrieden. Anscheinend hatte ich jetzt genug Haare auf dem Kopf. Sie verschwand in einem riesigen Schrank und kam mit …

»Oh mein Gott, ein DIADEM!«

»Bitte, Elektra, nimm dich zusammen.« Nein, ich konnte mich nicht zusammennehmen. Ich war völlig verzückt von einem unbelebten Gegenstand. »Das ist Modeschmuck, aber sehr wertvoll. Du musst gut darauf aufpassen.« Ich würde auf jeden Fall allen erzählen, es wären echte Diamanten. Es war das prächtigste, glitzerndste Teil, das ich jemals aus der Nähe bewundern durfte. Mel drehte ein paar Locken ein und steckte sie auf meinem Kopf fest. Ich verlor weitere hunderttausend Gehirnzellen, aber es war mir egal. »Wir müssen hier eine ebene Unterlage schaffen, damit es gut sitzt. Du hast einen sehr unebenen Kopf.«

Schließlich nahm Mel das Diadem aus der mit Samt ausgeschlagenen Schachtel – filigrane »goldene« Ornamente, besetzt mit »diamantenen« Sternen und Bündeln aus »Perlen« – und setzte es mir auf. Dann legte sie einzelne lose Strähnen um den Reif, sodass Haare und Edelsteine fast wie ineinander verwoben aussahen. Ich stieß einen ungläubigen Seufzer der Glückseligkeit aus und griff mir zaghaft an den …

»Nicht anfassen! Und keine ruckartigen Kopfbewegungen! Und ruinier das Ganze nicht, wenn du dein Kostüm anziehst.«

Wenige Minuten später reichte mir eine Frau, die Geila hieß, ein Paar weiße Strümpfe und etwas, das wie ein Nachthemd aussah – meine schlimmsten Befürchtungen … Hatte ich eigentlich irgendetwas an mir, das »Steckt das Mädchen in einen Sack« schrie? Also, kostümtechnisch und nicht entführungstechnisch.

»Bereit, Schätzchen? Zeit fürs Korsett!«

Das Korsett sah aus wie ein Mittelding zwischen einem ziemlich pushenden Push-up-Teil von *Victoria's Secret* und einem mittelalterlichen Mieder. Es bestand aus weißem Leinen und Stäben, die wie Knochen aussahen – sie waren doch wohl nicht von *Walen*, oder etwa doch? Es hatte Träger, die Schnürung war vorn, und die Körbchen lagen beunruhigend weit auseinander. Irgendwie wirkte es ziemlich einschüchternd. Ich steckte einen Arm hinein. So weit, so gut. Wo war das andere Armloch? Geila sah mir gelassen dabei zu, wie ich mich abmühte. Okay, gefunden. Warum war es eigentlich so weit weg? Ich drehte meinen Arm so stark nach hinten, wie es ging. »Es ist nicht besonders dehnbar, was?«, sagte ich atemlos.

»Das ist ja der Witz an einem Korsett«, erklärte Geila. »Dass es sich *nicht* dehnt, um Körpermasse aufzunehmen.« Da Regency-Korsetts allem Anschein nach nur zur Brustbedeckung dienten, würde Masse kein Problem für mich sein …

Mit einem halben Arm war ich also in dem Korsett, und den anderen hatte ich in einem sehr unbequemen Winkel nach hinten gestreckt. »Brauchst du Hilfe?« Ich war in einem Korsett gefangen, bevor ich es überhaupt richtig anhatte. Ich brauchte *eindeutig* Hilfe. Um aus meiner misslichen Lage herauszukommen. Und wahrscheinlich auch ganz allgemein. Ich versuchte vergeblich, mir den Träger über die Schulter zu ziehen – er hatte sich in meine Haut eingegraben. So hatte ich es mir allerdings nicht vorgestellt, eins mit meiner Rolle zu werden!

»Vorsicht! Du machst deine Frisur kaputt! Kannst du den Arm nicht ein bisschen weiter nach hinten drehen?« Nein, wirklich nicht. Er ließ sich überhaupt nicht mehr bewegen. Geila packte meinen Arm und zog daran. »Na, siehst du.« Sie sprach mit mir wie mit einem kleinen Kind. »Und jetzt machen wir es schön zusammen –« Sie stutzte. »Oh mein Gott!« Sie begann zu lachen. »Ich habe *total* vergessen, es vorher *aufzuschnüren.*« Sehr witzig. »Wo habe ich nur meinen Kopf?«

Zwei Minuten später schnürte sie mich ein. »Sag mir sofort Bescheid, wenn es anfängt wehzutun«, sagte sie, was wohl beruhigend gemeint war. »Nee, sag mir Bescheid, wenn du keine Luft mehr kriegst.« Weniger beruhigend.

Aber komischerweise war mir das Korsett gar nicht so unangenehm. Ich fühlte mich irgendwie gehalten, so als würde ich von einem schmusigen Wal umarmt, und das gefiel mir. Außerdem waren meine Brüste voll im Bild. Meine rechte Brust jedenfalls.

Sie stahl der linken sozusagen die Schau und drängte sie in die Statistenrolle.

Geila trat zurück und musterte mich stirnrunzelnd. Dann rief sie eine Frau herbei, die am anderen Ende des Wagens Fräcke abbürstete. »Janey, sehe ich das nur so, oder sind ihre Brüste *tatsächlich* ungleich?«

Sie nahmen mich regelrecht unter die Lupe wie eine mutierte Raupe, die im Amazonasgebiet entdeckt worden war. »Oh mein Gott! Sie sind wirklich ungleich. Ich meine ...« Janey wandte sich mir zu. »Es fällt nicht unangenehm auf, aber von einem ganz neutralen Standpunkt aus betrachtet *sind* sie ...«

»Unterschiedlich?«, sagte ich.

»Ja«, bestätigte sie entschuldigend. »Das hast du nicht erwähnt, als du deine Maße geschickt hast.« Nein, hatte ich nicht. Es hatte keine separaten Felder für links und rechts auf dem Formular gegeben. Ich hatte optimistisch nach oben aufgerundet. »Keine Sorge, Schätzchen, wir haben eine Lösung für das Problem!« Sie nickten mir aufmunternd zu, als hätten sie mir gerade mitgeteilt, dass die moderne Medizin inzwischen so weit fortgeschritten war, dass es durchaus Heilungschancen bei unterschiedlich großen Brüsten gab.

»Ich habe eine ganze Box mit Hühnerfilets!«, rief Geila fröhlich. Es freute mich ja, dass sie ausreichend mit Protein versorgt war, aber was hatte das mit der Lösung des Problems zu tun? »Irgendwo …« Und schon begann sie in Kartons zu stöbern und zu kramen wie Ollivander auf der Suche nach dem richtigen Zauberstab. »Wir stecken einfach eins in das linke Körbchen …« Sie hielt die Silikoneinlage hoch, und jetzt kapierte ich endlich, was die Lösung war. »*Et voilà!* Das müsste die *perfekte* Größe sein.«

Es war die perfekte Größe.

Et voilà, aber wirklich!

Meine Brüste waren jetzt vollkommen gleich. Perfekte kommunistische Brüste. Ich hatte ein richtiges Dekolleté! Ein Traum!

Geila öffnete den Reißverschluss der Kleiderhülle, die vor mir an einem Ständer hing.

Atemlose Spannung.

Und. Da. War. Es.

Mein Kleid, Clemencys Kleid: mehrere Lagen aus weißem Seidenmusselin, ein mit Goldfäden und winzigen schimmernden Saatperlen eingefasster Ausschnitt und eine Empire-Taille mit Satinband, das mit den gleichen Perlen besetzt war. Oh, und es hatte eine *Schleppe!*

»Es ist perfekt«, hauchte ich und strich behutsam mit der Hand darüber, um zu prüfen, ob es echt war und keine Einbildung.

Das war ein Kostüm! In diesem Kleid konnte ich mit Land- und Stadtedelmännern flirten, mit Grafen und Herzogen.

Und wahrscheinlich konnte ich sogar tanzen.

Von: Katya, Kat Casting

Datum: 19. Dezember 17:56

An: Julia James, Elektra James

Betreff: Plog/*Strawberry Jam*

Hallo Julia und Elektra!

Ach, ich hasse es, solche E-Mails zu schreiben, und es ist noch viel schlimmer, wenn es um einen Hund geht!

Ihr müsst überhaupt kein schlechtes Gewissen haben, *aber* die Kunden sind nach reiflicher Überlegung zu der Auffassung gelangt, dass sie von Plog wahrscheinlich nicht mehr als den winzigen Kurzauftritt brauchen, den sie heute einfangen konnten. Sie haben ihn für morgen gestrichen – ihr braucht also nicht zu erscheinen!

Sie haben mich gebeten, extra darauf hinzuweisen, dass diese Entscheidung rein gar nichts mit der Tatsache zu tun hat, dass er das Galgenmikrofon zerstört, die Mütze der Regisseurin gefressen und auf den Drehplan gepinkelt hat. So was kann passieren! Sie wünschen Plog alles Gute für seine zukünftige Karriere. Das tun wir alle!

Katya x

PS: Bitte zeigt Plog diese E-Mail nicht! Ich möchte ihn wirklich nicht entmutigen!

KAPITEL 13

»Darcy war nie eine Bürde für mich.«

Colin Firth

Eine weitere Szene war gerade abgedreht worden, und der Raum war voller Leute, die in starrer Haltung herumstanden, um ihre Frisuren und Kostüme nicht in Unordnung zu bringen. So viele schöne Kleider und (künstliche) Juwelen, die im Schein Hunderter (künstlicher?) Kerzen glitzerten. Dazwischen etliche hektisch herumwuselnde unrasierte Techniker, gewaltige Kameras und Berge von Ausrüstung, aber das störte irgendwie nicht.

»Tschuldigung, darf ich mal vorbei?« Ally Sheer war hinter mir in der Tür. Ihr Kleid war rosa und *fast* so schön wie meins. »Clemency?« Ich nickte. »Dieses Kleid! Komm mit, ich bringe dich zu Amrita.«

Ich atmete tief durch. Jedenfalls so tief, wie es mein Korsett erlaubte. Ally schwebte praktisch durch die Menge, obwohl es wirklich total viele Leute waren. Ich kannte eigentlich niemanden, und ich wollte auf keinen Fall jemandem das Kostüm ruinieren oder über ein Kabel stolpern, und so versuchte ich, ihr in einer Art seitlichem Krebsgang zu folgen. »Entschuldigung, Tschuldigung, Tschuldigung, TSCHULDIGUNG, Tschuldigung, Tschuuuldigung, Entschuldigung, Tschuldigung, Tschuldigung, Pardon, Tschuldigung, Tschuldigung. Oh mein Gott, tut mir wirklich leid. Entschuldigung, TSCHULDIGUNG, Tschuldigung.«

Als ich bei unserer Regisseurin ankam, schnaufte ich buchstäblich vor Erschöpfung, weil es voll anstrengend war, so unbeholfen zu sein wie ich. »Hallo … Ich bin … Elektra«, stammelte ich. Das Korsett benebelte offenbar meinen Verstand. Ich hatte das Gefühl, zu nichts anderem mehr fähig zu sein als dazu, auf einer Chaiselongue zu liegen, schlechte Gedichte zu lesen und in regelmäßigen Abständen Nachwuchs zu produzieren.

»Hallo, Elektra! Schön, dass wir uns endlich kennenlernen.« Amrita war ziemlich klein, und *sie* war eindeutig schwanger. »Sie haben dir eins von meinen Lieblingskleidern gegeben!« Sie war unheimlich freundlich. »Gefällt es dir?«

»Ich *liebe* es«, sagte ich. »Ich will es gar nicht mehr ausziehen.«

Sie lachte. »Wie findest du deine Party?« Es dauerte einen Moment, bis mir klar wurde, was sie meinte.

»Sie ist unglaublich.«

»Clemency Barton-Woods Einführung in die Gesellschaft wird *das* Stadtgespräch in London.«

Tanzlehrer Danny kam auf uns zu, und ich konnte mich nirgendwo verstecken. »Allegra! Dieser Look ist besser als die Leggings!« Sein T-Shirt – diesmal ein schwarzes mit der Aufschrift *»In love with Miss Elizabeth Bennet«* – war auch eine Verbesserung. »Ich habe mich vorhin kurz mit Amrita über die Herausforderungen unterhalten, die du beim *Cotillon* zu bewältigen hattest.«

»Es tut mir wirklich leid«, sagte ich und hoffte, dass die Tatsache, dass ich in einem Korsett vor ihnen stand, bedeutete, dass sie mich nicht vom Set werfen würden.

»Keine Sorge«, sagte Amrita und klopfte mir beschwichtigend auf den Arm. »Das passiert ständig. Es ist nicht so wichtig für die Clemency-Rolle, sonst hättest du schon früher Unterricht bekommen. Wir werden genug Einstellungen von dir zusammenkriegen, in denen du aussiehst, als könntest du ganz wunderbar tanzen.« Danny hustete. »Okay, wir mogeln ein bisschen mit unterschiedlichen Perspektiven und Nahaufnahmen. Die Szenen mit den Drehungen können wir mit Profitänzern aufnehmen und reinschneiden – nichts ist, wie es scheint. Und wir fangen sowieso mit der Essensszene an, da wird nicht getanzt.« Ich hatte zwar gewusst, dass heute ein tanzfreier Tag war, aber als Amrita es bestätigte, atmete ich trotzdem erleichtert auf (jedenfalls hätte ich es getan, wenn das Korsett nicht gewesen wäre).

»Während nebenan alles vorbereitet wird«, sagte Amrita (durch die Spiegeltüren auf der anderen Seite des Ballsaals konnte ich nur erkennen, dass dahinter ein weiterer großer Raum lag), »können wir noch schnell durchsprechen, was Clemency in dieser Szene bewegt. Du bist natürlich die bessergestellte, weltgewandte Cousine. Die Umgebung ist dir wesentlich vertrauter als den anderen Mädchen – es ist schließlich dein Zuhause, und Bälle sind dein natürlicher Lebensraum.« Tja, mein überaus prickelndes gesellschaftliches Leben hatte mich bestens auf diese Rolle vorbereitet! »Landedelmann Ellington hat dich zu Tisch gebeten.« Sie zeigte auf Mike. »Es ist ein absolutes Debakel. Der Mann, von dem du mit süßen Naschereien gefüttert werden möchtest, ist Viscount Luddington, aber er fragt dich nur über deine schöne Cousine Belle St Clair aus und behandelt dich wie ein Schulmädchen. Es ist ein köstliches Mahl, aber während des ganzen Essens leidest du darunter, dass der Mann, für den du romantische Gefühle hegst, an einer *anderen* interessiert ist.« Das konnte ich hundertprozentig nachvollziehen. »Du hattest gehofft, dass er dir eine Liebeserklärung macht und um deine Hand anhält.« Okay, das eher weniger. »Du bemühst dich sehr, dir nicht anmerken zu lassen, wie arg sein Interesse an Belle dich verletzt, und musst gleichzeitig das Tischgespräch mit dem Edelmann, der dich liebt, bewältigen. Alles verstanden?« Ich nickte begeistert. Es war wie eine Folge von *Made in Chelsea,* nur im neunzehnten Jahrhundert.

»ALLE, DIE NICHT FÜR SZENE DREIUNDZWANZIG GEBRAUCHT WERDEN, GEHEN JETZT BITTE!«, rief John. »Und zwar auf Zehenspitzen, denn wir drehen gleich weiter.« Einige der »Gäste« steuerten auf die Tür zu.

»Hattest du schon Gelegenheit, Luddington kennenzulernen – James, meine ich?«, fragte Amrita.

»Nein, ich habe noch nicht mit ihm gesprochen«, entgegnete ich nervös und schaute zu ihm rüber. In Frack und Kniehosen sah er großartig aus. Er flüsterte Lucy etwas ins

Ohr, und sie wurde rot. Es wirkte nicht so, als wollte er gestört werden.

»Komm schon! Er beißt nicht. James, das ist Elektra – sie spielt Clemency.«

»Aha.« James lächelte mich an. »Der größte Fan von Viscount Luddington.« Alle lachten. Ich lachte auch – ein winziges bisschen zu lang. Er hatte den Nagel ziemlich genau auf den Kopf getroffen. Aus der Nähe betrachtet sah er wirklich *umwerfend* aus.

»Wir sind startklar«, rief John von nebenan, und ich wurde zusammen mit allen anderen, die in der Szene mitspielten, in den angrenzenden Raum geführt. Er war ungefähr halb so groß wie der Ballsaal (immer noch riesig, aber die ganze Ausrüstung, die Kameras und Techniker ließen ihn kleiner wirken). Und er war genauso prächtig. Ein langer Tisch mit einem schneeweißen Tafeltuch, auf dem so gut wie jeder Zentimeter vollgepackt war mit Silberbesteck und Porzellan und Essen, das so schön war, dass es kaum wie Essen aussah. Mehrarmige Kerzenleuchter (mit echten Kerzen) standen in einer Reihe in der Mitte, und der Geruch von Wachs vermischte sich mit dem Duft von Brathuhn, Zucker und Gewürzen.

»Hört mal kurz her …«, rief John. Einer der Produktionsassistenten hob die Hand. »Entschuldige, Amrita, entschuldige, John – bevor wir mit der Szene anfangen, habe ich hier noch eine Nachricht aus der Kostümabteilung.« Er schaute stirnrunzelnd auf sein Telefon. »Also.« Er hustete nervös. »Wenn jemand von den Möchtegern-Aristokraten sein Kostüm mit Essen bekleckert, werde ich denjenigen persönlich erschießen, ihm den Hals umdrehen und ihm eine Füllung verpassen – genau wie dem Federvieh, unter dem sich der überladene Tisch biegt.« Wir starrten alle die große Servierplatte mit kunstvoll arrangierten gebratenen Vögeln an, die mitten auf dem Tisch stand. »Herzliche Grüße von eurer Kostümabteilung. PS: Das musst du natürlich ein bisschen umformulieren, wenn du es den anderen vorliest.«

Amrita lachte, aber John war langsam mit seiner Geduld am Ende. »Für alle, die nicht hier waren, als wir letzte Woche die Essensszenen gedreht haben – die essbaren Speisen sind auf den goldenen Tellern, die Lebensmittelattrappen auf den weißen. Ganz einfach. Vergesst das nicht, sonst werdet ihr es bereuen. Vermasselt es bitte nicht!«

Ich betrachtete erst das Essen auf den goldenen Tellern, dann das auf den weißen. Es sah für mich ziemlich gleich aus. Ich schnupperte mehrmals an einem Rehbraten auf einem weißen Teller.

»Der besteht größtenteils aus dunklem Brot und Gelatineüberzug«, raunte mir jemand von der Requisite zu. »Im Notfall kann man das essen, aber ich würde es nicht tun.«

»Elektra, lass die Schnüffelei«, sagte John. »Wir müssen jetzt mit deiner Szene anfangen.«

»Habt ihr diese kleinen Lebkuchen schon gesehen?«, sagte Amrita. »Ich glaube, ich habe gerade meine erste Heißhungerattacke! Lasst ihr mir ja so einen für heute Abend übrig. Okay. Elektra und Mike.« Sie winkte ihn zu uns. »Also, Clemency hatte davon geträumt, die Tischdame von Viscount Luddington zu sein, hat aber nun den Landedelmann am Hals.« Sie schenkte Mike ein entschuldigendes Lächeln. »Elektra, wenn du ›Sind Sie mit Viscount Luddington bekannt?‹ sagst, dann hältst du Mike dein Glas hin, damit er dir Punsch aus der silbernen Kanne zu seiner Linken nachschenkt. Dabei lässt du Luddington nicht aus den Augen. Clemency ist so besessen von ihm, dass sie ihn – was immer sie zu Ellington sagt und trotz seiner immer verzweifelteren Bemühungen um ihre Aufmerksamkeit – die ganze Zeit im Blick behält. Der Viscount ist derweil in ein Gespräch mit Captain Allerton vertieft.« Lohan Winter nahm seinen Platz neben James ein. »Verstanden?« Ich nickte. Mike nickte.

»Dann setzt Ellington zu seiner Liebeserklärung an, während er sich etwas von dem Hühnchen auf der Servierplatte dort nimmt. Ringsum wird fröhlich gezecht und geschlemmt. Elektra, du ignorierst ihn weitgehend, und dann, wenn du ihn abwimmeln willst und das Gespräch auf Cousine Mary bringst, nimmst du dir etwas von der Eiscreme dort.«

»Ist mit Parmesan aromatisiert«, sagte der Typ von der Requisite. »Ein Original-Regency-Rezept.«

»Wie jetzt? Mit Parmesan*käse?*«

»Gibt es noch anderen Parmesan?«, fragte Mike (zu Recht), und dann hieß es »Ruhe am Set«, und alle konzentrierten sich auf die anstehende Aufgabe.

»ACTION!«

CLEMENCY

Sind Sie mit Viscount Luddington bekannt, Sir?

Ich sagte meinen ersten Satz und hielt Mike mein Glas hin, ohne Viscount Luddington aus den Augen zu lassen. Das war nicht besonders schwer – James trug zwar genau die gleichen Sachen wie Mike, sah aber ganz anders darin aus. Er zwinkerte mir zu, und ich wurde rot. Dann wurde unterbrochen, weil es ein Problem mit dem Ton gab.

»Du bist rot geworden! Gut gemacht! Großartige Charakterdarstellung!«, sagte Amrita. Das lag natürlich daran, dass ich so eine gute Schauspielerin war. James zwinkerte mir wieder zu, pure Folter. »*Action!*«

»Ähm …« Mike versuchte, meine Aufmerksamkeit zu gewinnen. »Ich habe dir schon längst nachgeschenkt.«

»Cut!«, rief John wieder und belehrte Mike, dass er nicht aus der Rolle fallen durfte, wenn die Kameras liefen.

»Tut mir leid, Mike«, sagte ich, während die Vorbereitungen für einen neuen Anlauf getroffen wurden. »Das war meine Schuld. Es ist nur ein bisschen knifflig, weil ich James nicht aus den Augen lassen soll. Luddington, meine ich.«

»Ich könnte husten. Ein kleines nervöses Hüsteln. Ich denke, das passt zu einem Edelmann. So könnte ich dir ein Zeichen geben, dass du das Glas wieder zurückziehen kannst.«

»Guter Plan.« Ich lächelte ihn an. Er schwitzte durch die dicke Puderschicht in seinem Gesicht.

»Okay, Leute, fangen wir noch mal neu an. Action.« John schlug die Klappe.

CLEMENCY

Sind Sie mit Viscount Luddington bekannt, Sir?

Augenkontakt mit dem Viscount ✓, auf das Husten warten … Husten ✓

ELLINGTON
Ich hatte noch nicht das Vergnügen.

Ich nahm einen Schluck Punsch. Oh, ziemlich lecker. Ich nahm noch einen, aber jetzt war ich abgelenkt. Was war noch mal mein nächster Satz?

Sie müssen mir erlauben, sie miteinander
bekannt zu machen.

ELLINGTON
Aber nicht jetzt. Es gibt da etwas ...
das ich Ihnen gern ... Nein, das ich
Ihnen sagen *muss* ...

CLEMENCY
(Hört ihm nicht richtig zu)
Mundet Ihnen das Hühnchen, Sir?

ELLINGTON
Ich möchte ... ich muss ...
Ihnen unbedingt sagen ...

CLEMENCY
Ich hoffe, es ist nicht
verbraten?

ELLINGTON

Nein, nein, ganz zart … jedoch nicht so zart wie ... Ich kann nicht länger an mich halten, ich muss gestehen, ich habe *Gefühle* ...

CLEMENCY

Kennen Sie vielleicht meine Cousine Mary? (Der arme Ellington, was für ein Schlag vor die Brust!) **Ich bin sicher, sie würde Ihnen gefallen.**

Ich riss den Blick von Viscount Luddington los (so stand es in der Regieanweisung, aber es fiel mir tatsächlich schwer), griff an Mike/Ellington vorbei (der mich kauend über seinen Teller hinweg anhimmelte) und tat mir etwas von der Käseeiscreme auf.

In diesem Moment machte es Platsch, und meine linke Brust fühlte sich auf einmal verdächtig leicht an.

Ich schaute auf Mikes Teller. Da lagen plötzlich *zwei* Hühnerbrüste, eine davon aus Silikon.

Totenstille im Raum.

Alle starrten mich an. Genauer gesagt, meine linke Brust. Meine kleiner gewordene linke Brust.

Es war auf jeden Fall das erste Mal, dass so viele Leute meinen Brüsten Beachtung schenkten, und wider Erwarten genoss ich es *nicht*.

Mein brustvergrößerndes »Hühnerfilet« schwamm inzwischen in Mikes Soße.

»OH MEIN GOTT, EIN TITTCHEN!«, schrie er.

Was? Ernsthaft? Neiiin! Selbst ein Landedelmann musste doch wissen, dass menschliche Brüste nicht durchsichtig waren, oder? Und auch nicht nierenförmig. Und in aller Regel fielen sie den Leuten beim Essen nicht auf den Teller.

Und überhaupt: »Tittchen«?

»Cut!«, riefen Amrita und John gleichzeitig. Ich hatte fast vergessen, dass die Kameras liefen. Mike hyperventilierte mittlerweile – allmählich fühlte es sich irgendwie wie eine persönliche Beleidigung an.

»Das ist jetzt nicht hilfreich, Mike«, sagte Amrita und verdrehte die Augen. Alle anderen waren mucksmäuschenstill und vor Schreck erstarrt.

»Es tut mir furchtbar leid.« Ich verdeckte das, was von meinem vermeintlich »wogenden Busen« übrig war, mit den Armen.

»Du kannst ja nichts dafür, Elektra«, sagte Amrita. »Okay, hat mal jemand –« Sie stutzte und starrte Mike an, den alle mit großen Augen anglotzten. Er hatte das Tittchen/Hühnerfilet aus seinem nassen Grab gefischt und inspizierte es bis ins kleinste Detail, was sehr verstörend war. Ich fühlte mich entehrt. »Um Himmels willen, Mike, leg es hin!«

Er zuckte zusammen und fuhr fast einen halben Meter in die Höhe. Hatte er etwa gedacht, es hätte niemand mitbekommen? Du liebe Zeit, er hatte ja praktisch die Lupe aus der Tasche geholt.

Er ließ meine Silikonkollegin fallen.

Sie segelte scheinbar im Zeitlupentempo auf eine besonders elegante silberne Schüssel mit Preiselbeersoße zu.

Lohan Winter machte den heldenhaften Versuch, sie aufzufangen.

Zu spät.

Jetzt hatte ich Preiselbeersoße auf der Brust. Auf der aus Silikon und auf der echten.

Mike hatte Preiselbeersoße auf seiner Halsbinde.

Lohan Winter hatte Preiselbeersoße in den Haaren. In seinen wunderschönen Haaren.

»Äh … ist mir aus der Hand gerutscht«, stammelte Mike.

Irgendjemand angelte die Silikoneinlage aus der Schüssel. Sie triefte vor Bratensaft und Preiselbeersoße – Hühnchen mal anders …

	Clemencys Ball	Elektras sechzehnter Geburtstag
Vorbereitung	*Sechzehn Jahre Unterweisung in Tanzen, Körperhaltung, Aussprache und Konversation. Sehr effektiv*	WikiHow-Artikel »Wie du verhinderst, dass bei deiner Party das Haus verwüstet wird«. Sehr ineffektiv
Outfit	*Ach, nur ein Empirekleid aus Seidenmusselin mit Goldstickerei und Saatperlen und ein Diadem mit Diamanten und Perlen*	Ach, nur Jeans und ein hübsches Top
Die Jungs	*Faszinierende Wangenknochen in Verbindung mit ritterlichem oder spitzbübischem Charme (gewisse Edelmänner mit fliehendem Kinn ausgenommen)*	Tragische Fälle. Bis auf die, die Hunde mitgebracht haben

Der Tanz	*Cotillon*	Cotillon auf jeden Fall nicht. Ansonsten bin ich mir nicht so sicher.
Das Essen	*Alle möglichen Köstlichkeiten wie gebratenes Huhn und Flammeri. Alles für lecker befunden (obwohl sich die Geister am Parmesaneis schieden)*	Gar keins. Komischerweise hat niemand die Karottensticks und den Hummus von meiner Mutter angerührt. Schockierend!
Der Tratsch	*Entsetzlich*	Entsetzlich
Das Ergebnis	*Vier Seidenhandschuhe, zwei Fächer und eine Verlobung*	Drei Schuhe, ein Welpe und ein Fischerhut
Reaktion der Eltern	*»Der junge Viscount wäre wahrlich eine ausgezeichnete Partie, Darling. Warum hast du ihn nicht mit deinen zahlreichen Vorzügen bezaubert?«*	*Unverständliches Wutgeschrei*

KAPITEL 14

»Manchmal, wenn ich etwas poste, bete ich innerlich: ›Bitte denkt nicht, das wäre ich. Das ist rein beruflich.‹«

Hailey Baldwin

»Das war *nicht* witzig!« Moss und Eulalie konnten gar nicht aufhören zu lachen, aber ich war selbst schuld. Warum hatte ich es ihnen auch auf die Nase gebunden? Ich hatte es als Geheimnis mit ins Grab nehmen wollen (als die Art Geheimnis, die man nur mit dreißig Schauspielern und Crewmitgliedern einschließlich zweier Kameramänner teilt), doch wir bereiteten gerade Preiselbeer-Orangen-Sahnetörtchen zu, und das hatte bei mir traumatische Erinnerungen geweckt. »Okay, es war witzig. Aber *bevor* es witzig war, war es voll peinlich. Buchstäblich eine der größten Peinlichkeiten, die ich je erlebt habe!« Und ich kannte mich mit Peinlichkeiten aus.

»Hast du danach eine neue Einlage bekommen?«, fragte Moss, während sie Plog eine Weihnachtsschleife um den

Hals band, obwohl sie eigentlich das Backpapier für die Törtchenformen zuschneiden sollte.

»Nein. Sie haben das Teil einfach abgewischt, und ich musste es wieder reinstecken. War total klebrig.«

»Ist deine echte Brust auch rausgeflutscht?«

»Ich glaube nicht, aber das wäre mir ehrlich gesagt weniger peinlich gewesen.« Eulalie nickte – an einer echten Brust war absolut nichts Peinliches. Sie tat nicht mal so, als würde sie uns beim Backen helfen. »Die Regisseurin war unheimlich nett. Sie hat eine Pause ausgerufen und mich mit Pasteten gefüttert, bis ich mich wieder beruhigt hatte.« Niemand hatte mich rausgeschmissen – oder mich vorzeitig sterben lassen.

»Wie hat es eigentlich mit dem Tanzen geklappt?« Moss nahm Plogs Vorderpfoten und führte ihn im Kreis herum. Komischerweise schien es ihm überhaupt nichts auszumachen. Er war auch total gelassen mit dem abrupten Ende seiner Schauspielkarriere umgegangen. Ich musste mehr Hund werden! »Davon hast du gar nichts erzählt.«

»Da gibt es nicht viel zu erzählen. Für die schnellen Episoden wurde ein Double benutzt.« Beschämend, aber die beste Lösung, denn sonst wären wir alle immer noch dort, oder ich wäre tot. »Ich musste eine Menge Knickse machen, was schwieriger ist, als es aussieht.« Ich machte es vor. Wirklich nicht einfach, doch nach dem Hühnerfilet-Skandal war für mich alles relativ. »Es hat so viel Spaß gemacht«, sagte ich wehmütig. Es war so schnell vorbei gewesen.

»Bald kommt etwas Neues.« Eulalie tätschelte tröstend meinen Arm, während ich das Mehl in die Schüssel siebte.

»Meinst du wirklich?« Ich wischte mir den feinen weißen Staub vom Shirt. »Was ist, wenn ich keine Rolle mehr bekomme? Nie wieder. Dann bekomme ich auch keine neue Agentin. Niemals. Und dann bekomme ich ganz sicher keine Rolle mehr. Vorbei mit der Schauspielerei. Es könnte alles aufhören. Einfach so, mit einem Schlag«, jammerte ich.

»Elektra James«, sagte Moss streng, »bald gehen wir ins Kino und sehen uns einen Film mit berühmten Schauspielern und dir an. Das ist das Gegenteil von Aufhören!« Ich hätte ihr gern (und nicht zum ersten Mal) erklärt, dass es nicht nur furchterregend war, auf der Kinoleinwand zu erscheinen, sondern dass es dadurch für mich sogar noch schwerer werden konnte, eine neue Rolle zu bekommen – wenn die Trolle recht hatten. Aber Moss redete in einem Streifen weiter. »Ich liebe dich, aber du kannst ziemlich *nervig* sein.« Oh Gott, stimmte das etwa? Ich hatte das ungute Gefühl, dass sie womöglich recht hatte. Es wurde Zeit, dass ich meine Ängste für mich behielt. »Hör auf zu klagen und sag uns lieber, ob du den Landedelmann küssen musstest.«

Okay, okay. »Nein. Clemency Barton-Wood knutscht nicht rum. Was meint ihr? Ist das jetzt schaumig genug?« Ich hielt ihnen die Rührschüssel hin, und sie zuckten beide mit den Schultern. Allmählich wurde es mir lästig, die treibende Kraft bei dieser Backerei zu sein. »Clemency ist ein Musterbeispiel für gute Erziehung, Tugend und Feingefühl.«

»Aber sie ist doch ein rothaariges Biest, nicht wahr?« Eulalie hatte eine Zeitschrift gefunden und kreuzte alle Outfits an, die sie haben wollte.

»Auch. Sie ist eine komplexe Figur.« Mir fehlte Clemency – und das nicht nur, weil ich für immer rote Haare haben wollte.

Mein *Fortuneswell*-Drehbuch lag auf dem Tisch. Ich hatte es durchgelesen wie ein Buch (es dauerte noch Monate bis zur Ausstrahlung). Moss nahm es und blätterte darin. »Damals war das Leben viel einfacher. Die ganzen Regeln … Jeder wusste, was er zu tun hat.«

»In der Vergangenheit ging es ganz schön drunter und drüber. Niemand hat gewusst, was er tun oder lassen soll!«, meinte Eulalie, und sie konnte schließlich auf jahrzehntelange Erfahrungen zurückgreifen. »Und dieser Designer hier, der weiß wirklich nicht mehr, was er tut.« Sie zeigte auf ein Kleid, das allem Anschein nach keine Armlöcher hatte und mein Straker-Kostüm richtig schmeichelhaft wirken ließ. »Heute ist alles viel besser, non? Keine Hinrichtungen am Galgen, keine Wegelagerer, keine schlechten Zähne …«, rief sie über den Lärm des Rührgeräts hinweg.

Ich schaltete es aus und fügte hinzu: »Keine Handys, kein Netflix, keine *Tampons*.« Der reinste Horror! »Kein YouTube, kein BuzzFeed.« Undenkbar! »Kein Twitter.« Vielleicht gar nicht so schlecht.

»Aber der ganze Beziehungskram muss doch viel entspannter gewesen sein.« Moss blieb bei ihrer Theorie. »Viel weniger Druck. Nicht so ein Konkurrenzkampf.«

»Nein!«, sagte Eulalie energisch. »Konkurrenzkampf gab es schon immer.«

»Aber nicht so einen Wettstreit, was Beziehungen angeht«, erwiderte Moss. »Oder Follower oder Favoriten oder Likes. Es ging darum, wer das hübscheste Kleid oder den heißesten Lord hat oder so.« Es kam mir gemein vor, sie darauf hinzuweisen, dass wir wohl nicht mit Lords abgehangen hätten.

Und dennoch: »Ich erinnere mich an einen sehr charmanten Marquis in den Achtzigern.« Eulalie sah verträumt auf, dann ließ sie sich aber wieder von einem Chanel-Kleid in der *Vogue* ablenken, das griechisch inspiriert schien (wenn die Griechen Federn und Strass getragen hätten).

Moss schüttete die Preiselbeeren in eine Schüssel und fing wieder an zu kichern. »*Tittchen!* Voll süß!«

»Was ist denn mit dir los? Ein Typ im Frack, der beim Anblick von Hühnerfilets jeder Art ›Tittchen‹ schreit, ist *nicht* süß!«

»Irgendwie schon.«

»Pass bloß auf, sonst verkuppele ich dich mit ihm, und außer ›Tittchen‹ kann er nicht viele Wörter. Glaub mir, Carlo ist die bessere Wahl.«

»Ah! Le beau Carlo.« Eulalie war ein Fan von ihm. »Ihr seid …?« Sie zögerte. Was waren sie eigentlich?

»Er schreibt sich wahrscheinlich mit fünf verschiedenen Mädchen«, sagte Moss nur.

Ich schüttelte den Kopf. »Glaube ich nicht.«

»Ach, hatte ich ganz vergessen. Er erzählt dir ja alles.« Jetzt stichelte sie schon wieder.

»Er erzählt mir eine Menge. Wir sind gute Freunde. *Wie ich dir schon hundertmal gesagt habe.*«

Eulalie sprang mir bei. »*Mais bien sûr,* sie reden die ganze Zeit! Sie machen schließlich viel zusammen durch. Viel Stress, non?«

»Oui!« Und dann erinnerte ich mich daran, dass ich mir keine Gedanken über den *sehr schnell* näher rückenden Kinostart meines großen Films machen sollte, und widmete mich wieder dem therapeutischen kräftigen Verrühren der Zutaten. »Hör mal, ich verstehe das mit der virtuellen Beziehung, aber du solltest dich mal wieder mit ihm treffen.«

»Nein. Ich habe das Trauma vom letzten Mal noch nicht überwunden. Ich brauche eine Pause von Jungs mit Ego. Und von Jungs ohne Ego.« Eine wesentlich kleinere Gruppe. »Ich bin traumatisiert.«

»Carlo ist ganz anders als Torr.«

»Du hast aber mal gesagt, er wäre ein Aufreißer.«

»Mit einem geläuterten Aufreißer kann man viel Spaß haben«, meinte Eulalie. Redete sie von sich selbst?

»Er tut doch nur so, als ob«, sagte ich hoffnungsvoll und probierte den Kuchenteig. »Hör mal, es ist immer ein Risiko, oder etwa nicht? Und Carlo ist witzig, und er ist nicht gemein, und ich weiß, dass du ihn magst, denn sonst würdest du ihm nicht mehr schreiben.« Oder so komisch darauf reagieren, dass er mit mir redet. »Und er fährt voll auf dich ab.«

»Ja, aber es ist vielleicht das Beste, wenn er nur auf mein virtuelles Ich abfährt.«

»Dein wahres Ich wird ihm viel besser gefallen. Das heißt, falls du beim nächsten Treffen ein bisschen länger bleibst, damit er dich auch kennenlernen kann.«

»Was mich daran erinnert …« Eulalie warf die Zeitschrift in ihre riesige Tragettasche. »… dass Sergei sicher schon auf mich wartet. Wir wollen uns einen Film von einem Regisseur ansehen, den er hasst, und danach lästern wir bei Kuchen und Champagner darüber, wie horrible er war.« Ich für meinen Teil würde das Schicksal ja nicht so herausfordern ... »Ach, fast vergessen.« Sie kramte in der Tüte und holte einen Handwärmer in Form eines kleinen Pinguins heraus. Fantastisch, so einen hatte ich schon immer gewollt (besser gesagt, *hätte* ich schon immer gewollt, wenn ich gewusst hätte, dass es so etwas überhaupt gab)! »Für romantische Stunden beim Eislaufen.«

»Archie geht mit dir eislaufen?« Moss schnaubte. »Er hat dir einen Hund geschenkt, jetzt geht er mit dir eislaufen. Was kommt als Nächstes? Rosenblätter, wo immer du gehst und stehst?« Ich machte eine Grimasse und versuchte, so zu tun, als fände ich das total albern. »Und bei Facebook gibt er ›in einer Beziehung‹ an?«

»Letzteres offensichtlich nicht.« Mein Telefon bellte. **Agent hat gerade gemailt. Es geht weiter! Bestätigung ist da. Wir reden später xx**

Moss sah mich an. »Wer war das? Was ist los?«

»Archie. Nichts. Gute Nachrichten.« Ich schluckte.

»Wirklich?«, fragte sie skeptisch.

Ich nickte. »Er hat gerade die Bestätigung bekommen, dass es eine zweite Staffel von *Der Fluch* geben wird. Bevor die erste überhaupt ausgestrahlt wurde. Das ist *großartig.*«

»Nach ›großartig‹ siehst du aber nicht aus.« Komisch, ich hatte gedacht, ich würde lächeln. »Bist du okay? Es ist okay, wenn du nicht okay bist.«

Ich überlegte einen Moment. Mir stand also noch mehr virtuelle Beziehungszeit bevor. Wir hatten das zwar inzwischen viel besser drauf, aber trotzdem, wir würden keine echte Zeit miteinander verbringen. War ich okay? »Ich freue mich für Archie.« Eulalie und Moss hatten mich in ihre Mitte genommen. In echt zusammen zu sein, war so viel besser. Ich atmete tief durch. »Ich werde es überleben.«

»Natürlich wirst du es überleben. Wir sind schließlich alle starke und unabhängige Frauen, non?« Moss und ich nickten unsicher. »Es ist besser, mit einem interessanten Mann verbandelt zu sein, der weit weg ist, als mit einem langweiligen, der nebenan wohnt, non?«

»Was ist eigentlich mit dem neuen @ElektraJames los?«, fragte Moss, als wir allein waren und sie begriffen hatte, dass ich wirklich nicht über *Der Fluch* reden wollte.

»Hast du es gesehen?« Fionaaa hatte in den letzten paar Tagen so viel für mich gepostet, als wäre ich eine Kardashian.

»Es ist, als hättest du plötzlich ein richtig glamouröses Leben.« Moss überlegte kurz, dann schob sie hastig nach: »Nicht, dass du nicht vorher auch schon ein glamouröses Leben hattest … mehr oder weniger.« Wohl eher weniger. Ich hätte zwar gedacht, ich hätte eins, wenn mir jemand anders einige meiner Erlebnisse geschildert hätte, aber im Grunde hatte ich keins. Weil ich neunzig Prozent meines Lebens in der Schule verbrachte? Oder einfach weil Glamour nicht mein Ding war? Um mich zu trösten, nahm ich noch einen Finger voll Teig. »Aber nicht so ein glamouröses wie auf dem neuen @ElektraJames.« Moss öffnete »meinen« Insta-Account. Ich war begeistert, als ich sah, was »ich«

so alles gemacht hatte. »Du hast schon jede Menge neuer Follower.«

»Ich glaube, die haben sie gekauft«, meinte ich.

Moss zuckte mit den Schultern. »Würden sie mich dafür bezahlen, dass ich dir folge?« Sie scrollte ein bisschen. »Ich wusste gar nicht, dass du die Woche immer mit einem Fünf-Kilometer-Lauf anfängst!« Das sollte ich unbedingt tun. »Ist ja schön, dass du ›Schauspieler gegen Armut‹ unterstützt.« Dagegen konnte ich ja wohl kaum sein. »Und oooh, schau an, Lebensweisheiten gibt es auch noch: ›Großartig ist nicht, dies oder das zu sein, sondern man selbst zu bleiben.‹« Klar, das konnte man nicht oft genug sagen. Mein wahres Ich hätte allerdings lieber Eulalies kluge Sprüche gepostet. »Aber du siehst wirklich scharf auf diesen Fotos aus.« Moss zeigte auf ein Bild von mir in Trainingsklamotten am *Raw*-Set. »Bist du das überhaupt?«

»Ja, bloß mit Filtern und Facetune bearbeitet«, sagte ich. Der Text darunter lautete: »Immer am Ball bleiben mit *#RawWorkout, #RawEnergy, #RawAction.*« Einen Post fand ich besonders peinlich; er vermittelte den Eindruck, dass ich mich am vergangenen Abend prächtig auf der Ausstellungseröffnung eines Künstlerkollektivs in Hoxton amüsiert hatte *(#RawArt)*. »Manche davon sind mir irgendwie unangenehm.« Nicht zuletzt, weil ich am vergangenen Abend mit einer Pizza vor der Glotze gehockt und *Next Topmodel* geguckt hatte.

»Dann lass nicht zu, dass sie so was posten.« Moss kicherte. »Ich war ein großer Fan deiner frühen Instagram-Werke.«

»Eben!« Das letzte Foto, das ich selbst gepostet hatte, war von einem großen Stück Käse und einer Packung Maltesers gewesen. »Die von PPR wissen, was sie tun. Und ich weiß, dass ich Glück habe, dass sie es für mich tun. Es wird mir helfen, Rollen zu bekommen und so was.« So was wie eine neue Agentin zum Beispiel. Schließlich hatte ich mir letzte Nacht selbst Angst gemacht, indem ich mir im Internet schicke Websites von Schauspieleragenturen angesehen hatte.

»Machen sie das auch für Carlo?« Jetzt durchscrollte Moss seinen Feed.

»Nein. Ich bin die Einzige mit Fördermaßnahmen.« Aber Carlo hatte ja auch keinen Spoiler gepostet, er hing nicht den ganzen Tag in der Schule rum, und er wurde abends nicht von seinen strengen Eltern eingesperrt.

»War es peinlich, ihn zu küssen?«, fragte sie aus heiterem Himmel – ah, doch nicht so ganz aus heiterem Himmel, denn sie betrachtete ein megageiles Foto von Carlo in den Felsen. »Ich meine, hat es dir gefallen?«

»Nein! Und ja, es war furchtbar peinlich.«

»War es ihm denn auch unangenehm?«

»Und wie! Das habe ich dir doch erzählt.« Offensichtlich musste sie daran erinnert werden.

»Aber wenn man jemanden mag, muss es doch schön sein.« Sie sah mich vielsagend an.

Was auch noch peinlich war, war dieses Gespräch.

»Gut, wenn man etwas mit jemandem hat oder haben will, dann sind Filmküsse vielleicht … okay. Sam und Amber haben anscheinend kein Problem damit. Aber es ist nicht wie im wirklichen Leben. Es sind so viele Leute dabei, die zugucken und dich beurteilen.«

»Das klingt eigentlich nach einer typischen Jahrgangsstufenparty.«

»Nein, glaub mir, so ist es wirklich nicht.« Wollte sie es etwa in allen Einzelheiten beschrieben haben? »Ständig sagt dir einer, was du tun sollst, dann frischt jemand dein Make-up auf, und dann musst du noch mal ganz von vorn anfangen.« Moss sah noch nicht überzeugt aus. »*Ohne Zunge.*« Puh, wirklich oberpeinlich. »Und ohne … Hingabe. Man nimmt voll wahr, was ringsum vorgeht; die Leute, die das Licht und den Ton checken, und so weiter.« Musste ich noch deutlicher werden? »Der Filmkuss mit Carlo war *kein bisschen* romantisch, und ich bin heilfroh, dass wir das nie wieder machen müssen.«

★

WARTEN (AUF WEIHNACHTEN)

- Zeit, die ich mit vergeblichen Versuchen verbracht habe, Dad dazu zu überreden, mich das Haus im Stil des *Fortuneswell*-Ballsaals dekorieren zu lassen: 32 Prozent
- Zeit, die ich damit verbracht habe, das *Fortuneswell*-Essen für Weihnachten nachzukochen (gut, die Mince Pies habe ich mit gekauftem Fertigteig gemacht, aber es war trotzdem eine ordentliche Leistung): 21 Prozent
- Zeit, die ich mit der Suche nach versteckten Weihnachtsgeschenken verbracht habe: 11 Prozent (für Plog habe ich sieben gefunden)
- Zeit, die ich mit dem Styling des perfekten Eislauf-Outfits verbracht habe: 12 Prozent
- Zeit, die ich damit verbracht habe, es mir zu verkneifen, kitschige Weihnachtslieder zu singen: 45 Prozent
- Zeit, die ich damit verbracht habe, kitschige Weihnachtslieder zu singen: 156 Prozent
- Zeit, die ich damit verbracht habe, Weihnachtspullis und/oder ein Rentiergeweih zu tragen: 100 Prozent
- Zeit, die ich damit verbracht habe, mich abwechselnd davor zu fürchten, dass *Raw* nie ins Kino kommt/dass *Raw* ins Kino kommt/dass *Raw* ein Megaflop wird: 1000 Prozent

★

KAPITEL 15

»Ja, natürlich [verknallen sich Stars in Stars]! Wer würde nicht für Ryan Gosling schwärmen?«

Billie Piper

Wir trafen uns am Ausgang der U-Bahn-Station South Kensington.

»Elektra!« Archie zog mich in seine Arme und drückte mich, nur um mich gleich wieder wegzuschieben und besorgt anzusehen. »Alles in Ordnung?«

»Mir geht's gut. Warum?«

»Es ist nur … Du bist ganz verschwitzt.«

Ah, der perfekte Beginn eines romantischen Dates. »War ein bisschen warm da unten.« Ich zeigte in Richtung U-Bahn-Tunnel.

Natürlich war ich verschwitzt. In der Bahn war es wärmer als im August gewesen, meine Pudelmütze war wahnsinnig »kuschelig«, und mein Bommelschal war so lang, dass ich ihn mir mehrmals um den Hals hatte wickeln müssen. Er sah praktisch aus wie eine Würgeschlange aus Plüsch. Aber ich hatte lange an diesem Look gearbeitet, und man muss für das einstehen, woran man glaubt.

Archie gab sich große Mühe, nicht über mich zu lachen. »Bis zum Beginn unserer Laufzeit haben wir noch eine Stunde, und selbst wenn es ewig dauert, die Schlittschuhe auszuleihen, können wir noch einen heißen Kakao trinken«, sagte er. »Oder vielleicht besser Eistee?«

»Gibt es da auch Marshmallows?« Wenn ich schon ein typisches winterliches Date hatte, dann bitte mit allem Drum und Dran. »Oh mein Gott, da steht ein riesiger Weihnachtsbaum!« Ich war völlig aus dem Häuschen. »Mitten auf dem Eis!«

»Ja, es ist ja auch Weihnachten.« Genau genommen war es einen Tag vor Silvester.

»Aber das ist wie in amerikanischen Weihnachtsfilmen!« Ich verzichtete darauf, Archie zu erklären, dass es in den amerikanischen Weihnachtsfilmen, die ich meinte, immer darum ging, dass eine Bäckerin/Designerin/süße Ladenbesitzerin aus Chicago/Boston/San Francisco einen inkognito reisenden europäischen Prinzen kennenlernt und ihn zuerst hasst und später nicht mehr; aber seine Familie hasst sie, und trotzdem küssen sie sich im leise rieselnden Schnee und so weiter und so fort. Ich schaute in den Himmel.

»Was machst du?« Archie guckte auch nach oben.

»Es müsste jetzt schneien.«

Er schüttelte den Kopf. »Wird es aber nicht. Vielleicht Ende nächster Woche.« Bis Ende nächster Woche war ich wieder in der Schule, und dann kamen auch schon die Klausuren. So weit wollte ich gar nicht denken.

»Warte, ich muss Moss kurz ein Foto schicken.« Ich schnappte mir Archie und nahm eine typische Selfie-Pose ein. Ich war ziemlich sicher, dass »ich« – das heißt die Fake-Elektra – schon mal hier gewesen war. Die Bilder waren fast gut genug, dass ich sie selbst posten konnte. Ich machte noch mal zwanzig und schickte Moss die besten.

Bist du buchstäblich in einer Weihnachtskarte gelandet? Als Anwort kam ein Foto, auf dem sie genervt aussah.

Bin gerade richtig zufrieden mit mir. Ich ignorierte Archie, der anfing rumzunörgeln, weil ihm langweilig wurde, und knipste noch ein paar Fotos.

Das sehe ich.

Was machst du gerade?

Nichts/Mir ist todlangweilig/Schick Hilfe!/Wir gucken gleich das Weihnachtsspecial von *University Challenge*. Ich bekam ein heimlich aufgenommenes Foto von Mossys Mutter auf dem Sofa. Sie sah fast entspannt aus. Dann kam eine beunruhigende Nahaufnahme. **Sie wird natürlich wieder alle Lösungen kennen.** Dann noch eine nähere. **Und nach potenziellen Schwiegersöhnen Ausschau halten/Aber was ist mit deinem Gesicht los?**

Wieso? Ich versuchte, mir mein Gesicht im Kamerafenster anzusehen.

Es ist total rot. Zur Veranschaulichung hatte sie das Foto von ihrem Gesicht knallrot eingefärbt. Die Zeit, die ich zu Hause darauf verwendet hatte, einen natürlichen rosigen Schimmer in mein Gesicht zu zaubern, war pure Verschwendung gewesen. Vielleicht war es doch besser, keins von diesen Fotos zu posten.

Das Café hatte eine kuschelige Atmosphäre. Und leider war es auch kuschelig warm dort. Nach zwei Minuten nahm Archie mir meinen Schal ab. »Ich weiß, dass ich dir deinen sorgfältig arrangierten Winterwunderland-Look kaputt mache.« Wirklich? Das wusste er? Wie peinlich! »Aber wenn du die Sachen nicht ausziehst, dann stirbst du.«

»Die Mütze lasse ich auf«, erwiderte ich störrisch. »Ich trage drinnen immer eine Mütze.«

Auf dem Eis würde ich ohnehin schon aussehen wie ein Depp, da wollte ich nicht auch noch aussehen wie ein Depp mit verschwitzten, angeklatschten Haaren, ob sie nun feuerrot waren oder nicht.

Wir schauten aus den großen Fenstern. Das beeindruckende, kathedralenähnliche naturhistorische Museum war hell erleuchtet und bildete eine prächtige Kulisse für die Eisbahn. »Das Eis sieht kalt aus«, sagte ich. »Ich meine, wenn man drauffällt.«

Archie lachte. »Wird schon schiefgehen. Wir halten uns einfach aneinander fest.«

»Kannst du Schlittschuh laufen?«

»Nein. Aber wir können Walzer tanzen, also kriegen wir das auch hin.« Aus irgendeinem Grund – wahrscheinlich Erfahrung – erfüllte mich seine Antwort nicht gerade mit Zuversicht. »Sieht ziemlich leicht aus. Guck dir das kleine Mädchen da an! Wenn sie es schafft, dann schaffen wir es wohl auch.«

»Sie ist dem Boden viel näher als wir und kann schneller wieder aufstehen.« Sie war ungefähr drei Jahre alt. »Aber sieh dir Beispiel B an.« Ich zeigte auf einen Zwanzigjährigen, der zur großen Belustigung seiner Freunde schon seit mindestens fünf Minuten auf dem Eis saß. Er lachte zwar mit ihnen, aber er sah aus, als würde er innerlich sterben. Und äußerlich wahrscheinlich auch. Frostbeulen am Po waren bestimmt kein Vergnügen.

»Wenn man so betrunken ist wie er, kann man sich eben nicht auf den Beinen halten«, sagte Archie. »Das Eis ist nicht sein größtes Problem. Hier, nimm ein Mince Pie.«

Ich verdrückte es fröhlich und schickte Moss noch ein Foto. »Ich versorge sie mit romantischer Stimmung«, erklärte ich. »In der Hoffnung, dass es sie dazu animiert, sich wieder mal mit Carlo zu verabreden.«

»Hat sie sich noch mal mit ihm getroffen?«

Ich schüttelte den Kopf. »Nein, aber ich glaube, das wird sie. Ich will es jedenfalls hoffen. Sie hatte sich Gedanken gemacht wegen ... eines Problems, aber ich denke, das hat sich inzwischen erledigt.«

»Wegen der Sache mit dir und Carlo«, sagte Archie beiläufig.

»*Was?* Welche Sache denn?«

»Die Sache, die keine Sache ist«, entgegnete er verlegen. »Nur dass Moss dachte, dass da was sein könnte.« Er versuchte, mich abzulenken, indem er mir das letzte Mince Pie hinhielt.

»Äh ...« Ich hob ablehnend die Hand. »Woher weißt du, dass sie sich darüber Gedanken gemacht hat?«

»Ich habe es ... vermutet.«

Ich sah ihn an, aber er wich meinem Blick aus. »Das glaube ich dir nicht.«

»Okay, Moss hat mich danach gefragt.« Archie zuckte mit den Schultern, als wäre das Thema damit vom Tisch. Aber das war es noch längst nicht.

»Moss hat *dich* gefragt, ob *ich* auf *Carlo* stehe?«, zischte ich empört.

»Nein! Nein, das hat sie nicht gefragt …« Er zögerte.

»Sie hat gefragt, ob *Carlo* auf *mich* steht?« Das war nur einen Hauch weniger traumatisierend. Archie machte ein betretenes Gesicht. »Und *du* hast es mir nicht gesagt!«

»Ich wollte mich nicht einmischen.« Typisch. Aber als Ausrede ziemlich lahm. Ich starrte ihn wütend an. »Und offensichtlich hat sie in der Zwischenzeit mit dir darüber geredet, also gibt es auch kein Problem, oder?« Das hättest du wohl gern, dachte ich.

»Doch, es gibt ein Problem. Ihr habt hinter meinem Rücken über mich geredet.«

»Wir haben eigentlich gar nicht über dich geredet. Wir haben über Carlo geredet.«

»Aber ich war auch Thema des Gesprächs. Was habt ihr genau gesagt?«

»Will ich etwa über jedes Gespräch von dir und Moss informiert werden, in dem ich erwähnt werde?« Zum Glück nicht. »Sie wollte nur wissen, ob ich vielleicht irgendwelche Signale aufgefangen habe, weil ihr euch so viel schreibt und so.«

»Und? Hast du?«

»Natürlich nicht. Beruhige dich. Sie hat auch nicht gesagt, dass du mit ihm flirtest, nur dass *er* möglicherweise auf *dich* steht.« Ich konnte mich nicht beruhigen. »Sieh mich nicht so an! Moss hat nur ein bisschen Bestätigung gebraucht, was Carlo angeht. Komm schon, jetzt schmoll nicht!«

»Sag mir nicht, dass ich nicht schmollen soll. Das nervt. Und ich schmolle auch gar nicht. Ich habe allen Grund, sauer zu sein!«

»Allen Grund, so, so. Verdirb uns doch nicht den Tag!«, entgegnete Archie, und ich spürte, dass er eigentlich meinte: Verdirb uns nicht den Tag, weil ich schon bald wieder weg bin. Nicht schmollen, nicht streiten, weil wir dafür gar nicht genug Zeit haben.

Jetzt hatte ich ein schlechtes Gewissen, und ich war immer noch sauer. Großartig.

Eine neue Nachricht von Moss. **Diese Fotos machen mich fertig. #SelbstgefälligeEhepaare.** Wie auch immer die Stimmung bei uns gerade war, von #SelbstgefälligeEhepaare war sie jedenfalls meilenweit entfernt. Aber ich antwortete nicht, weil ich auch immer noch sauer auf Moss war.

»Wir sind dran. Wir wurden gerade aufgerufen«, sagte Archie, aber wir blieben störrisch noch ein paar Minuten sitzen. Dann der zweite Aufruf. »Wenn wir jetzt nicht gehen, lassen sie uns nicht mehr aufs Eis.« Und wir wussten beide, wie viel die Tickets gekostet hatten.

Wir schwiegen uns an, bis wir am Eingang der Eisfläche ankamen, was eine gewisse Zeit dauerte, denn wer kann schon in solchen klobigen Kunststoffteilen mit Kufen drunter gehen? Da war es, das Tor zur romantischen Winterhölle. Ich atmete tief durch und sagte in die eisige Atmosphäre: »Ich glaube nicht, dass ich das kann.« Ich hatte mir vorher gar nicht klargemacht, dass ich auf dem Eis mein Leben, meine Arme und Beine und vor allem meine Würde aufs Spiel setzte.

»Komm, Elektra. Du hast dieses Straker-Kostüm getragen – du kannst alles!« Na ja, immerhin redeten wir wieder miteinander. »Das macht bestimmt Spaß! Ich werde dich halten.«

Okay, ich war zwar immer noch sauer, aber irgendjemand musste mich ja festhalten. Ich ließ mich von Archie aufs Eis schieben.

Oh Wunder, ich bewegte mich! Ich bewegte mich in aufrechter Haltung über das Eis! Gut, ich hielt mich dabei an der Bande fest und machte winzige Pinguin-Watschelschritte, aber es zählte auf jeden Fall. Ich ließ den Handlauf vorsichtig los … und fiel nicht hin. Also machte ich einen etwas größeren Pinguin-Watschelschritt und dann noch einen größeren und dann … *glitt* ich tatsächlich ein Stück über die Eisfläche. Ich konnte wahrhaftig Schlittschuh laufen. Oder ich war doch hingefallen und hatte ein Schädel-Hirn-Trauma, und das hier war mein wirrer Komatraum. So oder so, es war eine Leistung.

»Elektra!«, quiekte jemand hinter mir. Ich machte eine – selbstverständlich elegante – Drehung und sah, dass Archie sich noch gar nicht aufs Eis getraut hatte. Er klammerte sich im Eingang an der Bande fest und hielt den ganzen Verkehr auf. Hinter ihm stauten sich zahlreiche ungeduldige Kinder. Ich *glitt* zu ihm rüber.

»Komm schon, Archie«, sagte ich mit einem »süßen« Lächeln. »Das macht *Spaß*. Ich halte dich!« Karma …

Er sah mich böse an. »Ich kann mich nicht bewegen.«

»Natürlich kannst du das. Setz einfach einen Fuß vor den anderen und hangel dich an dem Handlauf entlang.«

»Aber … die Dinger sind so … rutschig.«

»Das ist ja der Sinn der Sache.«

»Nicht hilfreich, Elektra.«

»Mach hin, Alter!«, rief eins der Stau-Kinder.

Archie bewegte vorsichtig einen Schlittschuh, und der bewegte sich einfach immer weiter, bis er plötzlich in der Luft war und Archie auf dem Boden. Auf dem eisigen, kalten Boden. Echt schwierig, sauer auf jemanden zu sein, der mit dem Hintern aufs Eis geknallt ist.

»Oh mein Gott«, maulte ein anderes Kind, »wie lange willst du noch da sitzen?« Wow, Siebenjährige konnten ganz schön frech sein.

»Es ist ja nicht so, als würde ich hier bloß abhängen«, blaffte Archie.

Großartig. Mein Freund zankte sich mit einem Siebenjährigen, und der Siebenjährige hatte die Oberhand. Einer der Aufpasser, die auf dem Eis unterwegs waren, blieb mit einem angeberischen Hockeystop vor uns stehen. »Alles in Ordnung hier drüben?«

»Japp, alles bestens«, entgegnete Archie sarkastisch.

»Fantastisch!« Der Typ machte das Daumen-hoch-Zeichen und dampfte wieder ab.

»Moment!«, rief Archie ihm nach. Er drehte sich um. »Ähm … ich … ich komme nicht mehr hoch!«

»Oooh, er kommt nicht mehr hoch!«, spotteten die Kinder.

Der Typ lachte. »Dann wollen wir dir mal auf die Beine helfen, Kumpel.«

»Das kann dauern«, nölte ein kleiner Junge mit einer interessanten Kombination aus Stachel- und Ponyfrisur auf dem Kopf.

Der Aufpasser-Typ zog Archie am Arm, und Archie stand … Oh nein. Nein, er stand nicht. Er saß schon wieder.

»Kannst du uns nicht eben mal vorbeilassen?«

Der Typ wurde etwas nervös. Gut zu wissen, dass die Siebenjährigen ganz objektiv furchterregend waren und nicht nur ich es so empfand! »Äh, also, am besten bewegen wir uns mal zur Seite«, sagte er zu Archie.

»Würde ich ja gern, aber das Problem an der Sache ist, dass ich mich *nicht bewegen kann!*« Ich hatte den Verdacht, dass Archie allmählich den Humor verlor. Und die richtige Sichtweise. Wahrscheinlich auch den Lebenswillen. Wenn ich jetzt lachte, machte ich alles noch schlimmer.

»Wenn gar nichts mehr geht, dann … musst du halt irgendwie rüberrutschen.« Ein letzter Tipp, dann verließ uns der Aufpasser, um einem Kleinkind zu Hilfe zu eilen.

Archie rutschte auf dem Hosenboden zur Seite. Ich versuchte mit aller Macht, mir das Lachen zu verkneifen, aber ich konnte einfach nicht anders.

»Du Opfer!«, rief eins der Kinder, als sie an uns vorbeisausten.

»Oh mein Gott.« Archie hatte sich an der Bande hochgezogen und war endlich wieder auf den Beinen. So gerade eben. »Fühl mal, wie kalt ich bin.« Er legte eine Hand an meine Wange. Er hatte recht, sie war eiskalt. Dann legte er einen Arm um meine Taille und zog mich an sich. Das fühlte sich schon nicht mehr so kalt an. Die eisige Atmosphäre war verflogen. Unsere Gesichter waren nur Millimeter voneinander entfernt. »Das könnte jetzt so aussehen«, flüsterte Archie mir zu, »als ob ich dich küssen wollte.«

»Es könnte so aussehen?« Ich grinste.

»Aber eigentlich muss ich mich an dir festhalten, um nicht wieder hinzufallen.«

»Echt?«

»Nein. Also, sagen wir mal, ich habe mehrere Beweggründe.«

»Nehmt euch ein Zimmer!« Unser Lieblingsknirps raste an uns vorbei.

»Elektra!« Archie ergriff meine Hand. »So was brauche ich!«

»Was? Was meinst du?« Es war anscheinend wichtig, denn er hatte jedes Interesse daran verloren, mich zu küssen.

»So einen Pinguin!« Archie zeigte auf eine Gruppe *sehr kleiner* Kinder, die mithilfe von Lern-Pinguinen Schlittschuhlaufen übten, dann klammerte er sich hastig wieder an mich – diesmal ganz eindeutig, um nicht hinzufallen. Er hatte recht: Er brauchte wirklich so einen Pinguin. »Ich glaube, es ist keiner mehr frei. Ich werde mir wohl einen klauen müssen.«

»Wie denn?«

»Wir überfallen ein Kind?« Genau das Richtige für ein Traumdate … »Du lenkst es ab, ich komme angesaust und schnappe mir das Teil. Wir machen es wie Bonnie und Clyde.« Ja klar, das berühmte Gangsterpaar, das durch seine Lern-Pinguin-Diebstähle bekannt geworden war.

»Äh … Archie, bist du sicher, dass du irgendwohin sausen kannst?«

»Mach dich nicht über mich lustig, Elektra James!«

»Hey, guck mal, Archie!«, rief ich (inzwischen viel zu begeistert von diesem unmoralischen Plan). »Der Junge dahinten, der gerade von seiner Mutter vom Eis geschleift wird, der hat seinen Pinguin stehen lassen!«

Archie warf mir ein »schelmisches« Grinsen zu, wie es im *Fortuneswell*-Drehbuch geheißen hätte. »Nichts wie los!«

Keiner von uns rührte sich. »Wie wär's, wenn ich kurz rüberlaufe?«, schlug ich vor.

»Ja, ist wahrscheinlich besser. Kannst du mich nur … da vorn anlehnen?«

Zwei Minuten später war ich mit dem Pinguin wieder da. Im Vergleich dazu wirkte Plog als Mitbringsel doch ziemlich banal, fand ich.

»Das ist der Hammer! *So* solltest du mich mal fotografieren!« Archie machte langsam eine kleine Drehung, eine kleine *wackelige* Drehung. »Vielleicht mit dem Baum im Hintergrund?« Dann begann sein Telefon zu surren – und surrte immer wieder. Diese Hartnäckigkeit konnte zweierlei bedeuten: ein echter Notfall oder ein wütender Erziehungsberechtigter.

»Du solltest das mal checken«, sagte ich und zog ihn mitsamt dem Pinguin an den Rand.

Sorry, Archie, aber würdest du bitte vom Eis gehen?

Bitte nicht Schlittschuh laufen.

Runter vom Eis, Mr Mortimer! Diese Nachricht war bestimmt nicht von seiner Mutter.

»Oh Gott«, sagte er. »Das kommt von der Produktion von *Der Fluch*. Die wollen, dass ich vom Eis gehe.«

»Woher wissen die das überhaupt?« Hatte die Produktion etwa eigene Spione, die irgendwo hinter der Bande lauerten?

»Ich nehme an, die verfolgen mich online.«

»Schmeichelhaft«, sagte ich, obwohl ich mir eigentlich kein Urteil erlauben konnte.

»Unheimlich«, meinte er.

Sein Telefon klingelte wieder. **SOFORT runter vom Eis, Mr Mortimer.** Es war ihnen wirklich ernst. Archie bekam noch ein paar Nachrichten. »Wie sich herausgestellt hat, deckt meine Unfallversicherung Eislaufen nicht ab«, erklärte er.

»Die Gefahr, dass du dich dabei schlimm verletzt, ist wirklich ziemlich groß!«

»Du könntest mich wieder gesund pflegen.« Er beugte sich vor, um mir einen Kuss zu geben. Was gar nicht so einfach war, weil der Pinguin zwischen uns stand. »Das ist doch alles Wahnsinn.«

»Ich glaube nicht, dass sie um deine Gesundheit besorgt sind«, sagte ich. »Aber für einen Vampirjäger wären Krücken schon ziemlich hinderlich, oder?« Es war vermutlich nicht okay, ihm eine Verletzung zu wünschen, damit er in London blieb.

»Wenn ich auf Krücken gehen müsste, würde Graf Peter Plogojowitz wahrscheinlich gewinnen.« Es fiel mir ziemlich schwer, Plogojowitz als heimtückischen Vampir zu sehen jetzt, wo mir sein Namensvetter auf den Teppich pinkelte.

WEEKEND RECORD

Promi-News ... Film & TV

Magie lag gestern in London-Mayfair in der Luft, als der erste Schnee fiel und Cast und Crew von *Fortuneswell* vor die Tür kamen und ein Tänzchen wagten. Für zauberhafte zwanzig Minuten wurde die Zeit zurückgedreht, Männer in Fräcken verbeugten sich vor Frauen in langen Gewändern, und sie tanzten gemeinsam im Walzerschritt die Straße auf und ab. Sie holten Passanten und Produktionshelfer dazu und feierten mit ihnen einen spontanen Winterball, wie es ihn seit dem neunzehnten Jahrhundert nicht mehr gegeben hat.

»Ich habe mein Leben lang davon geträumt, mit einem gut aussehenden Mann Walzer zu tanzen«, sagte Marjorie (81), »und gestern Abend war es endlich so weit. Daran werde ich mich bis an mein Lebensende erinnern.«

»Das war besser als *Let's Dance*«, sagte Mahira (15).

Und wie fanden es die Stars? Hatten sie auch einen unvergesslichen Abend? Nun, James Moore und Lucy Morton lagen sich noch in den Armen, als die Musik längst verklungen war.

Aber nicht alle Anwohner waren begeistert. »Es ist empörend, dass Dreharbeiten in diesem Teil der Stadt überhaupt gestattet sind«, meinte Mrs Cranford. »Solche Unannehmlichkeiten sind nicht hinnehmbar. Meine Lieferungen von Harrods wurden diese Woche schon dreimal aufgehalten.«

Noch

73

Tage …

Noch

7

Tage bis zu den Klausuren …

KAPITEL 16

»Angst kann unglaublich motivierend sein. Sie lässt einen noch härter arbeiten.«

Daniel Radcliffe

Jetzt schneite es. Dicke, fette Flocken wirbelten durch die Luft wie in einer Schneekugel, aber das bedeutete nur, dass das *Lonely Bean* (das Café neben der Schule) von Trübsal und Hustenbonbongeruch erfüllt war.

»Hast du die E-Mail von Tibble gelesen?« Moss kauerte auf dem Platz neben mir. Sie hatte drei Hoodies übereinander an, weil es eiskalt war und sie ihre Jacke verloren hatte.

»Muss ich sie lesen?« Ich war kein Fan von den Rundmails unseres stellvertretenden Schuldirektors. Ich pustete auf meinen Kaffee, um den merkwürdigen feinen Fettfilm zu zerstören, der darauf schwamm.

Sie zuckte mit den Schultern. »Wenn du so richtige Depressionen kriegen willst.«

Ich war sowieso schon ziemlich deprimiert: nur noch eine Woche bis zu den Klausuren, und Archie musste bald wieder nach Transsilvanien. Trotzdem öffnete ich mein E-Mail-Konto. »*Die Klausuren im Januar sind keine Übung*«, las ich. »Hm, komisch, und ich dachte immer, sie sind so eine Art Generalprobe für die Klausuren im Sommer.« Ich las weiter. Bla, bla, bla, »*Regeln*«, bla, bla, bla, »*Vorschriften*«, bla, bla, bla, »*Konsequenzen*« … »*Damit euch alle Nachmittage und Abende zum Lernen zur Verfügung stehen, gibt es in der Prüfungswoche kein Nachsitzen. Die Strafen werden auf die folgende Woche verschoben. Ich hoffe, das hilft!*« Nicht besonders. »*Wir möchten, dass ihr bei den Klausuren mit Freude ans Werk geht, und bei ausreichender VORBEREITUNG werdet ihr das auch tun.*«

Ich öffnete die Anhänge. *Empfehlungen*, *Prüfungsvorschriften* und *Entspannung*. Das Ganze war so stressig, dass ich mir das letzte Thema direkt als Erstes vornahm:

Tipps von Mrs Gryll zur Entspannung vor, während und nach Prüfungen. *Liebe Mädchen, es tut mir sehr leid, dass ihr große Teile eurer sogenannten Edukation damit verbringen müsst, endlose Prüfungen abzulegen. Ich hoffe, dass euch meine Tipps zur meditativen Veranschaulichung helfen: Stell dir vor, du bist ein Baum. Vielleicht eine Stieleiche (wie man sie in Laubwäldern findet) mit schönen, entspannten Blättern, die sie im Herbst abwirft (aber auch schwere Regenfälle und trockene heiße Sommer sorgen für Blattverlust)*. Mrs Gryll war echt goldig. Und sie war Geografielehrerin durch und durch. *Stell dir vor, wie die Wellen an den Strand schlagen (und dabei durch Reibung Sedimente abtragen) und lausche dem beruhigenden Geräusch eines sanften Regens (zu Frontregen kommt es, wenn eine Kaltfront auf eine Warmfront trifft und die wärmere Luft wegen der kalten Luft aufsteigen muss …)*.

Oh Gott, das Thema Regen hatte ich nicht wiederholt! Damit musste ich mich unbedingt beschäftigen. Am besten gleich nach einem kurzen Auffrischungskurs in wechselseitiger Yoga-Nasenatmung bei Amber. »*Prüfungsvorschriften … Wasserflaschen dürfen mitgebracht werden, wenn das Etikett vorher entfernt wird*«, las ich Moss vor. »Warum sollen wir das Etikett abmachen? Das ergibt doch keinen Sinn.« Ich nahm einen großen Schluck von meinem kalten Kaffee und hätte ihn fast wieder ausgespuckt. Im *Lonely Bean* war die Milch wirklich immer sauer!

»Damit man nicht mogeln kann?«, sagte sie und malte Fragezeichen und traurige Gesichter in den Zucker, der auf dem Tisch verstreut war.

»Was? Wieso? Falls in Geografie gefiltertes Wasser drankommt?«

»Damit man sie nicht als Spickzettel verwenden kann, schätze ich mal. Obwohl es wahrscheinlich leichter ist, ordentlich zu büffeln, als alles in klitzekleiner Schrift draufzukritzeln.« Wir stießen beide einen tiefen, tiefen Seufzer aus, wie ihn nur Elftklässlerinnen von sich geben können, die nicht genug gebüffelt haben.

Ich las weiter. »*Mobiltelefone, Pager, Organizer, Mediaplayer und alle Arten von elektronischen Kommunikations- und Speichergeräten sind im Klausurraum nicht gestattet.* Was ist überhaupt ein Pager?« Moss zuckte mit den Schultern. »Und wir dürfen ›*keine Smart-Uhren (und auch keine dummen Uhren)*‹ mit reinnehmen. Mr Tibble ist wirklich ein Scherzkeks.« Nach Lachen war uns allerdings nicht zumute. »Hast du ein durchsichtiges Federmäppchen?« Moss zeigte auf das gelbe

Bananen-Mäppchen aus Filz, das aus ihrer Tasche lugte und im Klausurraum des Grauens garantiert nicht erlaubt war. »Hier gibt es einen ganzen Absatz darüber, welche Stifte die richtigen sind. Wenn man aus Versehen einen Gelschreiber benutzt, dann explodiert man oder so. Gott, voll der Stress!« Wie zum Spott löste sich ein von Weihnachten übrig gebliebenes Stück Glitzergirlande von der Decke und fiel auf unseren Tisch. »Wie viele falsche Entscheidungen wir jetzt schon im Leben getroffen haben!«

»Vielleicht wird es ja ganz okay.« Moss versuchte, sich Mut zu machen. »Es ist ziemlich schwer, komplett durchzufallen. Da müsste man schon tot umkippen oder so.«

»Oder die Antworten nicht wissen. Oder seinen Namen falsch schreiben.«

»Vielleicht bekommen wir leichte Fragen.«

»Wir müssen uns mit irgendwas ablenken, damit unser Gehirn vernünftig lernen kann. Oder so ähnlich. Wie wär's mit Carlo?«

Moss knabberte einen von den Jaffakeksen, die wir erst vor fünf Minuten für alt und ungenießbar befunden hatten. »Lieber nicht.«

»Aber nicht, weil du immer noch Angst hast, dass er auf mich steht, oder? Dass das verrückt ist, hast du wohl inzwischen begriffen?« Wenn wir darüber sprachen, sagte sie zwar immer das Richtige, aber ich fragte mich, ob ihr die Sache nicht doch noch zu schaffen machte. »Total verrückt!«

»Klar«, sagte sie, allerdings ohne große Überzeugung. »Das ist nicht der Grund.«

»Schreibt ihr euch noch?«

»Ja, *aber* … ach, ich lebe zurzeit auf einem ganz anderen Planeten als er!« Sie zeigte auf sich und wirkte ganz unglücklich in ihren übereinander angezogenen, mit Krümeln übersäten Hoodies.

»Du könntest ihn dir für *nach den Klausuren* warmhalten, damit du etwas hast, worauf du dich freuen kannst. Wie auf ein ziemlich verspätetes Weihnachtsgeschenk.«

»Nichts gegen Männer als Objekte, aber ich denke, so simpel ist das nicht. Ernsthaft, Elektra, können wir das einfach lassen? Oder wenigstens erst wieder über ihn reden, wenn wir diesen Albtraum hinter uns haben?« Sie nahm ein schmales Buch mit dem Titel *Lernen auf den letzten Drücker – so holst du das Beste raus!* in die Hand und legte es gleich wieder weg. »Dann dürfen wir einen Moment lang ein schönes Leben genießen, bevor der Stress wegen der nächsten Klausurenrunde losgeht. Wir könnten ja mal ein witziges ›Nicht bestanden‹-Video machen. Was hältst du davon? Vielleicht wird es ein Riesenerfolg im Internet und beschert uns Ruhm und Reichtum, sodass wir nie wieder eine Klausur schreiben müssen.«

Natürlich. Videos machen war genau unser Ding. Leider gar nicht.

»Was wollt ihr?«, bellte Moss zwei Siebtklässlerinnen an, die sich an unseren Tisch herangeschlichen hatten. Sie war wirklich nicht zum Scherzen aufgelegt.

Obwohl die beiden sich nicht zu fragen trauten, war ziemlich offensichtlich, was sie wollten. Ich hielt ihnen den Keksteller hin. »Ihr könnt euch welche nehmen, aber die sind uralt.«

»Du bist Elektra James, stimmt's?«, fragte Mädchen eins.

Ich nickte.

Es war ganz normal, dass Siebtklässlerinnen unsere Namen kannten und wir ihre nicht. Sie war rot geworden und sah aus, als wollte sie am liebsten weglaufen.

»Sie will ein Autogramm von dir«, erklärte Mädchen zwei und gab Mädchen eins einen Schubs.

Ich lachte. »Ja, klar.«

»Nein, echt, sie folgt dir auf Insta und allem.«

»Danke«, sagte ich zu Mädchen eins. Jetzt wurde ich rot. Es war das erste Mal, dass mich jemand nach einem Autogramm fragte, und es war sehr merkwürdig.

»Auf deinem Insta siehst du anders aus.« Mädchen zwei musterte mich prüfend, und ich kam schlecht dabei weg.

»Das ist doch bei den meisten so«, sagte Moss und warf ihr einen vernichtenden »Ich bin in der Elf, und du kannst froh sein, dass ich überhaupt mit dir rede«-Blick zu.

»Und du hast wirklich Cara Delevingne kennengelernt?« Mädchen eins hielt mir die Rückseite eines Schulhefts hin und gab mir einen Kugelschreiber.

»Ähm …«, machte ich, und Moss fing an zu kichern. Der Kuli schrieb nicht. Allmählich erregten wir Aufmerksamkeit. »Äh, also, nein.«

Mädchen eins machte ein enttäuschtes Gesicht. Ich ruderte zurück. Ich musste meinen einzigen Fan glücklich machen. »Gut, mehr oder weniger.« Moss prustete. »Nicht direkt … an sich …« Ich verstummte.

»Es klang aber so«, stammelte Mädchen eins. »Und Harry Styles?«

Jetzt platzte Moss vor Lachen, und es regnete Jaffakekskrümel auf den Tisch. »Du darfst nicht alles glauben, was du liest!«

Mädchen eins gab mir einen anderen Stift, und ich kritzelte etwas extra Unleserliches auf das Heft, um es notfalls jederzeit abstreiten zu können. Aber dann stand sie auf einmal dicht neben mir und hielt ihr Telefon hoch. »Lächeln!«

Was?

Und dann kam der peinliche Moment, in dem Mädchen zwei deutlich zu verstehen gab, dass es kein Autogramm von mir haben wollte. Dann eben nicht! Es hielt sich für viel cooler als Mädchen eins – und war es wahrscheinlich auch. »*Sie* hat was für dich.« Sie gab ihrer Freundin wieder einen Schubs.

Schokolade? Nein. Mädchen eins drückte mir ein Bündel Papier in die Hand, und dann hauten sie beide ab. Kichernd.

»Waren wir früher auch so?«, fragte Moss entsetzt. Gut möglich. Ich zupfte ein paar Schokoflocken von ihrem Hoodie. Nur nicht so clever und cool wie Mädchen zwei. »Was ist das denn? Gedicht? Oh Gott, es sind Gedichte, oder? Sie ist voll dein Fan!« Allmählich fühlte ich mich geschmeichelt. »Ein Fan, der dir Gedichte schreibt. Hätte ich auch gern!«

»Es sind keine Gedichte.«

»Was dann? Die Aufgaben der Matheklausur nächste Woche? Bitte sag mir, dass Stamm-Blatt-Diagramme dabei sind.«

»Es ist ein Drehbuchauszug. Total ordentlich angelegt und alles. Das ist echt …« Faszinierend? Schräg? Irre? Am Rand stand eine kleine Mitteilung:

Liebe Elektra, ich weiß, dass du wahrscheinlich sehr beschäftigt bist, aber ich schreibe gern Theaterstücke und Filmdrehbücher und so was. Ich habe das hier über Herzogin Kate geschrieben, weil ich finde, dass es mehr Filme über sie geben sollte. Ich dachte, du könntest es vielleicht jemandem geben, der einen Film daraus macht.
PS: Vielleicht könntest du eine der Rollen übernehmen. Wenn du nicht zu viel zu tun hast. Meena x

»Lass mal sehen.« Moss riss mir die Seiten aus der Hand und legte sie auf den klebrigen Tisch.

»Lach nicht! Sie hat das ordentlich getippt, mit Regieanweisungen und dem ganzen Kram.« Ich war ziemlich gerührt, aber das lag möglicherweise auch daran, dass ich nicht geschlafen hatte. (Ich hatte einen Albtraum, in dem der Vorspann bei der *Raw*-Premiere aus einer langen Liste meiner Klausurergebnisse bestanden hatte. Tja, das Einzige, was schlimmer ist, als die Angst zu versagen, ist das Versagen selbst.)

»Es ist tatsächlich … spannend«, meinte Moss, als sie ein Stück gelesen hatte. »Aber warum ist Kate besorgt wegen Prinz Charles' Poren? Ach so, *Ohren?*« Ich nickte. Wahrscheinlich. »Das würde ich mir auf jeden Fall ansehen.«

»Ich auch. Es ist hervorragend. Aber sie glaubt wirklich, ich könnte das einfach einem bekannten Regisseur geben. Scorsese zum Beispiel oder Ridley Scott.« Oder Havelski? Vielleicht konnte ich Eulalie dazu bringen, es ihm zuzustecken? Mein Telefon bellte. Eine Benachrichtigung. Ich war in einem Foto getaggt worden. In Meenas Foto. Oh Gott! Da war ich in meiner ganzen Pracht bei meinem ersten Autogramm – eine Grimasse im Gesicht, große Glotzaugen, schicke lila Schuluniform, fettige Haare, ungeschminkt, Periodenpickel. Ich hatte das Gefühl, dass PPR dieses Bild nicht weiterposten würde. »Sie hätte mich ruhig vorwarnen können«, maulte ich.

»Jetzt mach hier nicht auf Diva«, sagte Moss. »Wow, aber es ist wirklich übel. Du siehst so … verdattert aus.« Sie fing an zu kichern. Ich sah mir das Foto noch mal an. Es war tatsächlich so schlecht, dass es schon wieder witzig war. »Ich fasse es einfach nicht! Sie wollte echt ein Autogramm von dir.«

»Sie wollte ein Autogramm von der Fake-Elektra – von der mit dem Möchtegern-Cara-Instagramkanal.« Mir verging das Lachen. »Ich musste den ganzen Tag einen Bogen um Flissy machen, weil sie Fragen zu irgendetwas in meinem Feed hatte und ich nicht wusste, wovon sie redet.«

»Du hast es echt schwer«, sagte Moss und stach mit einem Plastiklöffel auf ein Süßstofftütchen ein.

»Sie klang ziemlich beeindruckt.« Flissy hätte nicht solche Probleme wie ich. Sie war ständig online unterwegs. Sie postete nicht nur ein Bikini-Selfie, sondern gleich zwanzig. Und alle (wie Fionaaa sagen würde) *wohlüberlegt*. Bei Flissy gab es keine beliebigen, spontanen oder amateurhaften Posts. Sie konnte es weit bringen. Sie sollte es in der Filmbranche versuchen. Sie war zwar eine furchtbare Schauspielerin, aber den ganzen Rest hatte sie ziemlich gut drauf. »Moss?«

»Was?«

Flissy war nicht die Einzige, die Illusionen postete. »Eigentlich mag ich die Fake-Elektra nicht«, gestand ich.

»Ja. Die ist viel zu selbstgefällig.« Moss hatte keine Sekunde darüber nachdenken müssen. »Aber was ist die Alternative?«

Fotocollagen von mir in Fötusposition, umgeben von Stapeln ungelesener Lehrbücher? Besser als Meenas Foto, aber wohl eher nicht das Richtige. Ich sah mich im Café um. Wände, von denen die Farbe abblätterte, Kondenswasser an den Scheiben, ein paar Grüppchen trübseliger Schülerinnen der Berkeley Academy und ein sich ausbeulendes **ABWARTEN UND TEE TRINKEN**-Poster. Hier gab es nicht viel, um die öffentliche Aufmerksamkeit zu füttern.

»Es gibt keine Alternative.«

~~WARTEN~~
~~ARBEITEN~~
LEIDEN
(KLAUSURENTORTUR 😩😩😩😩😩😩😩😩)

- Mit Klausurenschreiben verbrachte Zeit: 3 Prozent (gefühlte 300 Prozent)
- In Panik verbrachte Zeit: 82 Prozent (gefühlte 282 Prozent)
- Zeit, die ich damit verbracht habe, mich mit süßen Tiervideos abzulenken und/oder Plog als vierbeinige Schmusedecke zu benutzen: 27 Prozent
- Zeit, die ich mit der Recherche über erfolgreiche Schauspieler/Unternehmer/Menschen verbracht habe, die bei ihren Klausuren zum Abschluss der elften Klasse durchgefallen sind: 43 Prozent
- Zeit, die ich damit verbracht habe, mich über Flüge nach Bhutan zu informieren und zu checken, ob die Klöster mich auch dann aufnehmen, wenn ich in Religion durchfalle: 29 Prozent
- Zeit, die ich mit Archie verbracht habe: 0 Prozent, weil meine Mutter meint, dass Walzertanzen und Klausuren nicht miteinander vereinbar sind.

TheBizz.com

News mit Biss aus dem Showbiz …

1. Februar

Wir von *The Bizz* LIEBEN undichte Stellen. Andere Leute lieben Rosen oder Schokolade oder Diamanten. Die nehmen wir zwar auch, aber was wir wirklich wollen, ist KLATSCH.

Wir hätten nicht gedacht, dass Panda und Sergei Havelski ein **Test-Screening** für *Raw* riskieren würden, aber wenn man so mutig/dumm ist, Sam Gross und Amber Leigh zusammen in einem epischen Liebes- und Abenteuerfilm spielen zu lassen, dann traut man sich wahrscheinlich alles. Und dann ist da noch das *winzige* Problem, dass die Dreharbeiten noch nicht mal beendet sind … Japp, das Ding ist *immer noch nicht* im Kasten, obwohl der Trailer schon draußen ist (genug Blut, Feuer und Angst, um das *Game of Thrones*-Publikum für Monate satt zu machen - klicke hier, um unseren Beitrag »Muss man ein Psychopath sein, um das zu mögen?« zu lesen). Aber es war schon genug im Kasten, dass am gestrigen Abend ein Rohschnitt vorgeführt werden konnte. Ein *sehr roher,* wie wir hörten - roh wie *Raw,* LOL. Obwohl das Publikum klein und handverlesen war, damit niemand etwas durchsickern lässt, haben wir einen Mann gefunden, der bereit war, uns aus purer Herzensgüte (und als Gegenleistung für die Scheinchen, die wir ihm zugesteckt haben) von der Veranstaltung zu berichten.

Und …

… sein Bericht hatte es in sich. Unser anonymer Informant im O-Ton: »Bevor wir reingingen, kam schon jemand von der Produktion und hat sich entschuldigt (Gott, wir lieben die Engländer. *Gaaanz* reizend). Nach zehn

Minuten wussten wir auch, warum. Was geht da überhaupt ab? Jede Menge Zoff, Kloppereien ohne Ende und literweise Blut - die einzige Frau im Publikum ging nach acht Minuten -, aber wo bleibt das Herz, Sergei Havelski? Wo bleibt die Liebe? *Und was in aller Kriegsgötter Namen ist eigentlich die Handlung???*«

Es dauert nicht mehr lang, bis wir uns selbst ein Urteil darüber bilden können, ob *Raw* wirklich ein Weltuntergangsalbtraum ist. Bange Tage für alle Beteiligten ...

LETZTE MELDUNG: Wie stellt Georgie Dunn (die aktuell für *Fortuneswell* im Korsett vor der Kamera steht) das eigentlich immer an? Wir müssen hinter ihr Geheimnis kommen. Wenn wir im Morgengrauen aus den Nachtclubs gewankt kommen, kriegen wir nicht mal ein Taxi - und sie kriegt mühelos Rapper Wrong in die Finger (oder jemanden, der ihm SEHR ähnlich sieht). Manche Mädchen haben einfach Glück!

★

KAPITEL 17

»Ich bin nicht von dem Film überzeugt. Ich habe keinen Grund, von dem Film überzeugt zu sein. Wir haben getan, was wir konnten.«

Colin Firth

»Elektra! Ich bin schockiert!« Carlo kam in die Kostümabteilung. Sie war ungewöhnlich leer, nur wir zwei und eine Kostümbildnerin, die mich zurechtgemacht hatte und jetzt nach draußen verschwand, um eine zu rauchen.

»Der Hammer, oder? Wann hast du deinen Text bekommen?« Ich betrachtete mich in einem der hohen Spiegel. Bo, meine Lieblingsvisagistin, hatte mir ein paar blutende Wunden aufgeklebt, mich »schmutzig gemacht« und überprüft, dass meine Haare mit einer Farbspülung perfekt abgetönt worden waren, damit es keine Probleme mit der Kontinuität gab. Leider hatte sich mein Sack-Kostüm nicht in ein schillerndes Abendkleid verwandelt, und es war auch nicht gewaschen worden, seit ich es zuletzt getragen hatte. Es müffelte – Carlo konnte sich freuen … »Laut Stella ist das Test-Screening der Grund. Die Leute meinten wohl, dass die Romantik in *Raw* etwas zu kurz kommt. Wer hätte das gedacht?«

Es war ein merkwürdiger Tag. Das Gute war, dass ich wieder am *Raw*-Set war, worauf ich schon nicht mehr zu hoffen gewagt hatte. Das Schlechte war, dass ich noch eine Liebesszene mit dem Jungen drehen musste, in den meine beste Freundin verliebt war.

»Okay, das war auch ein Schock – aber eigentlich habe ich das hier gemeint.« Er hielt die aktuelle *SweetPop* hoch.

»Ich wusste nicht, dass du ein Fan von *SweetPop* bist.« Ich setzte mich auf eine Kiste mit Waffen (keine echten, nur Requisiten).

»Und ich wusste nicht, dass du ein Fan von Body-Glitter und Siebziger-Jahre-Keilabsätzen bist«, entgegnete er.

»Was?«

»Steht in deinem Interview.«

»In meinem *Interview?*«

»Ist schon schwer, die Übersicht zu behalten, wenn man so berühmt ist«, spöttelte er.

»Nein, Carlo, jetzt mal Klartext.« Ich stand kurz vor der nächsten Panikattacke. »Ich habe keine Ahnung, wovon du redest.«

Er warf die Zeitschrift neben mich, setzte sich und schlug sie auf. »Fünf Fragen an Elektra James«, las er mit einer albernen Piepsstimme vor, mit der er mich anscheinend imitieren wollte.

»Ich kann selbst lesen, danke.« Und da war es, zwischen »Toptipps für den perfekten Katzenaugen-Lidstrich« und einer Anzeige für Anti-Pickel-Creme, illustriert mit einer neuen megagefilterten Version meines Porträts (aufgepeppt mit gephotoshoppten Sternchen und Herzchen):

Fünf Fragen an Elektra James

Die junge, vielversprechende Nachwuchsschauspielerin Elektra James (zu sehen als Straker in dem neuen Actionfilm RAW mit Sam Gross, der bald in die Kinos kommt!!!) hat sich einen Moment Zeit genommen, um unsere fünf Fragen zu beantworten.

1. Frage: Lippenstift oder Lipgloss?

Lipgloss bringt natürlich Frische und Glanz, aber ich stehe total auf matten Lippenstift.

»Das kommt nicht von mir! Das muss PPR gemacht haben!« Ich wollte mich schon aufregen, aber dann dämmerte mir, dass ich mich wahrscheinlich damit einverstanden erklärt hatte. »Die kümmern sich um meine Social Media«, sagte ich, weil es ein bisschen besser klang, als zuzugeben, dass sich Fionaaa und ihre Leute für mich ausgaben. »Habe ich dir doch erzählt.«

»Ja, stimmt, du darfst es nicht mehr selbst machen, weil du ständig Spoiler und Memes über die Schule und so postest, oder?« Ich nickte traurig. Ein paar von diesen Memes hatten Kultstatus erreicht. »Aber das ist ein erstklassiger Ersatz. Gut zu wissen, dass du totaaal auf matten Lippenstift stehst!«

»Oh Gott.« Ich vergrub mein schlammbeschmiertes Gesicht in den Händen. Ich wollte nicht weiterlesen. (Außerdem mochte ich Lipgloss nur, wenn er nicht klebrig war, und mit mattem Lippenstift sah ich aus wie eine tote vierzigjährige Frau!)

»Es wird noch viel, viel schlimmer.« Carlo hatte seinen Spaß.

2. Frage: Was ist für dich das Beste daran, eine junge Schauspielerin zu sein?

Das Schauspielern.

Okay, das stimmte.

Und die Partys natürlich!!!

»Mit drei Ausrufezeichen«, hob Carlo freundlicherweise hervor. »Hast du noch mehr Partys geschmissen und vergessen, mich einzuladen?«

3. Frage: Erlebst du Neid oder Missgunst in der Schule?

Nein, ich komme prima mit allen aus!

»Elektra James, warum beschleicht mich das Gefühl, dass das alles dicke, fette Lügen sind?«

»Sei still, ich werde allseits verehrt und bewundert.« Es gab eine lange Pause. »Okay, machen wir weiter.«

4. Frage: Was ist für dich der Look des Sommers?

Momentan fahre ich voll auf Body-Glitter und Siebziger-Jahre-Keilabsätze ab. Perfekt, um die ganze Nacht zu tanzen, also Nummer eins auf meiner Liste! Total heiß und gleichzeitig megacool!!!

»Das gefällt mir am zweitbesten.« Carlo warf sich in Pose. »Meinst du, ich könnte diesen Look auch tragen?«

»Nein«, sagte ich. Wer nett sein will, muss manchmal grausam sein.

5. Wer ist dein Promi-Schwarm?

Mein Filmpartner Carlo Winn natürlich!

»Oh Goooooott!«, stöhnte ich.

»Das ist doch nichts Schlimmes.« Carlo lachte sich schlapp. »Ich verstehe total, warum du regelrecht *besessen* von mir bist. Das geht den meisten Leuten so. Deine tiefe, immerwährende Liebe zu mir muss dir nicht peinlich sein.«

»Eine *Showmanze.* Mit *dir.* Großartig. Was haben sie sich dabei gedacht?« Das fragte ich mich in letzter Zeit häufiger.

»Klatsch ist gut fürs Geschäft. Das ist das Mantra, #LoveLikes.«

»Ich bin verwirrt. Ich dachte, meine Beziehung zu Archie soll im Internet ›wirksam eingesetzt werden‹. Würg.«

»Ein Dreiecksverhältnis. Das wird ja immer besser!« Carlo konnte nicht aufhören zu lachen.

Es war nicht Archies Reaktion, um die ich mir Gedanken machte. »Das ist nicht lustig.«

»Doch, ziemlich lustig.«

»Moss sieht das wahrscheinlich anders.« Und ich hatte inzwischen tagelang daran gearbeitet, sie von ihrer Paranoia runterzuholen.

»Oooh.« Endlich machte es klick bei Carlo. »Mist.«

»Ja. Ich meine, sie wird natürlich wissen, dass es Quatsch ist« (tief drinnen), sagte ich. »Sie wird sich nur darüber ärgern, dass ich so was in einem Interview gesagt habe. Nur dass ich es gar nicht gesagt habe! Und das muss ich ihr jetzt erklären.« Wir machten uns auf den Weg und gingen die Godzilla Avenue zur Tonbühne hinunter. Nicht zu *unserer* Tonbühne A – die wurde inzwischen für den neuen *James Bond* umgebaut –, sondern zu einer anderen, wesentlich kleineren. »Ich habe monatelang dafür gebetet, dass eine Straker-Szene nachgedreht werden muss, aber warum ausgerechnet so eine Szene? Warum nicht eine schöne Gesprächsszene (vorzugsweise im Sitzen)? Oder eine Kampfszene? Oder von mir aus auch eine Jagdszene. Oder eine Greenscreen-Jagdszene. Alles außer einer Liebesszene! Ich habe Moss versprochen, dass wir NIE WIEDER eine Liebesszene drehen.«

»Ich weiß. Wir haben uns geschrieben, als das neue Drehbuch kam.«

»Ihr schreibt euch noch ziemlich oft, oder?«

Er nickte. »Mit Moss habe ich wahrscheinlich schon mehr geredet als mit jedem anderen Mädchen.«

»Das du gedatet hast? Mit dem du zusammen warst?«

»Mit jedem anderen Mädchen. Punkt.«

Ich lachte. Unfassbar – wie hatte er mir das so lange vorenthalten können? »Worüber redet ihr denn so? Ihr habt euch doch nur zweimal gesehen.« Und beim ersten Mal hatte sie geheult, und beim zweiten Mal war sie weggelaufen – aber das erwähnte ich nicht.

»Ach, über alles Mögliche.« Carlo runzelte die Stirn. »Wahrscheinlich habe ich ihr zu viel erzählt.«

»Worüber?«

»Über mich«, sagte er, und diesmal lachten wir beide. »Aber es ist wahr, die Szene kommt zu einem unglücklichen Zeitpunkt. Je mehr ich mit Straker rummachen muss, desto länger werde ich brauchen, um Moss für mich zu gewinnen. Aber sie kann doch nicht ernsthaft glauben, ich würde was von dir wollen. Das ist doch verrückt.«

»Unvorstellbar! Aber es wäre besser, wenn wir uns nicht noch mal küssen müssten. Also, nicht *wir*, sondern Jan und Straker – nicht richtig küssen, aber trotzdem ...« Ich verstummte. Es war wirklich merkwürdig, da hatte Moss schon recht.

»Und dass Torr seine Spielchen mit ihr gespielt hat, ist auch nicht hilfreich.«

»Sie hat dir davon erzählt?«

»Ja.«

Ernsthaft? Moss öffnete sich nicht vielen Leuten. »*Du* darfst nicht mit ihr spielen, Carlo. Weißt du, zuerst habe ich gedacht, du könntest einfach nur eine nette Ablenkung von Torr für sie –«

»Vielen Dank!«, unterbrach er mich.

»Du bist hoffentlich nicht nur hinter ihr her, weil sie so schwer zu kriegen ist, oder?«

Er schüttelte den Kopf. »Wir schreiben uns fast täglich. Ich möchte mich gern noch mal mit ihr treffen ... so richtig.« Ich wartete darauf, dass er sich über das misslungene Treffen lustig machte, aber er war ganz ernst. »Gut, wir müssen sehen, wie es läuft, wenn ich sie dazu überreden kann – aber nein, ich spiele kein Spiel.« Ich sah ihn an. »Ehrlich!«

Es war das ernsthafteste Gespräch, das ich jemals mit Carlo geführt hatte, aber inzwischen hatten wir die Tonbühne erreicht. Nur einige Teile der Kulissen waren hertransportiert worden – mehrere »Felsen« und ein paar von den seltsamen Holzschnitzereien –, und die Lücken zwischen den »Bäumen« (echte Stämme, falsche Blätter) waren mit Greenscreens ausgefüllt worden. Die restliche riesengroße Fläche der Halle war bis auf Leitern, Heizgeräte und Kabelberge leer. Trotzdem war eine ganze Armee von Produktionshelfern im Einsatz, denn das gehörte nun mal dazu.

»Wir haben eine Menge Bäume für den Trailer verbrannt«, erklärte einer der Kulissenbauer entschuldigend.

»Ganze Arbeit, Respekt!«, meinte Carlo.

Ich setzte mich auf einen ausrangierten »moosigen Felsbrocken« (künstliches Moos, Styroporfels) und ging noch mal meinen Text durch. Weil ich mir nicht sicher war, dass ich ihn hundertprozentig beherrschte, murmelte ich ihn immer wieder vor mich hin. Nach einer Weile konnte ich das Sitzen nicht mehr ertragen. Ich sprang auf und wedelte mit meinem Skript. »Hier stehen Sachen drin, die niemand laut aussprechen sollte! Nicht mal im stillen Kämmerlein! ›Wenn ich dir in die Augen schaue, sehe ich mich hundertfach darin, aber vervollkommnet.‹« *Würg!* »›Du bist der Wind, der in den Bäumen singt, du bist …‹« *Kotz!* Straker tat mir echt leid.

Die Techniker, die das Licht einrichteten, ignorierten meinen kleinen Ausbruch, aber Carlo nickte traurig. »Ich begreife nicht, wie die erwarten können, dass wir dabei nicht lachen! Das ist ja wohl nicht die Stimmung, die sie wollen.«

Havelski löste sich aus der Gruppe, die sich um die Monitore geschart hatte, und kam zu uns (zwei Schritte hinter ihm seine Assistentin Rhona mit einer großen Thermoskanne Kaffee). »Richtig, Carlo. Niemand hat sich nach dem Test-Screening beschwert, dass der Humor zu kurz kommt. Okay, einer schon, aber der ist früh gegangen und war wahrscheinlich breit. Wenn das …« Er sagte etwas auf Ungarisch, das bestimmt nicht schmeichelhaft war. »… wenn das Publikum, für das wir diesen Film anscheinend jetzt machen, Romantik haben will, dann bekommt es auch Romantik. Und eine Portion Schmalz und Kitsch obendrauf. Aber das habe ich nie gesagt, okay? Seid ihr bereit?«

Ich sah drehfertig aus. Straker erstrahlte wieder in der ganzen Pracht ihres müffelnden Sacks. Ich war also bereit. Ich war nur nicht besonders wild auf das, was jetzt kam.

»Meinetwegen kann es losgehen. Bringen wir es hinter uns«, sagte Carlo und warf sich seinen silbrigen Umhang über die Schultern.

»Hey, hey, hey!« Tonmann Dan kam zu uns rüber. »Das Junior-A-Team ist wieder vereint. Das wird ein Spaß!«, sagte er und spielte mit den Augenbrauen. Wir sahen ihn nur mit großen Augen an. »Kommt schon … ich habe die Szene gelesen. Ihr werdet das ganz fantastisch machen, aber zuerst müssen wir euch zwei mal in romantische Stimmung bringen.« Er schlenderte zur Tonanlage, drückte ein paar Knöpfe und grinste selbstgefällig, als die ersten Takte durch die Halle schallten. Dann schloss er die Augen und hob in musikalischer Verzückung die Hand. »Wartet, gleich kommt's …«

Mitreißendes Intro. *And did those FEET IN ANCIENT TIMES …*

»Was ist das?«, brüllte Havelski. Rhona gab ihm wortlos einen Kaffee.

Dan öffnete die Augen. »Der Dubstep-Mix von *Jerusalem*. Ist zurzeit mein Lieblingssong. Und bleibt es wahrscheinlich auch bis in alle Ewigkeit.«

»Wen bringt so was denn in romantische Stimmung?«, fragte Carlo.

Einen Moment lang sagte niemand etwas. Alle sahen Dan an. »Mich«, gab er verlegen zu. »Aber gut.« Er warf die Hände in die Luft. »Ich gebe euch Kommerzschafen, was ihr haben wollt.« Ein kurzer Griff ans Tonpult, und die Musik ging auf Talfahrt. Und zwar ordentlich. »*NEAR, FAR*« dröhnte es aus den Lautsprechern, »*WHEREEEEVER YOU ARE* …«

Carlo sah aus, als müsste er sich übergeben. Havelski auch. Aber ich fühlte es irgendwie. »*I BELIIIEVE THAT MY HEART* …«, sang ich mit. Es brachte mich zwar nicht in *romantische* Stimmung, aber immerhin in eine bessere.

»AUS! AUS!«, schrie Havelski aufgebracht und fuhr sich mehrmals mit dem Daumen quer über den Hals. Die Stille war regelrecht erdrückend, als die Musik abrupt endete und wir wieder im Mittelpunkt des Interesses standen. »Also, jetzt könnt ihr zwei das ganze Trauma, das Dan euch zugefügt hat, in eure Performance einbringen.« Er sah ihn wütend an, und als er sich uns wieder zuwandte, lag so etwas wie Mitgefühl in seinem Blick. »Aber nun zur Sache. Ihr müsst uns etwas liefern, das sich echt und wahr anfühlt. Also. Die Szene spielt auf der Lichtung.« Oder »an dem besonderen Ort von Jan und Straker«, wie es im Drehbuch stand. »Also, Elektra. Die Szene, als Jan fast unter dem Eis draufgeht …« Wir brauchten alle einen Moment, um die *Titanic*-Titelmelodie wieder aus dem Kopf zu bekommen.

»Das ist übrigens eine ziemlich gute Szene, wie ich im Schneideraum festgestellt habe.« Carlo grinste selbstgefällig. Ich war an dieser Szene nicht beteiligt. »Jedenfalls hat dich die Angst um ihn in dieser dramatischen Lage zu der Erkenntnis geführt, dass du ihn liebst. Es ist eine klassische Situation. Und so kommt es – zwangsläufig – zur Liebeserklärung. Davon hängt viel ab. Macht euch das bewusst. Denkt an Liebe, denkt an das amerikanische Publikum und denkt auch an Todesangst und Adrenalin. Und jetzt an die Arbeit!«

Eine halbe Stunde Stellprobe, heiße Probe und technische Vorbereitungen, dann machten Bo und ihre Assistentin Carlo mit großen Wasser-Sprühflaschen nass, und wir konnten loslegen.

»Ruhe am Set!« Ich konzentrierte mich und las schnell noch einmal die Regieanweisung:

Straker nimmt ihren zerfransten Schal ab und legt ihn Jan um die Schultern. Er fasst sie an den Händen, und sie sehen sich tief in die Augen. Es ist ein echter, perfekter Moment und zugleich ein schmerzlicher.

»Ton ab.«

»Ton läuft.«

»Kamera ab.«

»Kamera läuft.«

»Action!«

STRAKER

Nein. Oh nein. *(Schüttelt den Kopf, begreifend und zugleich ängstlich)*

JAN

(Leise, feste Stimme)

Doch, Straker. Wir können nicht weiter dagegen ankämpfen. Wir müssen es uns eingestehen.

STRAKER

Ich kann dich … Ich kann dich nicht … *(sie bringt das Wort nicht heraus)* lieben. *(Das ist nicht das, was sie will … oder doch?)*

JAN

Du kannst mich nicht nicht lieben *(kurze Pause)*, und ich kann dich nicht nicht lieben.

»Stopp!«, rief Ahmed. »Ihr habt nichts falsch gemacht, Leute, aber wir haben ein Problem mit dem Licht. Der Mondschein stimmt noch nicht. Fangen wir noch mal neu an.«

Nach zehn unbehaglichen Minuten (von denen ich zwei damit verbrachte, die nassen Flecken auf meinem Kostüm trocken föhnen zu lassen) und einer weiteren Ladung Wasser für Carlo ging es weiter.

STRAKER

Nein. Oh nein. *(Schüttelt den Kopf, begreifend und zugleich ängstlich)*

… Es war keine kurze Liebeserklärung.

STRAKER
(Versucht, ihm ihre Hände zu entziehen)
Aber ich will nicht, dass du der Richtige bist. Das alles hier ist so schon schwer genug. So verdammt schwer. *(Ihre Stimme bricht.)*

JAN
Wir gehören zusammen. Das Schicksal hat uns vereint.

STRAKER
(Fast schon wütend)
Dann bedeutet jede Gefahr doppelte Qual. Mein Herz schlägt so schnell! *(Nimmt Jans Hand und legt sie auf ihr Herz)*

»Können wir kurz unterbrechen? *Bitte.*«

»CUT!«

»Tut mir leid, tut mir wirklich leid.« In Sekundenschnelle waren alle bei mir, um zu checken, was los war. Kostüm verrutscht? Kabel an der falschen Stelle? Übelkeit? Nervenzusammenbruch?

Ich sah Ahmed und Havelski an. »Entschuldigt bitte, aber wenn er die Hand auf mein Herz legt … äh, also … das wirkt dann so, als würde er sie auf meine –«

»Ich will keine Fummeleien«, sagte Havelski. »Ahmed, was meinst du?«

Ahmed überlegte. »Ich weiß nicht. Amber und Sam geben ihren Liebesszenen ständig diese Ausrichtung – ihre Improvisationen nehmen wirklich überhand. Da könnte man gut was wegschneiden, oder? Wir wollen doch nicht den Eindruck erwecken, dass wir uns wiederholen.«

Havelski schnaubte. »Nein, das wollen wir nicht. Dumm, dass es den Autoren nicht gesagt wurde. Also? Was tun? Gehen wir direkt zu dem ersten Kuss über? Oder schreiben wir die Szene um? Nur haben wir heute keine Autoren hier.« Es klang nicht, als wäre er besonders traurig darüber.

»Wie wär's, wenn wir nach ›mein Herz schlägt so schnell‹ das mit dem Fühlen einfach weglassen?«, schlug Ahmed vor. Carlo kicherte.

Havelski warf ihm einen bösen Blick zu. »Gut, zuerst noch ein bisschen länger tief in die Augen schauen und dann der Kuss. Okay?«

Großartig. Ich hatte das Schlimmste hinauszögern wollen und genau das Gegenteil erreicht. »Also, macht bitte mit ›Dann bedeutet jede Gefahr doppelte Qual‹ weiter. Aber den Augenkontakt diesmal halten! Machen wir einen Probedurchgang, um zu sehen, wie es funktioniert, bevor wir drehen.«

»Nicht blinzeln, Elektra«, raunte mir Carlo zu, als wir auf Position gingen. »Was du auch tust, du darfst nicht blinzeln! Wer gewinnt, darf den Buggy fahren.«

»Seht euch tief in die Augen«, sagte Ahmed wie ein Hypnotiseur.

»Carlo, hör auf zu grinsen«, schimpfte Havelski wenige Minuten später. »Was ist eigentlich mit euch los? Kann mir mal einer einen Kaffee bringen! Zehn Minuten Pause, dann machen wir Ernst.« Das Schlechte war, dass wir noch nicht durch die Szene durch waren. Das Gute war, dass es beim Wettstarren eins zu eins stand.

Es entstand wieder eine Menge Hektik. Carlo wurde mit einem Handtuch trocken gerieben, während Bo die Wasserflaschen für den nächsten Take auffüllte. Ein Produktionshelfer bugsierte einen (unechten) Baum nach draußen, der alle seine (unechten) Blätter verloren hatte. Zwei andere zankten sich um eine alte Ausgabe von *Closer.* Ein ganzes Team von Leuten tat alles, was getan werden musste, damit wir wieder loslegen konnten. Dan überließ seinem Assistenten die Arbeit und spielte ein kleines Medley aus ABBA-Hits, und Havelski trank starken schwarzen Kaffee, als hinge sein Leben davon ab.

Kein echtes Mondlicht. Kein Knistern in der Luft. Kein perfekter Moment. Kein richtiger »besonderer Ort«. Niemand, der das sah, konnte an Romantik denken.

Niemand.

Nicht mal Moss. Ich war einfach genial. »Carlo!«, sagte ich, nachdem er abgerubbelt worden war. »Wir müssen ihr ein Foto schicken!«

»Was?« Er sah mich an – und blinzelte. Voll der Überraschungseffekt.

★

WARTEN

- Zeit, die ich in der Angst verbracht habe, dass *Raw* in die Kinos kommt/ein totaler Reinfall wird: 112 Prozent
- Zeit, die ich mit #RawGlamour nutzen verbracht habe: 0 Prozent; Zeit, die ich damit verbracht habe, zuzusehen, wie die Fake-Elektra #RawGlamour nutzt: 1 Prozent (zu merkwürdig)
- Zeit, die ich damit verbracht habe, Moss zuzuhören, wie sie versucht, lässig und locker mit dem Thema Carlo umzugehen: 16 Prozent

Noch

43

Tage …

Von: Stella, Agentur Haden

Datum: 11. Februar 11:07

An: Elektra James

Cc: Charlie, Agentur Haden

Betreff: Mach dir keine Gedanken, Elektra (und freu dich auf die Party!)

Liebe Elektra,
wir haben alle Nachrichten erhalten! Und ja, ich weiß von dem offenen Casting für das neue Projekt von J. K. Rowling, aber ich denke, das ist nicht das Richtige für dich, nicht zuletzt deshalb, weil du keine Dreizehnjährige mehr spielen kannst! Ich spüre, dass du ein bisschen in Unruhe gerätst, aber das musst du nicht. Ich weiß, du hast das Gefühl, dass es im Moment nicht schnell genug vorwärtsgeht, und ich weiß auch, dass dir der Ausflug ans *Raw*-Set in Erinnerung gerufen hat, wie sehr du das Drehen liebst, aber du musst Geduld haben. Ich versichere dir, dass wir immer nach Projekten Ausschau halten, für die wir dich vorschlagen können, aber es müssen die *richtigen* sein. Im letzten Monat hatten wir nur zwei Angebote, die vom Spielalter her für dich passend gewesen wären. Eins für eine Schauspielerin, der es nichts ausmacht, während der gesamten Dreharbeiten im Bikini herumzulaufen (während alle anderen Charaktere Anzug und Krawatte tragen), und das andere … Tja, die Rollenbeschreibung klang, als hätte sie ein Serienmörder geschrieben. Nicht jeder Job ist ein guter Job. Und es lohnt sich, auf die guten Jobs zu warten.

Genieß in der Zwischenzeit die Schule. Glaub mir, du möchtest keine Schauspielerin ohne abgeschlossene Schulbildung sein, wirklich nicht.

Zum Schluss noch eine gute Nachricht: Die Drehschlussparty von *Raw* steht vor der Tür (und diesmal wird sie bestimmt nicht mehr verschoben)!

Du musst dich von einem Erziehungsberechtigten begleiten lassen, weil sie in einem öffentlichen Lokal stattfindet, und du darfst noch einen weiteren Gast mitbringen. Bitte halte alle diese Informationen geheim, denn es gilt ein absolutes Presse- und Paparazzi-Verbot. Havelski hat die Devise ausgegeben, dass der Abend ein echtes Vergnügen ohne Kameras werden soll!

Datum: 21. Februar
Ort: Urban House East, London EC2
Zeit: 20:30 Uhr (Reden um 21:30 Uhr) *bis spät in die Nacht!*
Dresscode: Immer *Raw* bleiben …

Stella x

PS: Hätte ich fast vergessen: Gestern Abend habe ich mir deine Social Media angesehen. Ich weiß, dass PPR jetzt deine Accounts betreut – so läuft das eben, aber bist du mit der Richtung einverstanden, in die das geht?

KAPITEL 18

»Manchmal denke ich sogar, dass ich das einzig Interessante im Raum bin.«

Kit Harington

»Das ist *fast* perfekt«, sagte Moss diplomatisch. In zwei Stunden begann die *Raw*-Drehschlussparty, und ich trug ein schwarzes trägerloses bauchfreies Spitzenoberteil von Topshop und einen ausgestellten, knielangen Rock. Für sie war das okay. Sie saß auf meinem Bett und hatte ein silbernes Mini-Wickelkleid an, das bei jeder Bewegung schillerte wie die Warri-Kostüme, von denen ich so gern eins beim Drehen getragen hätte.

»Ich sehe total lächerlich aus! Dabei habe ich im Laden echt elegant und glamourös gewirkt, wie ein richtiger Mensch.«

»Du *bist* ein richtiger Mensch.« Dass sie nur diesen Teil meiner Aussage bestätigte, gab mir zu denken.

»Ich komme mir blöd vor«, sagte ich und verschwand in meinen Kleiderschrank. Er war zwar nicht sehr groß, aber vielleicht versteckte sich ja doch irgendwo das absolut perfekte Partykleid.

»Werden alle Schauspieler da sein?«, rief Moss.

»Ich glaube schon. Amber holt Kale früher von seinem Hunde-Yoga-Retreat auf den Malediven zurück, damit er sie unterstützen kann, und … wie du ja sicher schon weißt, kommt Carlo auch.« Ohne eine Miene zu verziehen, kam ich mit einem Stapel Klamotten wieder aus dem Schrank. »Das hier?« Ich hielt ein rotes Kleid hoch, das mir gut gestanden hatte, als ich dreizehn war. Moss schüttelte den Kopf. »Wie läuft es eigentlich?«, fragte ich beiläufig.

»Gut.« Moss versuchte zum ersten Mal in ihrem Leben, die Unschuldige zu spielen, und versagte kläglich.

»*Wie* gut? Also, auf einer Skala von ›ich genieße die Aufmerksamkeit‹ bis ›küss mich endlich‹.«

»Du nervst! Nein! Nicht diesen Rock, der ist *schrecklich!*«

»Würdest du heute Abend was mit ihm anfangen?« Ich warf den unmöglichen Rock auf den wachsenden Haufen ausgemusterter Kleidungsstücke. Plog sprang ausgelassen herum, als hätte ich ihm sein eigenes Bällebad hingestellt.

»Weißt du, das würde ich … wenn er es versucht.« *Endlich* hatte sie eingesehen, dass Carlo ungefähr so verrückt nach mir war wie ich nach Physik. Es war uns tatsächlich gelungen, Moss von diesem Wahnsinn zu kurieren, indem wir a) eine weitere Liebesszene gedreht hatten, b) Eds Telefon ausgeliehen und ihr Bilder vom Set geschickt hatten (hochwertiges Material, darunter mein Lieblingsfoto, das Dan und Carlo in der *Titanic*-Pose zeigte) und c) ihr jedes kleinste Detail geschildert hatten (allesamt völlig unromantisch), bis sie uns schließlich angefleht hatte, damit aufzuhören. Wir hatten sie mürbe gemacht.

»Bist du eigentlich gaga? Er versucht schon fast so lange, was mit dir anzufangen, wie Havelski versucht, *Raw* fertig zu kriegen. Lauf einfach diesmal nicht weg!«

Sie wand sich verlegen. »Aber ist das nicht zu *schräg?* Ich kann doch nichts mit einem *echten* Schauspieler haben!«

»Äh, Mossy, du bist die beste Freundin von einer echten Schauspielerin! Okay, von einer Schauspielerin … von einem Mädchen, das in einem Film mitgespielt hat.«

»Das ist auch Wahnsinn.«

Na schön. »Carlo findet es gut, dass du gar nicht so auf das abfährst, was er macht. Er wird es auf jeden Fall heute Abend versuchen.« Moss vergrub ihr Gesicht in den Kissen und gab ein gedämpftes Geräusch von sich, das ich als positive Reaktion interpretierte. »Wie ist es damit?« Ich hielt einen kurzen gelben Rock hoch und fragte mich, ob er vielleicht einen Touch von *Clueless – Was sonst!* hatte. Nein, nach Mossys Gesichtsausdruck zu urteilen, als sie wieder aus den Kissen auftauchte, eindeutig nicht. Mir gingen allmählich die Möglichkeiten aus.

»Das, was du anhast, gefällt mir ehrlich gesagt am besten.« Moss sprang vom Bett auf und kam zu mir. »Komm, wir machen es zu *deinem* Outfit.« Sie hatte ein verdächtiges Funkeln in den Augen. »Das Problem ist, der Rock ist zu lang. Guck mal.« Sie schlug den Saum hoch, und ich schaute in den Spiegel. Eine deutliche Verbesserung. »Du musst deine Beine zeigen. Sie sind das Beste an dir.« Was mich freute, beim Blick in mein Gesicht aber auch deprimierte.

»Ich habe keine Zeit mehr, ihn kürzer zu machen.« Mir blieb ja kaum noch Zeit zum Haarekämmen.

»Kinderspiel.« Sie nahm eine Schere zur Hand. »Bleib ganz still stehen.«

»Spinnst du? Meine Mutter bringt mich um!« Aber Moss hielt den Saum weiterhin hoch, und meine Beine sahen wirklich ziemlich gut aus. Es war verlockend.

»Willst du deine Mutter etwa alle deine Modeentscheidungen treffen lassen?« Äh, nein. Wenn ich auf meine Mutter hören würde, würde ich in weißen Kniestrümpfen zu dieser Party gehen (ohne dass sie Bestandteil eines ironischen Hipster-Outfits wären). »Es sind nur ein paar Zentimeter, das merkt sie gar nicht. Und dann hast du ein Original von Moss Sato. Ganz innovatives Design!« Sie klimperte mit den Wimpern. »Weißt du, was ich meine? Komm schon, vertraust du mir etwa nicht?«

»Nicht immer«, sagte ich ehrlich.

»Bin ich dein Fashion-Guru oder nicht?« Moss stand hinter mir und fuchtelte derart mit der Schere rum, dass ich Angst hatte, ihr die falsche Antwort zu geben.

»Ja, außer als du mich gezwungen hast, meine Unterhose über der Jeans zu tragen.«

»Wir waren sechs, und das war damals experimentell. Und was wir uns erhofften, waren schließlich Superkräfte. Darüber müsstest du doch eigentlich inzwischen längst hinweg sein.«

Ich sah mein Spiegelbild an, dann Moss und die sehr große Schere, dann wieder mein Spiegelbild. »Na gut. Leg los. Nein! Warte! Moment!«

»Okay, nimm dir Zeit. Atme tief durch. Schließ die Augen. Lass dich von deiner Seele führen.« Was? Das klang absolut un-mossy. Ich kniff die Augen zu.

Plötzlich machte es ritsch, ratsch. »Moss!«

»Irgendjemand musste eine Entscheidung treffen.« Sie zuckte mit den Schultern. Die Hälfte meines Rocks hing an meinen Beinen runter. »Ich werde den Beginn des glamourösesten Abends meines Lebens nicht verpassen, nur weil du Angst hast, ein bisschen Stoff zu verlieren.« Ein bisschen? Moss krabbelte um mich herum. »Oh. Ich glaube, das ist etwas schief.« Allerdings: Der Rock war auf der einen Seite mindestens vier Zentimeter kürzer als auf der anderen. »Keine Panik! Ich gleiche das schnell an … Oh. Weißt du was? Ich finde, schief passt eigentlich viel besser zu dem Dresscode ›Immer *Raw* bleiben‹.« Eine qualvolle Minute Schnippeln später: »Vielleicht ziehst du eine hübschere Unterhose an?«

Das *Urban House East* war ein unauffälliges schwarzes Gebäude zwischen einer Metzgerei und einer Eisenwarenhandlung in einer schmalen Seitenstraße von Shoreditch.

»Elektra James! Tu bloß nicht so, als hättest du mich nicht gesehen! Komm her und drück mich!« Sam winkte mir aus dem Foyer zu. »Wie findest du meine Narbe? Und mein Bein?« Oh Gott, er war auf Krücken. »Verwegen? Abenteuerlich? Ich fühle mich wie ein Pirat, weißt du?« Nein, ehrlich gesagt hatte ich keine Ahnung von Piraterie. In der sechsten Klasse hatte ich nur mal Kekse aus dem Aufenthaltsraum geklaut. Erschreckend.

»Ist das bei einem Stunt passiert? In der Szene, in der du im Alleingang an der Klippenwand gegen dreiundzwanzig Terras kämpfst?« Ich hatte mich immer gefragt, wie sie diese Szene ohne einen Ausflug in die Notaufnahme geschafft hatten. »Oder in der Szene, in der du auf der Seilbrücke zwischen den höchsten Bäumen des Waldes sechsunddreißig Terras abwehrst?« Es war meine erste Party in der Filmbranche, und was tat ich? Ich textete einen echten Filmstar zu. »Nein? Dann vielleicht in der Szene, in der du von deinem wilden, aber treuen Ross auf eins von den Wolfswesen springst und es erwürgst …?« Ich hätte noch eine ganze Weile so weitermachen können. Hatte Kale ihn vielleicht attackiert? Wie viel Schaden konnte ein kleiner, aber extrem fieser Zwergspitz anrichten?

»Bei einem Dragster-Rennen!«, rief Sam fröhlich. »Hat überhaupt nicht wehgetan. Jedenfalls nicht, bis die Opiate nachgelassen haben. Hahaha!«

Ein hübsches Mädchen in Schwarz hakte uns auf einer Liste ab und befestigte Bänder aus ausgefranstem Sackleinen mit dem Aufdruck *Raw* an unseren Handgelenken. Ich wollte meins nie wieder abnehmen! Ein anderes unglaublich attraktives Mädchen räumte unsere Jacken weg. Moss zupfte an meinem Rock und blieb ganz dicht bei mir stehen, um mir Deckung zu geben.

Der Aufzug war zu klein für uns. Aber es gab wohl auf der ganzen Welt keinen Aufzug, der ausreichend Platz für mich, Moss, meine Mutter und Sam Gross auf Krücken geboten hätte, zumal Sam ziemlich heftig nach Whisky roch und weder Moss noch Mum sich traute, ihm in die Augen zu gucken. Ich sah mir die vielen Knöpfe an. Wir waren unterwegs zum Penthouse. Ich hätte mich noch schnell zur Entspannung massieren lassen können, denn im vierten Stock war eine Wellnessoase. Oder ich hätte im fünften Stock eine Sauerstoffkur machen können. Der Aufzug war von oben bis unten verspiegelt, und in diesen verspiegelten Flächen war deutlich zu sehen, dass drei Personen zu nervös waren, um die vierte auch nur anzuschauen, und dass – hoppla! – mein Rock wirklich sehr kurz war. Ich zog ihn etwas nach unten, und zwei Sekunden später rutschte er wieder hoch. Er reichte mir gerade eben über den Po.

»Du siehst gut aus«, flüsterte Moss mir ein bisschen zu laut zu. Mum starrte meinen Rock an und gab ein besorgtes Wimmern von sich. Sie zog daran, und er rutschte wieder hoch.

»Das ist wesentlich besser als dein Straker-Look, Elektra!«, sagte Sam, der natürlich viel zu wichtig war, um sich über Dresscodes Gedanken zu machen, und einen dunklen Anzug, ein weißes Hemd und seine roten Lederslipper trug (die Gerüchte über die versteckten Absätze stimmten übrigens). Er sah aus, als käme er direkt aus einem Werbespot – und wenn ich es mir genau überlegte, war es wahrscheinlich auch so. Er wandte sich meiner Mutter zu, bevor sie anfangen konnte, sich seinetwegen ernsthaft zu sorgen. »Ihr seht alle großartig aus! Jetzt weiß ich, woher Elektra ihr gutes Aussehen hat.« Ein lächerlicher und zugleich vorhersehbarer Spruch. Moss musste lachen. »Und was für ein bezauberndes Mädchen Elektra ist. Sie müssen eine tolle Mutter sein!« Er schenkte ihr sein typisches Herzensbrecher-Lächeln.

So sah es also aus, wenn alte Leute flirteten? Sie machten sich Komplimente über die Erziehung?

Als sich die Aufzugtüren öffneten, schlugen uns explosionsartig Lärm, Gelächter und Licht entgegen – und plötzlich stand da ein stämmiger Kerl mit Knopf im Ohr, der uns den Weg versperrte.

»Telefone!«, sagte er nur und hielt seine große Hand auf. Er war wie Mr Tibble, nur dreimal so muskulös.

»Hör mal, Kumpel«, sagte Sam und versuchte, ihn mit seiner »Star spricht mit Zivilist von Mann zu Mann«-Tour rumzukriegen. »Das gilt doch sicher nicht für mich?«

»Tut mir leid, Mr Gross, aber die Regeln gelten für alle. Die Presse bleibt draußen, und es werden keine Fotos gemacht.« Jetzt, wo ich es endlich auf ein Promi-Event geschafft hatte – was für eine Ironie! »Mr Havelski will, dass nur das genehmigte Gruppenfoto an die Öffentlichkeit kommt, das um Mitternacht gemacht wird.«

»Oh, ich glaube nicht, dass wir um Mitternacht noch hier sind«, sagte meine Mutter.

»Aber es geht doch nicht, dass Elektra uns immer zu früh verlässt!«, redete Sam ihr zu und legte einen Arm um mich. »Sie muss bis zum Gruppenfoto bleiben.«

Meine Mutter war hin- und hergerissen. Sie musste entweder Abstriche bei ihren Erziehungsstandards machen oder einen Hollywoodstar enttäuschen. »Dann gehen wir aber gleich danach«, sagte sie schließlich. Ich war beeindruckt. Ich brauchte nur rund um die Uhr einen richtigen Star an meiner Seite, dann hatte ich keine Probleme mehr mit ihr.

»Die Telefone brauche ich trotzdem!« Wir rückten sie widerstrebend raus, der große furchterregende Typ klebte Namensschildchen drauf und warf sie in einen Behälter. Ich sah mich um. Der Raum, den wir betraten, hatte eine hohe Gewölbedecke mit Metallträgern und war mit unterschiedlichen Samtsofas, hohen Ohrensesseln und flachen Marmortischen ausgestattet. Eine lange, mit gehämmertem Kupfer bezogene Bar, in der sich die darüberhängenden Kristall-Glühbirnen spiegelten, zog sich auf der einen Seite an der Wand entlang, und auf der gegenüberliegenden Seite gelangte man durch große Glastüren auf die Terrasse, die von Kerzen und Feuerschalen erleuchtet war. Perfektes Instagram-Material!

Ein Kellner, der ein Outfit trug, das entfernt an ein Warri-Kostüm erinnerte, reichte mir die Cocktailkarte.

Ich überflog sie. *Trinken, um zu erinnern; trinken, um zu vergessen.* Ich hatte die Wahl zwischen **RAW CLASSIC**, **UNGEAHNTE SCHRECKEN**, **INSEKTENSHAKE** und **MORGENGRAUEN** – nur dass ich nichts davon nehmen konnte, weil diese Drinks wahrscheinlich alle aus drei Teilen von Sam Gross' eigener Whiskymarke bestanden.

»Oh, tschuldigung«, sagte der Kellner. »Das war die falsche. Sie bekommen die alkoholfreie Variante.« Er gab sie mir.

»Ich nehme den **VORZEITIGEN TOD**, weil es das erste und einzige Mal ist, dass ein Getränk nach mir benannt wird, auch wenn das Rezept unnötig aggressiv ist.« »Brutal zerdrückt« und »zu früh entrissen« – die mussten hier echt mal runterkommen.

MOCKTAILS

(Weil in dystopischen Filmen nicht alles echt ist.)

JAN DER HELD

Eine mutige Kombination aus Kämpfer-Superbeeren (Acai- und Blaubeeren) und dem Saft von unfermentierten Weintrauben, frisch geerntet von starken Kletterranken.

VORZEITIGER TOD

Brutal zerdrückte Himbeeren, fermentierte Berberitzenbeeren und bittersüßer Himbeersirup in Sodawasser ertränkt und garniert mit frischen, der Mutterpflanze zu früh entrissenen Minzeblättchen, serviert auf zerstoßenem Eis.

KANAPEES

Geröstete Grillen und knusprige mundgerechte Krabbeltier-Häppchen (herzhaft-pikant oder mit Karamelldip)

»Auf die fermentierten Berberitzenbeeren will ich mich gar nicht erst einlassen«, sagte Moss. »Heute Abend ist **JAN DER HELD** meiner.« Was für eine Überraschung.

»Ist Carlo schon da? Hast du ihm geschrieben?«

»Schon vergessen? Wir haben keine Telefone.«

»Dann suchen wir ihn!« Ich senkte die Stimme. »Ich muss Mum nur noch schnell loswerden.« Meine Mutter machte ein entsetztes Gesicht, nicht zuletzt deshalb, weil ihr jemand einen INSEKTENSHAKE in die Hand gedrückt hatte. Ich hatte die Zutatenliste gelesen – es war gut möglich, dass er sie komplett umhaute.

»Elektra!« Als ich mich umdrehte, erblickte ich Bo und sprang sie praktisch an.

»Mum, das hier ist Bo – ich habe dir doch von ihr erzählt? Sie ist eine der Maskenbildnerinnen.«

»Oh ja! Vielen Dank, dass Sie Elektras Pickel so gut abgedeckt haben!«

»Elektra hat eine wunderbare Haut.« Bo zog prompt eine kleine Tube Concealer aus der Tasche und »optimierte« mich, dann setzte sie zu einem Monolog über die Feinheiten des Wundenschminkens an. Wenn Bo einmal angefangen hatte, von Wunden zu reden, war sie nicht mehr zu bremsen. Moss und ich nutzten die Gelegenheit, um uns unauffällig zurückzuziehen.

Wir verdufteten auf die Terrasse. Mehrere große Feuerschalen mit Bänken drum rum waren dort arrangiert, und die Bäume waren mit Lichterketten geschmückt. Die Außentheke war aus alten verwitterten Brettern gezimmert wie die Hütten in *Raw,* gleich daneben befand sich das DJ-Pult. Und genau in der Mitte war ein von unten beleuchteter großer blau glitzernder Pool. »Wir gehen auf keinen Fall ins Wasser«, sagte ich, als ich die Sprache wiedergefunden hatte.

»Ein bisschen früh am Abend, um es auszuschließen!« Carlo war da. Er umarmte mich kurz, ohne Moss aus den Augen zu lassen, dann ging er zu ihr und gab ihr einen Begrüßungskuss. Das Ganze sah noch ein bisschen verkrampft aus. Aber ich war optimistisch. »Wo ist Archie?«, fragte Carlo. »Ist er wieder bei den Fledermäusen?«

»Ja. Und ich wollte Moss mitbringen.«

»Abgesehen davon, dass *ich* sie mitbringen wollte, war das auf jeden Fall die richtige Entscheidung. Du siehst umwerfend aus, Moss.«

»Außergewöhnlich charmant heute, Carlo«, scherzte ich.

»Aber ich *bin* charmant. Das ist mein größter Fehler.« Er sah Moss an. »Mein *einziger* Fehler.«

»Carlo!«, rief eine langbeinige Blondine von der anderen Seite der Terrasse. »Carlo Winn! Was für ein Zufall!« Es war die Drehschlussparty eines Films, in dem er mitgespielt und bei dem sie als Praktikantin gearbeitet hatte – *so* ein Zufall war es also gar nicht. Carlo winkte ihr kurz. »Hey, Carlo!« Sie war hartnäckig und steuerte auf uns zu.

»Danke, dass ihr alle gekommen seid!« Eine Stimme dröhnte aus den Lautsprechern, und ein Scheinwerfer wurde auf Pete den Produzenten gerichtet. Carlo war gerettet. »Dürfte ich um Aufmerksamkeit bitten?« Der Partylärm legte sich. »*Raw* ist der Film, über den dieses Jahr alle reden werden –«

»Aber Gott allein weiß, was sie sagen werden!«, spottete jemand hinter mir ein bisschen zu laut. Du liebe Güte, konnten wir nicht einen Abend lang sämtliche Troll-Kommentare vergessen und so tun, als würde *Raw* hundertprozentig der Kinohit des Jahres werden?

»Eine epische Liebesgeschichte in einem Film –«

»Der euch umhauen wird!«, brüllten mehrere Leute, und der halbe Raum begann, die Titelmelodie des Trailers zu singen (die womöglich auch die Titelmelodie des Films war).

»Samber, Samber, Samber«, rief jemand, der eindeutig zu viele **UNGEAHNTE SCHRECKEN** intus hatte. Amber stand in einer Ecke des Raums und lächelte angespannt; Sam verzog in der anderen Ecke das Gesicht. Heute war ihre Beziehung offensichtlich »off«. Und Pete redete weiter. Noch sehr lange. Es ging um die Nachproduktion und Vertriebspläne und die Werbung und ganz allgemein um die Weltherrschaft. Ich verstand nicht viel von dem, was er sagte, was nicht nur daran lag, dass den Leuten langweilig wurde und sie wieder anfingen, sich zu unterhalten. »Wir sind noch nicht fertig mit der Nachbearbeitung … aber genießt die Clips, die wir im Verlauf des späteren Abends auf den Bildschirmen zeigen werden.« Er wies auf die großen Flachbildschirme an den Wänden, die mir vorher gar nicht aufgefallen waren. »Ihr seid unsere allerersten Zuschauer! Und jetzt einen großen Applaus für unseren Regisseur Sergei Havelski!« Lauter Jubel brach aus.

Sergei stieg auf einen kleinen Tisch, der besorgniserregend unter ihm bebte.

Genau in diesem Moment gingen die Aufzugtüren auf, und Eulalie betrat den Raum. Sie trug ein hautenges kurzes Kleid, das komplett mit schwarzen Federn besetzt war. Ihre Chanel-Tasche hatte sie mit Käferbroschen verziert und ihr silbernes Haar zu einer Beehive-Frisur à la Amy Winehouse hochgesteckt. Sie sah fantastisch aus.

Havelski riss die Augen auf, und alle drehten sich um. Eulalie lächelte, nahm sich einen Cocktail vom Tablett eines vorbeigehenden Kellners und schwebte durch die Menge – die sich geteilt hatte wie das Rote Meer – nach vorn.

Sergei strahlte sie an. »Also, ich will mich kurzfassen. Es war … eine harte Nuss. Aber wir haben es geschafft. In diesem Raum gibt es eine Menge Leute, mit denen ich gern wieder zusammenarbeiten würde … bei anderen Projekten.« Er hob die Arme, und der Tisch wackelte. »Hoch die Gläser! Und lasst uns auf ein wohlwollenderes Publikum hoffen als das, das heute Abend hier ist.« Fast alle lachten (aber die Drinks hatten es ja auch in sich).

»Elektra James!« Eddie kam auf mich zugetorkelt. Er wurde (mit Mühe und Not) gestützt von Naomi, meiner wunderbaren Betreuerin bei den Dreharbeiten.

Ich schloss sie beide gleichzeitig in die Arme. »Iiih, du bist ja ganz nass, Eddie.«

»Die spielen die *Raw*-Titelmelodie«, sagte er. »Im Pool. Unter Wasser. Wie cool ist das denn?«

»Du warst da drin?« Er war ganz offensichtlich drin gewesen. »Du musst dich umziehen.«

»Oh ja, unbedingt.« Er zog sein Hemd hoch.

»Führ nicht wieder deine Bauchmuskeln vor, Eddie.« Naomi seufzte. »Wir besorgen dir ein anderes Hemd.«

»Nein, nein, nein, ich gehe noch mal schwimmen. Aber zuerst will ich einen Drink. Noch einen Drink. Hast du was zu trinken, Elektra?« Ich hielt meinen **VORZEITIGEN TOD** hoch. »Das ist gut. Alles ist gut. Diese Situation … ist wirklich … vorteilhaft.«

»Okay«, sagte Naomi lachend. »Besorgen wir dir etwas Wasser. Zum Trinken!« Sie schleppte Eddie zur Bar.

»Ruhe bitte!«, rief Amber und fuchtelte wild mit den Händen. Jemand richtete einen Scheinwerfer auf sie. »Darf ich kurz um eure Aufmerksamkeit bitten!«, rief sie über den Lärm hinweg. Das Stimmengewirr flaute ab. »Ich möchte mich gern bei allen bedanken, die mich unterstützt und dieses Projekt so besonders gemacht haben. Ich möchte mich bei meiner talentierten Tochter bedanken.« Redete sie von mir? »Ich hoffe, ich konnte dir etwas beibringen über … die Schauspielerei, Yoga … und Männer.« Sie warf meiner Mutter, neben der sie stand, ein verschwörerisches Lächeln zu – sie redete also tatsächlich von mir. Es war ein schöner Moment, bis Carlo und Moss loskicherten. »Und bei Carlo Winn natürlich. Was für ein charmanter junger Mann! Er hat eine große Zukunft vor sich. Gibt es sonst noch jemanden von der Besetzung, den ich hervorheben muss?« Sie sah sich um. Alle schauten sie an, dann Sam, dann wieder sie. Die Blicke gingen hin und her wie beim Wimbledon-Finale. Sam kippte seinen Drink runter. »Nein. Mir fällt keiner ein.« Sam leerte auch den Drink des Mannes, der neben ihm stand. »Und jetzt zur Crew …«

»Elektra!«, rief Moss zehn Minuten später und zog mich am Arm.

»Was? Was ist denn? Machst du Fortschritte mit Carlo?«

»Was? Nein! Also, ja.« Sie wurde rot. »Aber das wollte ich gar nicht sagen. Da bist *du!*«

»Ich weiß, ich weiß, ich bin da«, entgegnete ich. Hatte sie sich etwa am Alkohol vergriffen? Carlo kam rüber und legte den Arm um ihre Schultern, was inzwischen schon etwas lässiger aussah.

»Auf dem Bildschirm!«

Was? Ich sah mich um. Auf dem Bildschirm direkt vor mir kletterte Sam/Raw einen Felsen hoch. Der Bildschirm rechts von mir zeigte Sam/Raw und Amber/Winona im Nahkampf.

»Auf dem da!« Moss zeigte nach links.

Oh Gott! Sie hatte recht.

Da war ich.

In einem Sack.

Ein Drei-Sekunden-Clip, der in einer Endlosschleife wiederholt wurde: »ISS die Maden, Straker. ISS sie einfach!«

Das war zu viel für mich. Ich schloss die Augen.

Als ich sie wieder öffnete, lief der Clip immer noch, aber Moss und Carlo knutschten inzwischen leidenschaftlich – und gaben eine hübsche romantische Silhouette vor meinem riesigen madenfutternden Mund auf dem Bildschirm ab.

Ich verdrückte mich mit einem vergnügten Lächeln an die Bar.

TheBizz.com

News mit Biss aus dem Showbiz …

22. Februar

Moment mal, ist das etwa unsere Fruchtblase, die da gerade platzt? Wir sind nämlich hochschwanger und randvoll …

… mit TRATSCH.

Den wir natürlich zur Welt bringen wollen. Haben wir es mit dieser Metapher zu weit getrieben?

Gestern Abend stieg die *Raw*-Drehschlussparty, und wir von *The Bizz* haben uns unauffällig, aber verbotenerweise reingemogelt (Becky hat sich geopfert und den Türsteher bezirzt). Wir sind bis an die Grenzen des investigativen Journalismus gegangen, und, Mannomann, wir haben eine Menge erfahren!

An einiges davon konnten wir uns heute Morgen sogar erinnern.

Hier also kurz und bündig eine Liste der Dinge, die wir mitbekommen haben (leider konnten nicht mal *wir* Fotos kriegen):

Absolute Funkstille bei Samber. Sam kippte einen Whisky nach dem anderen an der Bar, wir haben sie kein einziges Mal miteinander reden sehen, und Sam war der Einzige, dem Amber in ihrer Rede nicht gedankt hat.

Sergei Havelskis geheimnisvolle Frau im Fringe-Look hat's voll drauf! Sie kam zwei Stunden zu spät, klaute den Leuten ihre Drinks, tanzte auf dem Tisch und küsste den Regisseur. Und sie ist irgendwie … alt. RESPEKT!

Carlo Winn sprang in den Pool, um einem unbekannten hübschen Mädchen, das hineingefallen war, das Leben zu retten. Ist doch egal, dass sie einfach an den Rand geschwommen ist und er dann von Rettungsschwimmern aus dem Wasser gefischt werden musste. Der Gedanke zählt! Wir wissen nicht, ob er sie wirklich retten oder nur einen »Mr Darcy in nassem Hemd«-Moment erleben wollte. Aber wie dem auch sei, wir können uns wirklich nicht beschweren. Als wir im Büro auch nur über den Zwischenfall geredet haben, mussten wir schon die Klimaanlage höherstellen.

Und wie lässt sich das mit dem Gerücht vereinbaren, dass Elektra James, das andere junge Schauspieltalent mit einer ordentlichen Rolle (völlig unbekannt, aber im Begriff, jede Menge Insta-Follower zu gewinnen), in ihren Filmpartner verschossen ist? Sie hat nicht in ihren Mocktail geweint, aber sie wurde auch nicht mit jemand anderem gesehen. Warten wir es ab ...

Von: Fiona Hull, Personality PR

Datum: 24. Februar 09:15

An: Elektra James, Carlo Winn

Cc: Edward Dell, Panda; Peter, Panda; Stella Haden, Agentur Haden

Betreff: Release-Promo!

Anhänge: Pressetermine (CW & EOJ; Beispielinterviewfragen etc.)

Liebe Elektra, lieber Carlo,

der Kinostart steht vor der Tür! *Wie aufregend!!!* Sergei hat uns in einem kurzen Gespräch gebeten, dafür zu sorgen, dass ihr nicht mit zu vielen Terminen überfrachtet werdet und jede Menge Unterstützung bekommt. Die sollt ihr natürlich haben! Wir stehen euch bei jedem Schritt zur Seite!

Elektra, wir haben deine Social Media im Griff – die Zahlen sehen fantastisch aus! Wir haben uns für dich um den BLAUEN HAKEN beworben!!! Carlo, du machst das großartig, du bist ein Naturtalent (!!!), aber melde dich, wenn du Hilfe brauchst. Es liegen mehrere Interviewanfragen von Journalisten für euch beide vor (da können wir nicht einspringen, hahaha), und – was das Beste ist – wir konnten die TV-Sendeplätze bekommen, die wir haben wollten (Yay!!!), siehe Anhang.

Ich hänge auch eine kleine Liste mit nützlichen Tipps und Beispielfragen an. Wenn euch irgendetwas unklar ist, meldet euch einfach! Wir schleusen euch da *unbeschadet* durch.

Wir melden uns bald wieder mit Infos zu den Vorbereitungen für die PREMIERE – *wie aufregend!!!*

Was für ein Leben!

Fiona x

**** PPR * ON FIRE in Soho seit 2010***
★Aktuell Promoter von *RAW: der Film* von Panda Productions, Regie Sergei Havelski, mit Sam Gross und Amber Leigh BALD IM KINO! ★
Folgt uns auf Twitter: @Personality, Facebook: PersonalityPR, Insta: @PersonalityonFire

gen Folgen einer Fernsehserie mitgespielt, aber über eine Filmpremiere hatte er sich noch nie Gedanken machen müssen. Davor hatte wohl jeder Bammel!

»Wird es nicht, wenn *The Bizz* recht behält«, sagte ich. »Letzte Woche haben sie drei grenzwertige Hinter-den-Kulissen-Fotos von dir mit nacktem Oberkörper gepostet –«

»Die muss ich sehen!«, fiel Moss mir ohne jede Würde ins Wort.

»Und«, fuhr ich fort, ohne sie zu beachten, »das Zitat von ›einer Quelle‹, dass die ganze Geschichte von Anfang bis Ende ein Albtraum war und alle gehofft haben, die Wolfswesen würden das gesamte Material auffressen.«

»Das geht doch gar nicht!«, sagte Carlo. »Das sind doch nur Greenscreen-Wolfswesen.« Ach was, echt? Er machte einen Riesenwirbel um Plog, der die Tür aufgestoßen und zu uns reingekommen war. »Der Hund ist ja viel größer und gepunkteter, als ich ihn in Erinnerung habe!« Ja, so was soll vorkommen.

»Wann hat *The Bizz* denn schon mal recht behalten?«, meinte Archie.

»Die sind als Erste auf Samber gekommen«, rief ich ihm in Erinnerung. »Unglaublich, dass die zwei immer noch zusammen sind.«

»Das Trauma der *Raw*-Dreharbeiten hat sie zusammengebracht«, sagte Carlo.

»Aber wird das Trauma des Kinostarts sie auch zusammenhalten?« Havelski hatte Eulalie erzählt (und sie wiederum mir), dass sich die beiden nach der *Raw*-Party versöhnt hatten. Selbst die Klatschpresse hatte Mühe, immer auf dem neusten Stand zu bleiben. »Also, was steht denn nun in der E-Mail?«

»Leider nichts zur Premiere. Sie hat nur eine Anleitung zum Umgang mit der Presse geschickt«, sagte Carlo.

»Ha, klingt wie Anleitung zum Umgang mit Anakondas oder so«, meinte Moss. »Wenn aus meiner Karriere als Kostümdesignerin doch nichts wird, werde ich vielleicht Journalistin. Mir gefällt es irgendwie, dass alle vor der Presse bibbern.«

»Mich kannst du jederzeit interviewen«, sagte Carlo. Tragisch.

»Dann sind die Infos wohl nicht für mich bestimmt«, sagte ich. »Sie werden nicht das Risiko eingehen, dass ich etwas sage, das mit meinem wirklichen Leben zu tun hat.«

»Hast du dein Interview in *Teen Tantrum* gesehen?«, fragte Moss. Ich schüttelte den Kopf. »Also, es war kein richtiges Interview – da könnten sie sich vermutlich nicht für dich ausgeben.« (Oder vielleicht doch?) »Es war nur so ein ›Zehn Dinge, die Sie nicht über X wussten‹-Ding. Ich habe so viel über dich erfahren, Elektra. Ich wusste wirklich nicht, dass du einen ›sportlich-eleganten Signature-Look‹ hast und ›das Trauma der Jugend und den Stress, gut auszusehen‹ mithilfe des Fünf-Schritte-Programms überwinden konntest.«

»Faszinierend«, sagte Carlo.

»Wie war das Foto?«, fragte ich.

»Fantastisch. Nur so getunt, dass du in Wirklichkeit umkippen würdest.«

»Zu dünne Beine oder zu große Brüste – was ist es diesmal?«, fragte ich.

»Beides, und auch ein ziemlich großer Kopf, aber irgendwie hat es hingehauen.«

»Jetzt wird es allmählich unheimlich.« Archie hatte gut reden! Er war ja auch noch nie gebeten worden, für ein Teenie-Magazin über seine Teint-Probleme zu schreiben.

»Mir gefällt das auch nicht«, gestand ich. »Also, ich bin dankbar dafür, dass sie das alles für mich machen, aber ein bisschen merkwürdig ist es schon. Ich werde in der Schule ständig auf Sachen angesprochen, die ich gepostet habe, und dann weiß ich nicht, was ich sagen soll.«

»Erklärst du es den Leuten?«

Ich schüttelte den Kopf. »Es ist ziemlich schwer, es jemandem zu erklären, der nicht in der Branche ist.« Moss verdrehte die Augen. »Da ist es leichter, mit niemandem zu reden.« Alle lachten, aber so witzig war das eigentlich nicht. Es war leichter, nicht darüber nachzudenken – was wiederum leichter wäre, wenn ich aufhören würde, mir ständig den ganzen Zauber anzusehen. Und genau das war mein Plan.

Ich wollte eine kleine Social-Media-Pause einlegen.

Eine Pause von mir.

Carlo war immer noch mit der E-Mail von PPR beschäftigt. »Das ist für uns beide«, sagte er. »Aber hauptsächlich für mich. Hier steht, Elektra, dass du nicht mit Presseterminen überfrachtet wirst, weil sie mir ›eine höhere Priorität einräumen‹.«

»Das ist sexistisch!«, riefen Moss und ich im Chor (ungeachtet der Tatsache, dass Carlo die größere Rolle hatte).

»*Willst* du etwa mit Presseterminen überfrachtet werden?«

So gesehen … Die Schulleitung ging nicht gerade großzügig mit Befreiungen vom Unterricht um. Wenn ich am Tag des Kinostarts freihaben wollte, musste meine Mutter wahrscheinlich versprechen, dass die Schule Sam Gross' erstgeborenes Kind versteigern durfte, um den neuen Musikraum zu finanzieren. »Aber guck mal, fürs Fernsehen müssen wir beide was machen.« Carlo gab mir sein Telefon, und ich überflog den langen Anhang, bis ich an die Stelle kam, die er meinte.

Mittagsmagazin	…	ITV	Amber Leigh, Sam Gross, Carlo Winn, Elektra James	***Erwünscht:*** * lustige Set-Anekdoten * humorvolles (Familien-)Geplänkel * zeigen, wie gut ihr euch versteht * Begeisterung!	***Nicht erwünscht:*** * lustige Set-Anekdoten, die ein schlechtes Licht auf die Produktionsqualität werfen * Pessimismus!
Je später der Abend	…	BBC	Carlo Winn, Elektra James	***Erwünscht:*** * flirten! * witziges Geplänkel	***Nicht erwünscht:*** * Thema Schule (interessiert niemanden)
Frauenbrunch	…	…	Carlo Winn, Elektra James	***Erwünscht:*** * Thema Mutter-Tochter-Bindung * Thema Mentoring * Thema weibliche Vorbilder in Hollywood * Thema Kleidung teilen!	***Nicht erwünscht:*** * mit Gleichstellungspolitik und Lohnungleichheit langweilen!

»Mit wem soll ich denn bitte bei *Je später der Abend* flirten?«, fragte Carlo.

»Mit wem auch immer du flirten musst?«, meinte Archie.

Moss verdrehte die Augen. »Das Leben ist hart.«

Carlo hatte sein Telefon wieder an sich genommen und fing an, Auszüge aus der Mail vorzulesen. »*Hilfreiche Tipps. Erstens: Wenn du mit einem Filmpartner zusammen interviewt wirst, streite nicht mit ihm, übergeh ihn nicht und* – speziell für dich, Elektra – *rede nicht über* –«

»Das steht da nicht!«, rief ich und öffnete den Anhang auf meinem Telefon. Oh, es stand doch da. Die Hinweise waren tatsächlich auf jeden von uns persönlich zugeschnitten. »*Denkt immer daran, dass ihr professionelle Schauspieler seid*«, las ich. »*Wenn ihr spielen könnt, dass ihr Maden esst, Klippenwände erklimmt und gegen gruselige Wolfswesen kämpft, dann könnt ihr mit euren Fähigkeiten auch ein zehnminütiges Interview bewältigen (!!!)*« Was die Frage aufwarf, ob es uns wirklich gelungen war, das zu spielen, aber das würde die Welt schon sehr bald beurteilen können. »Okay, dann spielen wir also einfach erfahrene Interviewpartner. Verstanden.«

»Aber zwei Zeilen weiter steht, dass wir ›authentisch‹ sein sollen«, sagte Carlo.

»Nein, da steht, dass wir ›authentisch wirken‹ sollen«, korrigierte ich ihn. Eines hatte ich von Fionaaa gelernt: dass es einen Unterschied zwischen Schein und Sein gab.

»Sei einfach du selbst«, sagte Archie. Das würde PPR wohl eher nicht gefallen, schätzte ich, aber ich wusste sowieso nicht mehr so genau, wer »ich selbst« eigentlich war.

»Aber nicht zu sehr!«, warnte Moss mit besorgter Miene. »Ich meine, erzähl nicht, wie du in der Siebten –«

»Stopp!«, rief ich. Im selben Moment fragten Archie und Carlo: »Was?«

»Ich glaube wirklich nicht, dass mich einer *danach* fragt«, sagte ich.

»Vielleicht fällt es unter ›kurze authentische Anekdoten wie Gold-Nuggets anbieten‹«, sagte Carlo. »Und jetzt denken wir alle an Hähnchen, oder?« Japp. »Danach kommt noch eine Liste mit Beispielfragen.«

»Gib mal her«, sagte Archie. »Ich mache jetzt mal ein Testinterview mit euch.«

»Müssten wir nicht einen Pressesprecher zur Seite gestellt bekommen, der auf uns aufpasst? Und das Reden für uns übernimmt?«

»Das bin ich«, sagte Moss. »Ich bin deine Pressesprecherin. Und als Erstes sage ich, dass keine Fragen zu der Sache in der Siebten gestellt werden dürfen, als du –«

Ich brachte sie mit dem freundlichen Angebot zum Schweigen, noch ganz andere Geschichten aus der Siebten zu erzählen.

»Elektra James«, sagte Archie einen Moment später. »Darf ich vielleicht damit anfangen, dir zu sagen, was für eine Freude es ist, mit dir sprechen zu können?«

»Nein, darfst du nicht, mach hin!«, entgegnete ich. »Ich bin ein viel beschäftigter Filmstar, der noch zwanzig andere Interviews vor sich hat. Du hast fünf Minuten, bis ich dich rausschmeiße, um mit der *Times* zu reden.«

Er ignorierte mich einfach. An meiner Diva-Ausstrahlung musste ich noch arbeiten. »Was hat dich an diesem Projekt gereizt?«

Mich hätte jedes Projekt gereizt. Logo. »Äh … es war mein erstes Angebot. Abgesehen von einem Nüsse-Werbespot, in dem ich dem zweitwichtigsten Eichhörnchen meine Stimme geliehen habe.« Japp, ich hatte wirklich noch eine Menge Arbeit vor mir.

»Versuch's noch mal«, sagte Archie und sah mich streng über den Rand seiner Brille hinweg an.

»Ich war von der Vorstellung begeistert, mit Sergei Havelski zu arbeiten?«, sagte ich unsicher.

»Weil du bereits ein Fan seiner Filme warst?«

»Nein, ich hatte noch nie einen Film von ihm gesehen.«

»Hier gibt es ein Problem, Elektra. Ehrlichkeit. Da musst du dich bremsen.«

»Aber ich dachte, wir sollen authentisch klingen.«

»Aber nicht blöd!«, sagte Moss/meine Pressesprecherin netterweise.

»Unsere Leser würden bestimmt gern wissen, wie du dich auf die Rolle vorbereitet hast.«

Ich seufzte. »Ich habe sehr hart mit einem Personal Trainer gearbeitet, um mir alle für die Rolle nötigen körperlichen Fähigkeiten anzueignen.«

»Frag sie, welche körperlichen Fähigkeiten das sind«, meinte Carlo. »Und zu dem Interview kommt dann ein kleiner Videoclip, der zeigt, wie sie läuft.« Sehr witzig.

»Wie war es, mit Sam Gross und Amber Leigh zu arbeiten?«

»Es war … interessant.«

»Du musst eine Menge aus der Arbeit mit diesen großen Stars gelernt haben.«

»Ja«, sagte ich.

»Hier steht«, schaltete sich Carlo ein, »dass wir einsilbige Antworten vermeiden sollen, außer wenn wir es mit feindseligen Fragen zu tun haben. Du bist doch nicht feindselig gegenüber Elektra, oder, Archie?«

»Niemals!«, entgegnete er. »Genau, erzähl uns doch ein bisschen mehr. Was hast du von Amber Leigh gelernt?«

»Wie man mit jemandem Schluss macht, der angeblich fremdgeht, ohne zu überprüfen, ob es überhaupt stimmt?«, schlug Moss vor. (Sie war der einzige Mensch auf der Welt, dem ich so einen Spruch durchgehen ließ.)

»Sie hat mir die Kamelstellung beigebracht.«

»Würdest du uns die vielleicht mal vormachen?«

»Nicht witzig.« Oder vielleicht doch?

»Jetzt kommt eine gute Frage«, sagte Archie. »Sag mal, Elektra, wie war es, mit deinem jungen Filmpartner Carlo Winn zu arbeiten?«

»Es war die Hölle«, sagte ich nur. »Die absolute Hölle.«

»Und wann hast du gemerkt, dass es ein Scheißfilm wird?« Die Frage kam von Carlo, nicht von Archie.

»Das ist *nicht* witzig!«

»Aber was machst du – was machen wir –, wenn uns das wirklich jemand fragt? Ich meine, nicht wortwörtlich natürlich, aber wenn jemand die Gerüchte anspricht oder so was?« Carlo sah so besorgt aus, wie ich mich fühlte, wodurch es mir komischerweise ein bisschen besser ging.

»Dann sagt ihr einfach: ›Dieser Film wird ein Klassiker‹«, meinte Moss. Sie hätte echt eine gute Pressesprecherin abgegeben.

TheBizz.com

News mit Biss aus dem Showbiz …

6. März

Hat sich Georgie Dunn vielleicht zu gut amüsiert? Ist sie zehnmal zu oft mit Verspätung am Set erschienen? War sie zu abgelenkt von Rapper Wrong, um ihren Text zu lernen? Gerüchten zufolge laufen am *Fortuneswell*-Set bereits Wetten darauf, wie lange es noch dauert, bis Regisseurin Amrita Sharma ihre Rolle streicht. Wie brutal wird ihr Ende sein?

Tod durch Kutschenunfall?

Üble Komplikationen bei der Entbindung (schwierige Wendung in der Handlung)?

Suff? Immer gut für die Einschaltquoten.

Oder (und das ist unser persönlicher Favorit und wurde von niemandem sonst vorgeschlagen): Hinrichtung durch Napoleon persönlich - vielleicht wegen Spionage, vielleicht aber auch nur, weil er »*les Rosbeefs*« gehasst hat. LOL.

Vergießt Georgie also bittere Tränen in ihren Gin Sour?

Viiielleicht, aber als wir sie beim Lunch mit dem (heißen, jungen) Produzenten von *Celebrity Island* gesehen haben, machte sie einen recht fröhlichen Eindruck …

Von: Stella, Agentur Haden

Datum: 7. März 09:58

An: Elektra James

Cc: Charlie, Agentur Haden; Julia James

Betreff: Zusatztag *Fortuneswell?*

Hallo Elektra,

ich weiß, du hast mit der Promo für *Raw* (keine drei Wochen mehr!) und der Schule viel um die Ohren, aber hättest du vielleicht Lust, am Mittwoch, **16. März,** eine zusätzliche Szene zu drehen? Es ist ja schon eine Weile her, seit wir dir zuletzt einen schulfreien Tag beschafft haben! Den Leuten von Aphrodite Productions ist klar, dass es sehr kurzfristig ist, aber für Clemency hat sich noch eine weitere London-Szene »ergeben«. Es war alles ein bisschen vage. Vage, aber gut.

Es ist *ein* Tag mit einer beachtlichen Menge Text. Drehbuchauszug im Anhang. Hast du Zeit, das alles auswendig zu lernen? Gib mir schnellstmöglich Bescheid!

Stella x

Von: Jonathan Tibble, stellv. Direktor, Berkeley Academy

Datum: 7. März 15:16

An: Julia James

Cc: Mrs Haroun, Direktorin, Mrs Green (Leiterin Jahrgangsstufe 11)

Betreff: Befreiung vom Schulunterricht für Elektra James

Anhang: Merkblatt.doc

Liebe Mrs James,

bezugnehmend auf unsere Telefonate (und nach Rücksprache mit Mrs Haroun und Elektras Jahrgangsstufenleiterin Mrs Green) bestätige ich hiermit, dass ich Elektra zu den auf dem anhängenden Merkblatt angegebenen Terminen (nur für die genannten Uhrzeiten) vom Unterricht befreie, damit sie Aufgaben im Zuge der Werbekampagne für den Kinostart des Films *Raw,* in dem sie mitspielt, wahrnehmen kann. Ich befreie sie außerdem, wenn auch widerstrebend, für einen Tag vom Unterricht wegen der Dreharbeiten für das Projekt, an dem sie in den Weihnachtsferien gearbeitet hat (*Fortuneswell*).

Wir unterstützen Elektra zwar gern – und wir verstehen Ihr Argument, dass die Schauspielerei zum gegenwärtigen Zeitpunkt mehr als eine außerschulische Aktivität ist und vielleicht sogar Elektras Beruf wird –, aber am Ende des Schuljahrs stehen wichtige Klausuren an, und wenn sie dieses Jahr erwartungsgemäß abschließen soll, ist eine regelmäßige Teilnahme am Unterricht zwingend. Dass sie alles Versäumte nachholen wird, höre ich gern.

Wir freuen uns sehr, dass die Belegschaft der Schule und zehn Glückspilze aus der Oberstufe Freikarten für die Premiere von *Raw* bekommen werden!

Ebenso begeistert sind wir davon, ein von den Schauspielern signiertes Filmplakat bei unserer Versteigerung zur Finanzierung der nächsten Netball-Austauschreise der Schule anbieten zu können.

Jonathan Tibble

Berkeley Academy: erfolgreiche Mädchenschule seit 1964

KAPITEL 20

»Ich rede nicht gern über mich. Ich mag keine Aufmerksamkeit. Was in diesem Beruf ungewöhnlich ist.«

Riley Keough

»Hallo!« Phil Nelson stand auf und gab mir die Hand. »Du musst Elektra sein.« War ja nicht schwer zu erraten: Ich war als Letzte der *Raw*-Schauspieler ins Studio gekommen, und jede Verwechslung war ausgeschlossen.

»Freut mich«, sagte Ivy Epson, ohne von ihrem Telefon aufzusehen.

»Wo soll ich mich hinsetzen?« Amber probierte verschiedene Positionen auf dem Sofa aus, wobei sie vorsichtig von zwei Assistenten hochgehoben und abgesetzt wurde, damit ihr Kleid möglichst wenig Knitterfalten bekam. Fairerweise muss man sagen, dass es von Dior war. Ich war angezogen, als wollte ich zu einem Vorstellungsgespräch für eine Stelle als Buchhalterin. Das lag an meiner Mutter, aber ich war auch selbst schuld, weil ich mich nicht energischer gewehrt hatte. Der Fernsehauftritt wäre mir viel leichter gefallen, wenn ich als parkettsichere Clemency in meinem Regency-Kleid oder auch als Actionheldin Straker in meinem Sack-Kostüm hätte erscheinen können.

»Wenn du dich einfach da am Ende neben Carlo setzen könntest«, wies mich jemand mit Knopf im Ohr an. »Das wäre perfekt!«

Ich quetschte mich neben Carlo und stieß ihn an, damit er etwas zur Seite rutschte. Alle rückten ein Stückchen auf, bis Amber in Stress geriet, weil sie Platz für ihren bauschigen Rock brauchte. Also rutschten alle wieder zurück. Großartig. Ich saß mit einer Pobacke auf dem berühmtesten Sofa des Landes. Die Saalbeleuchtung war noch an, und wir konnten das »Studiopublikum« gut sehen. Zu gut. Es war nur ein kleiner Haufen Leute, hauptsächlich Produktionsmitarbeiter, heute jedoch erweitert um Moss und Archie. (Er hatte recht gehabt, was seinen Drehplan betraf; er war wieder in London.) Niemand sonst war mit Verstärkung gekommen. Niemand sonst war so dumm gewesen, die freundliche Einladung ernst zu nehmen. Ich hatte gedacht, ich würde nicht so nervös sein, wenn die zwei dabei waren. Falsch gedacht.

»Wir gehen in drei Minuten auf Sendung!« Der Sendeleiter eilte mit einer Klappe in der Hand an uns vorbei.

»Es wäre ganz fantastisch, wenn du dich heute mal an den Teleprompter halten könntest, Ivy.« Phil machte es sich auf dem Moderatorensofa bequem. Auf diesem Sofa war so viel Platz!

»Da hat wohl jemand Angst vor ein bisschen Spontanität, was?«, fauchte sie. Ich sah Carlo an. Er hatte jetzt schon

Mühe, sich das Lachen zu verkneifen. Und sein Lachen war sehr ansteckend – ein großes Problem, wenn man neben ihm saß und auf keinen Fall lachen durfte.

»Nein, es erschwert einfach allen anderen die Arbeit.« Phil wies auf uns. Ich hatte nicht die geringste Lust, der menschliche Schutzschild bei ihren Kabbeleien zu sein, was auch immer sie miteinander auszutragen hatten.

»Manchmal muss man egoistisch sein, um vorwärtszukommen.« Ivy grinste und widmete sich wieder ihrem Telefon.

Phil schnaubte. »Und? Hast du damit Erfolg?«

»Und wie«, sagte sie, ohne aufzusehen. »Ich habe mich gerade um deinen Posten beim Frühstücksfernsehen beworben.«

»Alle auf Position, bitte!«, rief der Sendeleiter.

»Wie bitte?«

»Kamera ab!«

»Ich habe mich um deinen Posten beworben«, sagte Ivy und ließ ihr Telefon zwischen den Kissen verschwinden. »Um dich abzulösen.«

»Was zum –«

»UND WIR SIND AUF SENDUNG!« Das rote »Aufnahme!«-Schild leuchtete auf, und gleichzeitig wurde das Licht gedimmt – überall, nur nicht auf der Bühne. Wir waren buchstäblich im Rampenlicht. Mir brach augenblicklich der Schweiß aus.

»Guten Abend, ich bin Phil Nelson.«

»Und ich bin Ivy Epson.« Sie lächelten sich freundlich zu. Dabei waren *wir* hier die Schauspieler.

»Heute haben wir im Mittagsmagazin wirklich ein strammes Programm. Nicht wahr, Ivy?«

»Oh ja, Phil!« Liebevoller Klaps auf den Arm. »Bist du bereit?«

»Und wie ich bereit bin!«

»Ich auch.«

»Gut.« Angespanntes Lächeln.

»Gut.« Verrutschtes Lächeln.

Der Sendeleiter ruderte hektisch mit den Armen, um die beiden anzutreiben.

»Also, unser Programm.« Ivy riss sich zusammen. »Wir lernen heute den Mann kennen, der in Devon Eiscreme-Skulpturen nach James-Bond-Motiven macht. Und die Frau, die sich das Ziel gesetzt hat, Jugendliche darüber aufzuklären, welche Risiken mit dem Verzehr von zu viel Hummus einhergehen.« Ein Raunen ging durch das Publikum, aber Hummus löst einfach immer heftige Reaktionen aus. »Außerdem eine Familie im Norden von Wales, die sich dafür entschieden hat, wie Schweine zu leben.«

»Letzteres interessiert mich besonders, Ivy.«

»Das überrascht mich nicht, Phil!« Sie lachte sarkastisch. »Aber zuerst haben wir hier die Stars von *Raw!* Bitte heißen Sie unsere Studiogäste herzlich beim Mittagsmagazin willkommen!«

Ich entdeckte jemanden am Bühnenrand, der ein Schild mit der Aufschrift »APPLAUS!« hochhielt.

»Sam Gross und Amber Leigh müssen wir natürlich nicht vorstellen, sie sind uns allen schon *seit Jahrzehnten* ein Begriff.« Amber funkelte Ivy wütend an. »Was für ein fantastisches Kleid, Amber!« Schadensbegrenzung. »Aber wir haben auch zwei Newcomer auf dem Sofa – Carlo Winn und Elektra James!« Es gab einen sonderbaren kleinen Beifallssturm aus der Ecke, wo meine »Entourage« saß.

»Als kleinen Vorgeschmack auf den Film zeigen wir Ihnen zunächst den Trailer.« Wir hatten ihn inzwischen so oft gesehen, dass uns selbst die abgetrennten Arme und Beine nicht mehr schocken konnten. »Wow! Wahnsinn!«, sagte Ivy, die sich die Ohren zugehalten hatte. »Aber äh … worum geht es eigentlich in dem Film? Sam?«

»Nun, ich spiele …« Und schon legte er los. Eine professionelle Kurzbeschreibung unserer Rollen in weniger als zwei Minuten.

»Aber worum geht es?«, hakte Phil nach.

Sam zuckte *fast* unmerklich mit den Schultern. »Gute Kunst stellt Fragen, wissen Sie?« Nein, das wusste niemand. »Sie liefert nicht immer Antworten.« Ein geschickter Schachzug. Phil beugte sich vor; er wollte mehr. Sam trank einen Schluck aus seinem Glas und stellte enttäuscht fest, dass es nur Wasser war. »Äh … die Kreateure dieses Films präsentieren ihre … *Kreation?*« Sehr inspiriert.

»Mmm, ja.« Amber nickte weise. »Sam hat recht. Wir möchten, dass die Zuschauer sich selbst ein Bild machen, und dann wächst die Geschichte und wird durch Millionen von Fantasien in die unterschiedlichsten Richtungen geführt.«

»Aber worum *geht* es?«, fragte Phil noch mal. Ich hatte in der letzten Nacht einen Traum gehabt, in dem mich zweihundert Sylvanians in Kampfanzügen das Gleiche gefragt hatten – immer und immer wieder. Vielleicht war es so was wie eine Vorahnung gewesen.

»Nun …« Amber schaute »gen Himmel« und hatte endlich eine Eingebung. »Ich denke, dass es eigentlich, also im Kern, um die menschliche Seele geht. Um ihre Stärken. Verstehen Sie? Wenn es wirklich hart auf hart kommt. Es geht um Liebe und Vertrauen und Spiritualität.«

Sam verdrehte die Augen. »Auch nach der Apokalypse bestehen diese Dinge fort.« Sie legte die Hand auf ihr Herz. »In uns.«

Sam richtete sich auf. »Das kann man so sagen. Man könnte aber auch sagen, dass die Geschichte zeigt, wie schnell sich selbst eine kleine Gruppe von Menschen in verfeindete Lager aufspalten kann. Bereit, sich aus dem geringsten Anlass gegenseitig umzubringen.« Amber hatte ihn ziemlich zur Schnecke gemacht, weil er im Aufenthaltsraum geraucht hatte.

»Verfeindete Lager, die die *Liebe* wieder vereinen kann!«

»Liebe und verfeindete Lager – was für eine witzige Mischung«, warf Ivy ein.

»Ach, wirklich?« Phil wandte sich ihr zu. »Findest du?«

Sie ordnete verlegen ihre Papiere, und Phil übernahm selbstgefällig wieder die Gesprächsführung. »Apropos Liebe. Dass Sie privat wieder zusammengekommen sind«, sagte er und sah Sam und Amber an, »ist wirklich schön.«

»Schön«, wiederholte Ivy.

»Möchten Sie uns vielleicht etwas dazu sagen?«

»Ich denke, damit hat sich die Klatschpresse schon ausreichend beschäftigt«, sagte Sam, aber er ergriff Ambers

Hand. Ich entspannte mich ein *winziges* bisschen. Samber würden den Großteil der Arbeit erledigen.

»Wir haben allerdings ...« Amber zögerte und sah Sam fragend an. Er nickte. »Wir haben allerdings etwas zu verkünden.«

Ivy klatschte entzückt in die Hände. »Das *Mittagsmagazin* ist der beste Ort, wenn man etwas zu verkünden hat! Was für eine herrliche Überraschung! Exklusiv in unserer Sendung!«

»Also ...«, begann Amber. Die Moderatoren beugten sich gespannt vor, Carlo und ich ebenfalls. Im Aufenthaltsraum war keine Rede von irgendeiner Verkündung gewesen. »Wir – Sam und ich ...« Sie sah ihn liebevoll an. »Wir finden, dass es Zeit wird, unsere kleine Familie zu vergrößern!« »Aaah!« und »Oooh!« ertönte es aus dem Zuschauerraum. »Wir bekommen ... einen Hund! Ja, ein kleines Geschwisterchen für unseren geliebten Kale!« Carlo, der sich bisher wacker geschlagen hatte, fing an zu kichern.

»Oh. Na, das ist ja nett.« Vom Moderatorensofa wehte der eisige Wind der Enttäuschung zu uns rüber. »Reizend.« Ivy nahm sich zusammen. »Was für einen Hund denn?«

»Oh, ich denke, es muss noch ein Zwergspitz sein.«

»WAS?« Sam fuhr so ruckartig auf, dass wir fast alle vom Sofa gefallen wären. »Ich will NICHT noch so einen ... Handtaschenhund. Ich will einen richtigen Hund.«

»Kale ist ein richtiger Hund.« Meiner Meinung nach hatte Kale mehr Ähnlichkeit mit einer bissigen Ratte als mit einem Hund, aber ich wollte mich nicht einmischen. Es wunderte mich, dass er nicht mit seiner Mami ins Studio gekommen war.

»Ich will eine Dogge oder einen Ridgeback oder allermindestens einen Schäferhund!« Sam verlor die Fassung.

»Das sind keine Hunde. Das sind kleine Pferde!« Die beiden hielten nicht mehr Händchen. »Sie würden Kale wahrscheinlich *fressen!*«

»Hoffentlich«, gab Sam zurück.

»Hahahaha.« Phil lachte nervös. »Wir wollen unbedingt erfahren, für welche Rasse Sie sich entscheiden. *Später. Nach der Show.*« Hätte Phil die Dinge laufen lassen, hätte er vielleicht eine Livetrennung exklusiv in seiner Sendung gehabt. »Aber jetzt möchten wir etwas über Sie erfahren, Carlo und Elektra. Könnten Sie sich vielleicht jeder mit drei Wörtern beschreiben?«

Eine unmögliche Frage! Ich ließ Carlo den Vortritt. Er konnte ruhig alle Aufmerksamkeit auf sich ziehen. Damit hatte ich kein Problem.

»Entspannt, dynamisch und …« Selbst er hatte Mühe.

»Heiß?«, schlug Ivy vor.

Carlo grinste sie an. »Wenn Sie das sagen.« Lacher im Publikum (wahrscheinlich nicht von Moss). Carlo wandte sich mir zu. »Was sind deine drei Wörter, E?«

»Äh … nervös?« Meine Stimme klang viel zu piepsig. Ich zwang mich, tiefer zu sprechen. »Ich meine, aufgeregt.« (Zu tief, jetzt brummelte ich schlimmer als Sam). »Nein, ich meine, aufgeregt *und* nervös.« Zählte das als drei Wörter?

»Natürlich! Sie sind sicher sehr gespannt darauf, sich auf der Kinoleinwand zu sehen!«, sagte Phil. Ich dachte, ich sterbe.

»Ich freue mich unheimlich auf die Premiere«, warf Carlo schnell ein, um mich zu retten.

Ivy richtete sich auf. »Gibt es dafür auch schon einen konkreten Termin?«

»Wieso?« Carlo grinste. »Wollen Sie mich begleiten?«

Sam lachte. Amber trat ihm unauffällig mit ihrem Stöckelabsatz auf die Zehen.

Ivy zog eine Augenbraue hoch und warf Carlo einen tödlichen Blick zu. »Ich wollte vielmehr unsere Zuschauer informieren.«

Carlo wurde rot – womöglich zum ersten Mal in seinem Leben.

»Aaalso«, schaltete sich Phil mutig ein. »Ich nehme mal an, Sam, Sie erscheinen mit Amber als Begleitung?«

»Nur wenn Ivy nicht kann.« Sam prustete vor Lachen. Amber trat erneut zu und zerquetschte ihm wahrscheinlich noch einen Zeh.

»Elektra, Sie freuen sich doch bestimmt auch auf die Premiere? Obwohl Sie sagen, dass Sie nervös sind, was wirklich süüüß ist.« Phil hielt inne, während ein lautes »Ooooh« durch den Zuschauerraum ging. »Aber nach Ihrem Instagram-Kanal zu urteilen, ist so ein glamouröses Event genau Ihr Ding.«

»Äh ... ja.« Ich versuchte, weniger buchhalterinnenhaft rüberzukommen und glamouröser zu wirken. Körpersprache – wie saßen eigentlich glamouröse Leute? Ich verpasste Carlo einen Schubs, aber er wich höchstens zwei Millimeter zur Seite.

»Es muss sehr aufregend sein, in Ihrem Alter schon so eine große Rolle in der virtuellen Kommunikation zu spielen?« Das war in meinen Augen keine Frage, sondern eine

Vermutung, und ich ließ sie einfach im Raum stehen. »Und Sie wollen Ihre Jugend im Kampf für gesellschaftlichen Wandel einsetzen?« Das war eindeutig eine Frage. Aber was sollte ich antworten? Ich nickte und lächelte verlegen. Warum hatte er Carlo diese Frage nicht gestellt? »Sie wollen also ein Social-Media-Warrior werden oder so?«

»Oder so«, gab ich unsicher zurück. Eigentlich wollte ich Schauspielerin werden.

»Aber nun wollen wir lieber darüber reden, dass Sie bei vielen glamourösen Events zu Gast sind!«, mischte sich Ivy ein.

»Ja«, sagte ich nur. Ich wäre am liebsten geflüchtet, doch es gab kein Entkommen.

»Und all das neben der Schule«, fuhr Ivy fort. »Es ist bestimmt sehr merkwürdig, morgens in Mathe zu brillieren und abends hippe Restaurants und Events zu besuchen?«

»Ja!« Ich konnte ihr nur zustimmen. Denn das wäre wirklich merkwürdig gewesen. Schon allein deshalb, weil ich noch nie in Mathe »brilliert« hatte.

»Und welche von den zahlreichen tollen Veranstaltungen, bei denen Sie waren, fanden Sie am spaßigsten?« Ivy beugte sich vor. Was? Diese Frage war in Fionas Beispielliste nicht vorgekommen.

»Oh …«, sagte ich gedehnt und lächelte krampfhaft, bis mir die Wangen wehtaten. »Da kann ich mich gar nicht entscheiden.« Eine glatte Lüge. Vor laufender Kamera. Mit Schauspielerei hatte das nichts zu tun.

»Aber wenn Sie müssten?«, drängte Ivy.

»Äh …« Ich hatte (natürlich) keine Ahnung, was ich sagen sollte. »Also, die eine …« Ich war ziemlich sicher, dass die

Scheinwerfer heller geworden waren. Auf jeden Fall wurde mir immer wärmer.

»Welche?«

»Ähm.« Der Druck war keine Hilfe. Ich bereute meine großartige Idee, eine Social-Media-Pause (von meinen Social Media) einzulegen. Ivy begann, Vorschläge zu machen, listete einige Veranstaltungen für mich auf und wies darauf hin, dass wir nicht viel Zeit hatten. Wir hatten viel zu viel Zeit! Ich war voll in Panik und konnte mit dem, was sie sagte, nichts anfangen. »Die … äh … die Sie gerade genannt haben?« Gott, bitte mach, dass es aufhört!

Ich spürte, wie Carlo neben mir erstarrte. Er wollte etwas sagen, aber Ivy ließ ihn nicht. »Die Spendengala für die Stiftung Space-Seed? Die fanden Sie … spaßig?«

»Ich meine …« Ich lief knallrot an. »Jetzt nicht wirklich spaßig.«

Carlo starrte auf den Boden. Amber und Sam starrten mich an. Phil und Ivy starrten mich an. Fast ganz England starrte mich an. »Wie Sie kürzlich gepostet haben, unterstützen Sie diese Stiftung. Möchten Sie uns ein bisschen darüber erzählen?« Nein. Nein, wollte ich nicht. »Space-Seed ist also eine Stiftung, die sich für …?« Ivy wartete darauf, dass ich den Satz vervollständigte.

Seeds? Es musste irgendwas mit Umwelt zu tun haben. Aber Samen im Weltraum? Das ergab doch keinen Sinn. Oder vielleicht doch?

Ivy wartete immer noch. Carlo zischte mir etwas zu.

»Rasenkinder«, wiederholte ich laut, ohne nachzudenken. »Die sich für Rasenkinder einsetzt!«

»*Straßen*kinder!«, rief Carlo dazwischen. »Sie meint *Straßen*kinder.«

»Ja, *Straßen*kinder, habe ich doch gesagt.« Ich wollte jetzt wirklich nach Hause.

Ivy sah mich mit zusammengekniffenen Augen an.

»Okay ... super, wunderbar«, sagte Phil, der wahrscheinlich nur helfen wollte. »Und wie viel ist an dem Abend an Spendengeldern zusammengekommen?«

»Äh.«

»Tja, der Wohltätigkeitsaspekt solcher Events kann schon mal in Vergessenheit geraten.« Ivy lächelte regelrecht höhnisch.

»Oh nein ... ich ...« Seit meiner mündlichen Prüfung in Französisch hatte ich nicht mehr so rumgestottert. Ich hörte ein leises Stöhnen. Vielleicht mein eigenes, vielleicht kam es aber auch von meiner »Entourage«. »Also, ich meine, ich musste leider weg, bevor ... es verkündet wurde.« War das glaubwürdig? Ich hatte keine Ahnung, wie diese Dinge funktionierten.

»Sie waren wohl nur wegen der Kanapees da, was?«, stichelte Ivy.

»Nein, nein, ich ... äh ... die habe ich auch verpasst.«

»Klingt, als wären Sie gar nicht da gewesen«, meinte Ivy.

»Vielleicht sollten wir einen Pudel nehmen?«, rief Amber dazwischen.

»Waren Sie da, Elektra?«

»Oder einen Labrador«, sagte Sam sehr laut. »Lassen Sie uns über Hunde sprechen.«

»Elektra? Die Gala?« Ivy kannte keine Gnade.

»Ich … äh …« Mein Mund war total trocken, und mein Hirn war vor Scham auf Tauchstation gegangen. Ich hatte keine Ausreden. Und was sollte das Ganze überhaupt? Die Einsicht kam etwas spät, aber das Einzige, womit ich aufwarten konnte, war die Wahrheit. »Nein, ich war nicht da.«

»Die vielen Organisationen kann man ja auch leicht durcheinanderbringen«, sagte Amber schnell. »Ich vergesse zum Beispiel immer wieder, ob ich für das Kinderhilfswerk oder die Tierhilfe gespendet habe. So was kommt halt vor.«

Aber Ivy ging nicht auf ihre Bemerkung ein und ließ auch sonst niemanden von meiner *Raw*-Familie zu Wort kommen. Sie brachte mich innerhalb von dreißig Sekunden dazu, mehrere weitere Nichtteilnahmen an Events und Dutzende gefakte Statements zu gestehen.

Eine öffentliche Blamage. Live im Fernsehen.

KAPITEL 21

»Mach die Schauspielerei nicht zum Wettstreit, denn das macht dich kaputt.«

Billie Piper

»Elektra!« Irgendwie war Archie plötzlich hinter mir, als ich aus dem Studio lief. Ich hängte ihn ab. Moss kam auch angerannt, mit großen sorgenvollen Augen. Aber ich blieb nicht stehen. Ich wollte mit niemandem reden. Schon gar nicht mit Leuten, die mir etwas Nettes sagen wollten. Denn niemand konnte etwas sagen, das mir meine Beschämung genommen hätte.

Hätte ich mich irgendwohin teleportieren können, an einen weit entfernten Ort, dann hätte ich es getan, aber so rannte ich durch den kurzen Flur in die Garderobe und schloss die Tür hinter mir ab. Ich hatte mein Telefon auf dem Tisch liegen lassen, und es vibrierte wie verrückt. Auf dem Lockscreen tauchten immer neue Benachrichtigungen auf. Jede Menge Tweets! Ich konnte gar nicht hinsehen. Hunderte davon, die auf mehr oder weniger originelle Weise das

Gleiche ausdrückten: *Du bist ein tragischer Fall/voll das Opfer/eine Lügnerin/entlarvt* … Wieso waren es so viele? Die meisten »meiner« Follower waren doch gar nicht echt. Und jetzt kamen – weil ich »im wirklichen Leben« (ich hasste diesen Ausdruck allmählich) nicht mit ihnen reden wollte – auch Nachrichten von Archie und Moss. Ich las sie nicht. Ich hatte zehn verpasste Anrufe von meiner Mutter. Leute klopften an die Tür und riefen meinen Namen. Manche Stimmen erkannte ich, manche nicht, und ich ignorierte sie alle.

Ich legte mich auf den Boden und streckte mich aus. Wie ein Seestern. Es fühlte sich irgendwie gut an, obwohl der Teppich pikste.

»Elektra?« Jetzt war Carlo an der Tür. Er klopfte mehrmals. »Sie reagiert immer noch nicht«, sagte er zu den anderen, die ich mir als kleine Gruppe wütender Bauern auf Hexenjagd vorstellte, die nach meinem Blut lechzten. Ich wollte nicht mit Carlo reden. Für ihn war das alles ein Kinderspiel. Die heißen, aber immer coolen Insta-Fotos. Die witzigen, aber nie anmaßenden Tweets. Die lässigen Auftritte bei Events, weil er morgens nicht früh aufstehen und sich mit chemischer Synthese und adverbialen Bestimmungen abmühen musste.

Ich starrte an die Decke und studierte die Konturen der merkwürdigen Plastikplatten, mit denen sie verkleidet war. Vielleicht würde ich für immer so liegen bleiben. Irgendwann würde mein Telefon den Geist aufgeben, und wenn ich die Tür nicht aufschloss, würde ich völlig isoliert vom Rest der Welt sein. Gut, die Früchtebowle würde schlecht werden, aber mir standen mehrere Schüsseln mit *Mittags-*

magazin-Minzbonbons und Minischokoladen zur Verfügung. Mit etwas Selbstbeherrschung kam ich mindestens einen Monat damit aus. Danach konnte ich vielleicht nachts auf Nahrungssuche gehen: Füchse in der städtischen Wildnis jagen oder – ich war Realistin – Essbares aus anderen Garderoben klauen. Der Akku meines Telefons war bei achtzehn Prozent. Warum sollte ich mich also nicht noch ein bisschen quälen, bis er leer war?

Sieben E-Mails von Fiona. Eine E-Mail von Jonathan. Eine von Havelski. Eine von Stella. Nein, Moment, zwei von Stella, acht von Fiona. Ich öffnete sie nicht.

Zweiundvierzig Nachrichten – mindestens zur Hälfte von den Leuten vor der Tür.

Und noch viel mehr unbeantwortete Anrufe, hauptsächlich von Mum und Eulalie. Es wunderte mich, dass Plog sich noch nicht gemeldet hatte.

Aber das war alles nichts im Vergleich zu den Tweets.

Ich trendete. Oder wurde getrendet? Es war unglaublich. Ich hatte einen Hashtag. Einen, der nicht Fionas Idee gewesen war.

#ElektraWasHere

Ich sah mir fassungslos ein paar Beiträge an.

Ich gephotoshoppt zwischen Kim und Kanye auf der Met Gala #ElektraWasHere.

Ich gephotoshoppt in die Pariser Friedenskonferenz nach dem Ende des Ersten Weltkriegs #ElektraWasHere.

Ich gephotoshoppt in die Victoria's Secret-Show #ElektraWasHere.

Oh mein Gott. Es waren Unmengen.

Es klopfte wieder. Verwirrt wegen einer Fotomontage des Mount-Rushmore-Nationaldenkmals, die statt der vier US-Präsidenten viermal mich zeigte, vergaß ich meinen Plan, als ITV-Eremitin zu leben, und machte auf. »*Was?*« Es war Archie. Er schob seinen Fuß in die Tür. »Ich kann nicht reden«, sagte ich.

»Ist schon okay. Lass mich trotzdem rein. Wir können ja gemeinsam *nicht* reden.«

»*Die Tweets!*«, heulte ich, und er drückte sich an mir vorbei in die Garderobe. Ich knallte die Tür zu. »Hast du sie gesehen?« Natürlich hatte er sie gesehen. Die ganze Welt hatte sie gesehen!

»Geht es dir gut?«, fragte er und gab ein komisches Geräusch von sich. Halb Husten, halb Prusten.

Ich sah ihn scharf an. »Lachst. Du. Etwa?«

Er schüttelte den Kopf. Und er wäre auch fast damit durchgekommen, aber dann entfuhr ihm wieder so ein erstickter Pruster.

»Hältst du das wirklich für *witzig?*«, rief ich. Ich hatte mich gerade bis auf die Knochen blamiert – und wahrscheinlich auch die gesamte Produktion.

»Also, nein. Natürlich nicht. Was da draußen passiert ist, war nicht witzig. Es war irgendwie gemein.« Er wollte mich in die Arme nehmen, aber ich schubste ihn weg. »Aber … ein paar von den Tweets, das Hashtag … Hast du das gesehen, wo du Usain Bolt im Hundertmeterlauf schlägst?«

»Was ist eigentlich mit dir los? Das ist alles ganz furchtbar, und du lachst über mich!« Ich marschierte in dem kleinen Raum auf und ab. Die Hälfte meines Schokoladenvorrats war auf mysteriöse Weise verschwunden. »Die haben mich fertiggemacht, und du findest das witzig!«

Archie wurde ernst. »Die haben dich fertiggemacht, und ich finde das *nicht* witzig. Aber du hast die Sache auch ein bisschen vergeigt, und die Leute machen sich eben darüber lustig.«

»Ich habe gar nichts getan! Das hier …« Ich fuchtelte mit meinem Telefon. »… das hat alles PPR gemacht! Die sind dafür verantwortlich. Es ist Fionaaas Schuld!« Den letzten Satz schrie ich laut hinaus. Denn wenn man im Unrecht ist, ist Angriff die beste Verteidigung.

»Klar, aber du wusstest, dass die Sache allmählich heikel wurde.«

»Du verstehst es nicht. Du VERSTEHST ES NICHT.«

»Warum verstehe ich es nicht?« Er nahm sich gelassen eine Handvoll Minzbonbons.

»Weil …«, sagte ich langsam, »weil du noch nie ein sechzehnjähriges *Mädchen* warst. Meinst du, die würden mir zuhören? Die Produzenten? PPR? Denen ist doch völlig egal, was ich denke.« Ich kam immer mehr in Fahrt. »Die wollen nur, dass ich hübsche Bilder auf Instagram poste und auf einem Sofa sitze und über Klamotten rede, die ich nicht ausgesucht habe, und Schminke empfehle, die ich selbst niemals verwenden würde. Niemand zwingt Carlo, so was zu posten. Und du bist da unten in Transsilvanien in Sicherheit, wo niemand an dich rankommt. Du kannst einfach in Ruhe drehen, und ich soll schauspielern und gleichzeitig die Schule und diesen Internetkram hinkriegen – und ich soll es GENAU SO MACHEN, WIE SIE ES WOLLEN, nur dass ich das nicht kann, also darf ich es nicht mehr, aber irgendwie ist es TROTZDEM MEIN PROBLEM.« Ich holte tief Luft. »Ich weiß doch gar nichts –«

»Ach, hör auf damit, Elektra.«

»Was?«

»Hör auf damit. Sag nicht, dass du nichts weißt. Sorg dafür, dass sie dir zuhören. Du bist talentiert, und du bist clever. Wenn du etwas auf deine Art machen willst, dann TU ES!«

Ich setzte mich mit den letzten Minischokoladen auf den Boden und bot Archie wortlos eine davon an. Er kam und setzte sich neben mich, und ich legte den Kopf an seine Schulter und fing an zu weinen.

»Ist schon gut«, sagte er immer wieder, bis ich nur noch leise schluchzte und mir eine Schokolade reinstopfte. »Alles wird gut«, flüsterte er mir ins Ohr. »Du hast für *Victoria's Secret* gemodelt, du kannst alles!«

Ich lachte unter Tränen. »Typisch Mann! Ich habe Friedensverträge nach Weltkriegen ausgehandelt und war schneller als Usain Bolt – und du denkst nur ans Modeln!« Ich wischte mir die Augen an seinem Pulli ab.

»Soll ich vielleicht …?« Archie schaute zur Tür. Wir hatten die Rufe und die Klopferei die ganze Zeit ignoriert. Ich nickte, und er ging aufmachen.

Moss sprang mich praktisch an. »Geht es dir gut? Das war ein regelrechtes *Gemetzel!* Ich bringe Ivy Epson um, wenn ich sie das nächste Mal sehe!«

»Plan B: Ivy ermorden«, sagte Archie. Und was war dann Plan A?

Moss angelte sich das letzte Schokoladenquadrat, dann fiel ihr offensichtlich ein, dass ich es dringender brauchte als sie, und sie gab es mir. »Ich bin bereit. So was von!«

Es klopfte wieder. Weil ich meinen Eremiten-Traum sowieso schon aufgegeben hatte, öffnete ich die Tür, ohne zu zögern, und ließ sie auf.

»Danke, Elektra!« Sam kam rein und marschierte schnurstracks zur Minibar, die ich (zum Glück) gar nicht gesehen hatte. Moss wich in eine Ecke zurück und starrte ihn an. »Danke, dass du die allgemeine Aufmerksamkeit davon abgelenkt hast, dass ich nicht erklären konnte, wovon mein eigener Film handelt, und davon, dass ich offensichtlich ein Vereinbarkeitsproblem mit meiner langjährigen Freundin habe.« Er schenkte sich ein großes Glas Brandy ein. »Sonst noch jemand?« Wir schüttelten mit unterschiedlich großer Abneigung die Köpfe. Er setzte sich hoheitsvoll auf den einzigen Drehstuhl und wirbelte herum. »Und ich wollte natürlich auch nach dir sehen. Geht es dir gut?«, fügte er verlegen hinzu, als der Stuhl aufhörte, sich zu drehen. »Nur keine Panik. Viele Schauspieler lassen sich bei ihren Social Media helfen. Ich habe mir auch Hilfe geholt, als ich sehr beschäftigt war. Amber auch. Dadurch hat man Zeit, um das zu tun, was einen eigentlich zum Star macht. Schauspielern zum Beispiel. Alle lassen es so aussehen, als wären sie auf drei Events gleichzeitig, dabei sind sie wahrscheinlich am Set oder gucken Netflix und lassen ihre Assistenten das Zeug posten.«

»Nur dass ich kein Star bin und gar nicht so beschäftigt mit Schauspielern war.« Ich war überwiegend damit beschäftigt gewesen, *nicht* für die Klausuren zu lernen. Und das war keine ausreichende Begründung. »Das mit den Spendenorganisationen ist am schlimmsten!« Niemand widersprach mir. Ich war ein moralisch grauenhafter Mensch. »Ich wusste nicht mal, was Space-Seed ist.« Alle guckten peinlich berührt. »Das ist schlimmer als das mit den gefakten Veranstaltungsbesuchen – da waren gar nicht *so* viele fette Lügen dabei.«

»Ja«, meinte Carlo. »Nur genug, um #ElektraWasHere loszutreten.« Alle schauten auf ihre Telefondisplays und dann an die Decke oder wechselten stumme Blicke. Niemand sah mich an.

»Du brauchst jetzt dringend so was wie Schadensbegrenzung«, sagte Archie.

»Wir müssen einen Plan schmieden«, meinte Carlo.

»Ausgezeichnet!« Sam rieb sich die Hände. »Das liebe ich! Ich habe in diesem Film über das Komplott, das gegen Hitler geschmiedet wurde, mitgespielt!« Er schaute einen Moment an die Decke. »Wenn ich es recht bedenke, haben wir in dem Film allerdings versagt, und da sind richtig üble Sachen passiert, und wir sind alle gestorben – also bin ich vielleicht nicht der beste Ratgeber.« Er guckte ganz betroffen.

»Gut, Leute.« Carlo sprang auf. »Packen wir's an!« Er sah sich um. »Wo ist die Schreibtafel? Ohne Schreibtafel können wir nicht planen.« Er suchte nach irgendeinem brauchbaren Ersatz. »Aha! Der Spiegel!« Er schnappte sich einen Edding (der ursprünglich wahrscheinlich zum Autogramme-Schreiben für meine vielen glühenden Fans gedacht gewesen war) und schrieb in großen Buchstaben **DER PLAN** darauf. Dann trat er einen Schritt zurück, um sein Werk zu begutachten, und umrahmte die Überschrift mit einem Wolkenumriss. »So.« Er machte eine kleine Verbeugung. »Jetzt brauchen wir nur noch Ideen.«

Mir war klar, dass die anderen mich nur ablenken wollten, aber ich machte mit. »Ich hole mir die Macht über meine Social Media zurück!«, erklärte ich. Nie hatte ich dringender ein anderes Ich gebraucht, das mich von dem ganzen Druck befreite, und nie war ich sicherer gewesen, dass das eine richtig schlechte Idee war. Zustimmendes Gemurmel, und Carlo schrieb: **E AN DER MACHT!** Ziemlich irreführend.

»Ich meine immer noch, wir sollten Ivy Epson ermorden.« Moss hatte vergessen, dass sie in Anwesenheit von Sam Gross zu eingeschüchtert zum Reden war.

»Nein, nein, nein, schreib das nicht auf!« Ich hätte fast gelacht.

Carlo guckte beleidigt. »Aber da steht doch jetzt schon **Mordanschl**–«

»Komm, lassen wir das.« Es war alles schon schlimm genug. »Wisch es weg.«

»Dann ist die Optik meiner Mindmap im Eimer!« Carlo war richtig engagiert.

»Schreib einfach ›Mordanschlag auf Kale‹ hin«, schlug Sam vor.

»Nein!«, riefen wir drei im Chor.

»Sam Gross«, sagte eine kühle Stimme von der Tür aus. »Letzte Verwarnung.« Dann ging Amber auf Sam zu, und die beiden umarmten sich so lange, dass es uns anderen unangenehm wurde. Ich würde die zwei nie verstehen! »Ich habe gerade kurz mit Ivy geplaudert«, erklärte Amber, als Sam sich von ihr löste. Es klang furchterregend.

»Wir schmieden einen Plan«, informierte Carlo sie. »Elektra holt sich ihre Social Media zurück. Sie wird jetzt echt.«

»Echt.« Amber sprach das Wort aus, als hätte sie es zum ersten Mal gehört. »Das klingt ziemlich modern. Nach vielen Selfies ohne Make-up in *total* schmeichelndem Licht? Mit Grundierung … und Concealer. So was in der Art?«

»So ungefähr …«, sagte ich. »Nur mit weniger Mühe.« Also eigentlich nicht.

»Warzen und alles«, sagte Carlo. »Nur keine richtigen Warzen natürlich, weil … na ja, Warzen gehen bei niemandem.«

Amber kam zu mir und umarmte mich. »Halte durch, Elektra. So ist das in der Branche – aber nur manchmal. *Du* musst anfangen, auf *dich* aufzupassen.« Nach diesem nebulösen Ratschlag schnappte sie sich Sam und ihren Mantel, und dann zogen sie davon, um richtige Stars zu sein, die wussten, wie es läuft.

»Gott sei Dank sind sie weg.« Moss atmete tief durch. »Sorry, aber ich finde die beiden stressig.« Okay. »Aber du hättest noch jede Menge heiße Selfies mit ihnen machen sollen, bevor sie gegangen sind. Welche mit Schmolllippen zum Beispiel.« Ja, wirklich. Nur ich brachte es fertig, mich mit zwei Filmstars in der Garderobe eines Fernsehstudios aufzuhalten und trotzdem in Sachen Social Media zu versagen.

Mein Telefon gab einen letzten »Akku leer«-Signalton von sich, und ich schaute auf den Lockscreen. Eine Nachricht von Mum: **Ich hätte es alles wissen müssen. Es tut mir so leid. xxxx** Nein, ich würde auf keinen Fall wieder anfangen zu heulen. Es ging mir *gut*. Ich schniefte; eine allergische Reaktion auf den Begrüßungsstrauß. »Ich muss etwas schreiben«, sagte ich. »Nicht auf den Spiegel, aber für alle da draußen. Eine Art Erklärung – nein, eine Entschuldigung – für das, was passiert ist.« Weil es meine Schuld war.

»Meinst du, dann hören die ganzen Twitter-Witze auf?«, fragte Moss. Sie hatte immer wieder nervös ihr Telefon gecheckt.

»Wahrscheinlich nicht«, sagte Carlo. »Was? Ich bin nur ehrlich. Es geht vorbei … irgendwann.« Wie beruhigend.

»Schmeiß doch einfach alles hin«, sagte Moss. »Bis auf die Schauspielerei natürlich, denn das machst du ja gern, oder?« Richtig. »Werd einfach Social-Media-Verweigererin. Das ist auch eine Masche.« Verlockend … sehr, sehr verlockend. Aber die Idee mit der ITV-Eremitin war auch verlockend gewesen. »Ich meine, du hasst Social Media doch jetzt, oder?«

Hassen?

Hasste ich Social Media? Hm. Wer konnte eine Welt hassen, die uns Stalking und tanzende Möpse beschert hatte? Und einmal auch Moss als tanzenden Mops. Nein. Ich schüttelte den Kopf. »Ich hasse sie nicht. Ich kann das nur nicht so machen, wie die es haben wollen.«

»Ja. Mach es so, wie du willst!«, sagte Archie (und schaffte es, sich »wie ich von Anfang an gesagt habe« zu verkneifen). »Das ist der Plan. E an der Macht!« So, wie er es sagte, hörte es sich kinderleicht an. »Obwohl …« Er hielt inne. »Du könntest natürlich auch … Nein, zu verrückt. Das Hashtag …«

»Was ist damit?« Ich sah eine Montage auf Carlos Display, die ich noch nicht kannte: »Ich«, wie ich Prinz William auf dem Balkon des Buckingham-Palastes küsse. Entsetzlich.

»Du könntest mitmachen!« Äh … *wie bitte?*

»Warum sollte ich das tun? Bist du irre? Ich will einfach, dass das AUFHÖRT.«

»Du willst die Kontrolle?« Allerdings, die wollte ich. »Dann sorg dafür, dass die Leute *mit* dir lachen und nicht *über* dich!« Er machte eine kleine Pause, damit wir uns alle noch mal darüber bewusst werden konnten, wie sehr die Leute *über* mich lachten. »Wir könnten selbst mal ein bisschen photoshoppen.« Archie schaute in die Runde. »Was haltet ihr davon: Elektra verkündet bei der Oscarverleihung den falschen Gewinner #ElektraWasHere. Elektra geht bei den Filmfestspielen in Cannes von Bord einer Jacht #ElektraWasHere. Besser: geht von Bord und fällt ins Mittelmeer #ElektraWasHere. Elektra fällt hinter Jennifer Lawrence auf dem roten Teppich hin #ElektraWasHere.«

Wieder eine Pause. Alle sahen mich nervös an.

»Wisst ihr was?«, sagte ich, und jetzt sahen sie mich gespannt an. »Das finde ich gut.« War ich mir auch wirklich sicher? Vielleicht nicht ganz sicher, aber … »Darauf habe ich Lust. Machen wir das!« Wenn ich schon nicht dafür sorgen konnte, dass es aufhörte, konnte ich vielleicht dafür sorgen, dass es nicht mehr so wehtat.

Als wir die Garderobe verließen, war der Spiegel voll von #ElektraWasHere-Ideen.

Und ich hatte schon ein Foto gepostet.

Ich, wie ich in meiner Lieblings-Seesternpose auf dem kratzigen Garderobenteppich lag: #ElektraWasReallyHere.

Von: Fiona Hull, Personality PR

Datum: 11. März 15:37

An: Elektra James

Betreff: FOLLOWERZAHLEN STEIGEN!

Liebe Elektra,

ups!!! Du hättest nach Informationen zu Posts fragen sollen. Du musst @ElektraJames fest im Griff haben – nimm dir dafür jeden Tag etwas Zeit (am besten morgens *und* abends). Vergiss nicht, hier geht es um *dich!!!*

Aber die Followerzahlen sind erheblich gestiegen, was großartig ist!!! (Und wir mussten nicht mal dafür bezahlen!!!) Ich schlage vor, das Hashtag #Raw regelmäßig weiterzuposten, weil wir nicht aus den Augen verlieren dürfen, dass es darum geht, den Film zu promoten, nicht nur Elektra James!!! Wir werden uns bemühen, dich so lange trenden zu lassen wie möglich (ich fürchte nur, dieses *Erdbeben* wird dich Aufmerksamkeit kosten – schlechtes Timing –, aber wir geben unser Bestes). Ich habe nichts dagegen, dass du selbst Inhalte postest, um das ElektraWasHere-Hashtag zu nutzen (überraschend clevere Idee!!!), *aber nur, wenn* du schöne Fotos verwendest und auf Selbstironie verzichtest – Elektra sollte über allen Wolken fliegen und nicht hinfallen!!! SUCCESS SELLS! ERFOLGLOSIGKEIT IST NICHT WITZIG.

Das ElektraWasReallyHere-Hashtag ist eine grauenhafte Idee. Bitte lösch diese Posts.

Alles Liebe etc.
Fiona

**** PPR * ON FIRE in Soho seit 2010***

★Aktuell Promoter von *RAW: der Film* von Panda Productions, Regie Sergei Havelski, mit Sam Gross und Amber Leigh BALD IM KINO! ★

Folgt uns auf Twitter: @Personality, Facebook: PersonalityPR, Insta: @PersonalityonFire

Von: Fiona Hull, Personality PR

Datum: 11. März 16:03

An: Elektra James

Betreff: STRATEGIE!!!

Liebe Elektra,

ich habe gerade deine Nachricht mit der Bitte gesehen, wieder die Kontrolle über deine Social-Media-Kanäle übernehmen zu können.

Du hast sie natürlich die ganze Zeit unter Kontrolle gehabt. Wir haben dir nur geholfen!!! Aber ist das auch klug? Was wir vorschlagen, ist eher eine Verlagerung der Strategie. Wir hatten ein internes Brainstorming und meinen, dass es tatsächlich Möglichkeiten gibt, dich als echte Wortführerin zu präsentieren, und wir haben bereits erste Ideen zu Inhalten entwickelt, um diesen Plan umzusetzen! Hast du den Artikel »Druck auf junge Schauspieler, sich zu verkaufen« im *Guardian* gesehen? Ich fand ihn nicht besonders einleuchtend, ABER er hat uns eine Tür geöffnet, um dir mehr Aufmerksamkeit seitens der Presse und anderer Medien zu verschaffen!!! Wahrscheinlich können wir dir sogar weitere TV-Auftritte besorgen!!! Wir werden allen deinen Posts die Hashtags #RawAndReal und #RawUndUngeschminkt beifügen!!! Wir hoffen, sie gefallen dir genauso gut wie uns!

Liebe Grüße und Umarmungen

Fiona

**** PPR * ON FIRE in Soho seit 2010***

★Aktuell Promoter von *RAW: der Film* von Panda Productions, Regie Sergei Havelski, mit Sam Gross und Amber Leigh BALD IM KINO! ★

Folgt uns auf Twitter: @Personality, Facebook: PersonalityPR, Insta: @PersonalityonFire

Von: Fiona Hull, Personality PR

Datum: 11. März 16:37

An: Elektra James

Betreff: Strategie (2)

Liebe Elektra,

wir haben deine Nachricht erhalten, dass du nicht möchtest, dass wir weiter für dich posten. Bezieht sich das auf ALLE SOCIAL-MEDIA-KANÄLE?!! Und bist du SICHER?! Wenn du richtig hart daran arbeitest und jeden Tag zu den besten Zeiten postest, könntest du dich als DAS WAHRE GESICHT positionieren.

Wir stellen nun neue Ratschläge für dich zusammen. Viele inspirierende Zitate von anderen Leuten zum Thema »Sei du selbst«!!!

Liebe Grüße etc.

Fiona

**** PPR * ON FIRE in Soho seit 2010***

★Aktuell Promoter von *RAW: der Film* von Panda Productions, Regie Sergei Havelski, mit Sam Gross und Amber Leigh BALD IM KINO! ★

Folgt uns auf Twitter: @Personality, Facebook: PersonalityPR, Insta: @PersonalityonFire

Von: Fiona Hull, Personality PR

Datum: 11. März 17:22

An: Elektra James

Betreff: Strategie (3)

Liebe Elektra,

wir haben deine Nachricht erhalten, mit der du uns für die Mühe dankst, die wir in deine Social-Media-Accounts investiert haben. Wie gebeten bestätige ich, dass wir nichts mehr für dich posten werden. Darf ich dir nahelegen, darauf zu achten, dass es mit den Hashtags vorwärtsgeht?

Alles Gute!
Fiona

**** PPR * ON FIRE in Soho seit 2010***

★Aktuell Promoter von *RAW: der Film* von Panda Productions, Regie Sergei Havelski, mit Sam Gross und Amber Leigh BALD IM KINO! ★

Folgt uns auf Twitter: @Personality, Facebook: PersonalityPR, Insta: @PersonalityonFire

Von: Jonathan Martin, Panda Productions

Datum: 11. März 17:58

An: Elektra James

Betreff: *Raw*

Liebe Elektra,

danke für deine E-Mail.

Von dem TV-Interview, das du angesprochen hast, habe ich keine Kenntnis. Ich bin nicht sicher, ob ich deine E-Mail richtig verstanden habe, aber was immer vorgefallen ist: Nein, das ist nicht die Art von Skandal, die mich beunruhigt. Um deine Frage klar zu beantworten: Du wirst nicht aus *Raw* rausgeschnitten.

Beste Grüße

JM

Noch

14

Tage …

KAPITEL 22

»Ich werde versuchen, ich selbst zu sein, was nicht so leicht ist, wie es klingt.«

Elektra James

Mein Salon – okay, streng genommen der von Clemency Barton-Wood – war wunderschön. In dem großen Kamin brannte Feuer, und davor standen zwei kleine senfgelbe Damastsofas mit goldenen Füßen, die fast aussahen wie aus einer Puppenstube. Außerdem befanden sich zwei Kameramänner (mit Kameras natürlich) im Raum, ein Produktionshelfer, der Scheinwerferkabel entwirrte, ein Tonmann, der mit seinem Galgenmikro herumhantierte, ein alter Mann mit weißer Perücke und Dieneruniform, Lucy Morton in einem hinreißenden rosa Kleid und unsere Regisseurin. Ich wäre am liebsten für die nächsten Monate in dieser Welt abgetaucht. Schon dieser eine Tag war ein Geschenk des Himmels – und nicht nur, weil mein Haaransatz nachgefärbt worden war. Clemency Barton-Wood hatte keine anderen Sorgen als ihr Liebesleben und ihre Garderobe – die Glückliche!

»Freut mich, dich wieder hier zu haben, Elektra.« Amrita lächelte. »Gut, dass du nicht zu sehr mit der *Raw*-Promo beschäftigt bist und uns aushelfen kannst.« Ich erschauderte. Sie hatte doch bestimmt zu viel zu tun, um jeden Tag das *Mittagsmagazin* zu gucken, oder? »Was wir heute machen, ist relativ unproblematisch. Keine Tanzszenen und kein Essen – nichts, worüber man sich Gedanken machen müsste.« Amrita warf eindeutig einen Blick auf meine Brüste, als sie das sagte. Sie waren jetzt sicher und hübsch verpackt in ein pistaziengrünes, nicht halb so tief ausgeschnittenes Kleid wie beim letzten Mal. »Die einzige Herausforderung heute ist der Affe.«

Der Affe? »Ein *echter* Affe?«

Sie lachte, als sie mein verblüfftes Gesicht sah. »Ich weiß! Total verrückt.« Nein, ganz fantastisch! »Du musst entschuldigen, dass er nicht im Drehbuch steht – er ist praktisch in letzter Minute dazugekommen. Wir dachten, dass Clemency eigentlich ein Haustier haben müsste. Wie findest du das?« Ich fand es absolut großartig. In letzter Zeit war zwar alles etwas kompliziert gewesen, aber dafür konnte ich jetzt einen richtigen Affen kennenlernen. Ich war mehr als einverstanden mit der Idee. »Er wird letztlich nur zwei Sekunden zu sehen sein, und du musst kaum etwas mit ihm machen.«

»Wo ist er?«, fragte ich und sah mich gespannt um, als könnte er hinter einem der Sofas versteckt sein.

»Draußen mit seiner Trainerin. Bevor wir ihn reinholen, bereiten wir alles vor. Er soll nicht zu lange am Set warten müssen, damit er nicht unruhig wird.«

»Tierrechte stehen über Schauspielerrechten«, sagte Lucy gerade so laut, dass ich sie verstehen konnte. Ich hatte das dumpfe Gefühl, dass die Fake-Elektra sich für Tierrechte eingesetzt hatte, aber möglicherweise war es nur mein wahres Ich gewesen, das sich um Plogs Wohl sorgte. Ich schob den Gedanken beiseite und konzentrierte mich auf Amrita.

»Elektra, ich möchte dich beziehungsweise Clemency hier vor dem Kamin haben. Du stickst – also, du versuchst es, aber der Affe spielt mit dem Garn, bis er dir schließlich auf den Schoß springt. Es wird ein hübsches kleines Regency-Sittenbild. Dann meldet der Butler die Ankunft von Belle. Als Clemency sieht, in welchem Zustand sie ist, weiß sie sofort, dass sie ihr ihre ganze Aufmerksamkeit zukommen lassen muss, und übergibt den Affen an den Butler, der ihn hinausträgt.« Amrita ging im Raum umher und zeigte uns unsere jeweiligen Positionen. »Und dann unterhalten sich Belle und Clemency unter vier Augen – du kennst den Text. Wir gehen abschnittsweise vor. Alles klar?« Ich nickte, und sie wandte sich John zu. »Würdest du die beiden bitte reinholen?«

Es war ein kleiner Affe mit einem langen Schwanz und dünnen Armen. Sein Fell war dunkel. Nur rings um sein winziges runzliges Gesicht hatte er einen goldenen Flaum. Wenn man sich den Schwanz wegdachte, sah er aus wie ein sehr cleveres, sehr wütendes, sehr hässliches Baby in einem Parka mit Fellkapuze. Mir kamen erste Zweifel. Ich konnte nicht gut mit Babys.

»Hat er einen Namen?«, fragte ich die Trainerin, eine ältere Frau mit leuchtend weißen Haaren. Er hatte wahrscheinlich einen ganz liebenswerten Charakter.

»Selbstverständlich.« Sie strich ihm zärtlich über sein Köpfchen. »Justin … Justin Bieber.«

Was war das eigentlich schon wieder für ein Schwachsinn? Warum gaben Leute Showtieren bloß solche Namen? »Mag er seinen Kragen nicht?« Er hatte einen engen schwarzen Samtkragen um den Hals. Ich hätte das Teil auf jeden Fall getragen, aber Justin schien nicht so begeistert zu sein und zerrte die ganze Zeit daran herum.

»Sieht hübsch aus, nicht wahr?« Die Trainerin wich meiner Frage aus. »Aber in ein kleines rotes Jäckchen wollten wir ihn nicht zwängen, für kein Geld der Welt.«

»Soll ich ihn mal nehmen?« Ich streckte zögernd die Hand aus. Er wich zurück und zeigte seine spitzen kleinen Zähne. »Ich glaube, er mag mich nicht.«

»Tiere erkennen Angst«, sagte die Frau mürrisch. »Sie machen es ihm schwer.«

Lucy kam dazu und streichelte den Affen behutsam. Er stieß schrille Schnatterlaute aus, und die Trainerin freute sich. Ich nahm meinen Mut zusammen und streichelte ihn auch. Er machte einen Buckel wie eine Katze und sträubte sein Fell. Justin Bieber wies meine Annäherungsversuche energisch zurück.

»Keine Sorge, Elektra«, sagte Amrita. Es gab nur eine Tierexpertin im Raum, aber die Signale waren für uns alle klar und deutlich zu erkennen. »Er muss nicht unbedingt auf deinem Schoß sitzen. Er kann einfach auf dem Boden bleiben und spielen. Das kriegst du doch hin, oder?« Die Frage war an die Trainerin gerichtet, nicht an mich. Es war offensichtlich, dass *ich* mit Justin rein gar nichts hinkriegen würde.

»Klar, wenn du es so haben willst.«

»Möchtest du vielleicht draußen warten, bis wir mit dieser Szene fertig sind, Lucy? Es kann eine Weile dauern.« Wenn es zu lange dauerte, würde Amrita ihr Baby noch hier am Set zur Welt bringen (ihr Bauch war inzwischen riesig).

»Kein Problem«, sagte Lucy und versuchte, sich das Lachen zu verkneifen. »Ich bleibe und gucke zu.«

Wenige Minuten später saß ich auf einem Damastsofa und stickte, während der Affe zu meinen Füßen spielte. Genau genommen untersuchte er die Schleifen an meinen Schuhen. Und zwar ziemlich gründlich. »Justin«, flüsterte ich ihm zu. »Könntest du das vielleicht lassen?«

Er sah mich an und machte mit voller Absicht eine Schleife auf. Ich zog meinen Fuß unter den Saum meines Kleids, und Justin verschwand ebenfalls darunter. Ich wollte keinen Affen unter meinem Rock haben!

»Hilfe«, sagte ich. Und noch mal etwas lauter: »Hilfe!«

Wir brauchten sechs Takes für zwei Sekunden Filmmaterial ohne Text. Ich hatte Schweißflecken unter den Armen. Und Affen waren nicht mehr meine zweitliebsten Tiere.

»Der *Plan* war«, sagte Amrita, »dass du Justin als Nächstes auf den Arm nimmst.« Tja, in der Theorie klingen Dinge oft besser, als sie in der Praxis sind. »Aber ich glaube, es ist einfacher, wenn wir das auslassen und der Butler sich um den Affen kümmert und ihn aus dem Raum führt. So können wir vermeiden, dass du ihn anfassen musst.« Justin und ich sahen uns an – damit waren wir beide einverstanden. »Lasst uns jetzt schnell diese ›Belle rein, Affe raus‹-Szene drehen, und dann machen wir Pause.«

»Wusstest du, dass das in der alten Drehbuchfassung Georgies Szene war?«, sagte Lucy. Wir waren in einen anderen Raum gebracht worden, wo wir auf mit Tüchern abgedeckten Minisofas saßen, nachdem man uns mit Kaffee und feinstem Mürbegebäck versorgt hatte. Ich schüttelte den Kopf. »Das hätte ich dir wahrscheinlich gar nicht sagen dürfen.« Sie sah mich schuldbewusst an.

»Ich werde es niemandem verraten. Ist sie krank?«

Lucy zögerte verlegen. »Vielleicht.«

»Ist sie etwa schwanger?« Manchmal hatte *The Bizz* ja auch recht.

Lucy zuckte mit den Schultern. »Ich glaube nicht. Sie ist einfach nicht hier.«

»Weißt du, warum?«

»Offiziell nicht.«

»Und inoffiziell?« Sie sagte keinen Ton. Was immer Lucy wusste oder zu wissen glaubte, sie wollte es für sich behalten. »Meinst du, sie ist sauer, dass sie die Szene jetzt nicht spielt?«

Lucy zuckte wieder mit den Schultern. »Bei Georgie weiß man nie so genau.« Sie rührte Zucker in ihren Kaffee. »Amrita mag dich.«

»Ich kann nicht tanzen, ich kann nicht mit Affen umgehen«, sagte ich (außerdem konnte ich weder meine Brüste in meinem Kleid halten, noch kriegte ich einen vernünftigen Internetauftritt auf die Reihe). »Ich weiß also nicht, warum. Ich mag sie auch. Sie ist sehr warmherzig.« Havelski war auch warmherzig (in Eulalies Augen bestimmt!), aber auf seine ganz eigene – kaum wahrnehmbare – Art. »Ich habe mich so darüber gefreut, noch einen zusätzlichen Tag zu bekommen. *Fortuneswell* ist das Einzige, was ich seit *Raw* gemacht habe.« Ich wollte Lucy von *Raw* erzählen, aber sie schnitt mir das Wort ab.

»Ich weiß Bescheid über *Raw!* Ist doch logo, da spielt schließlich *Sam Gross* mit!« Sie seufzte hingerissen, wie Belle es tun würde. »Wie ist er so? Ich meine, im wirklichen Leben?«

»Er ist … interessant«, sagte ich und erzählte ihr nur Dinge, die schon jeder über ihn und Amber wusste.

»Bist du nervös wegen der Premiere?«

Noch neun Tage. »Ich bin total nervös! Kein Wunder, bei dem Rummel. Das Gerede, die Gerüchte, es ist das Grauen!« Ich wollte ehrlich sein.

»Es wird *fantastisch!*«, sagte Lucy etwas zu begeistert. Die Gerüchteküche brodelte ziemlich. »Niemand wird dich verurteilen«, fügte sie hinzu. Oh doch, die Leute würden mich sehr wohl verurteilen. Manche kauften sich wahrscheinlich nur deshalb Tickets, weil sie Spaß daran hatten. Ich wurde ja jetzt schon verurteilt, aber daran war ich selbst schuld.

»Ich habe mal in einem Film mitgespielt, der komplett verrissen wurde«, versuchte Lucy, mich zu beruhigen. »Ich bin drüber weggekommen«, schob sie mit gequältem Gesichtsausdruck nach. »Irgendwann. Da war ich zehn. Die nächste Rolle habe ich bekommen … als ich dreizehn war.«

Krass. »Und manche von deinen Kollegen haben bestimmt nie wieder einen Job bekommen.«

Es gab eine lange Pause, dann sagte sie: »Da draußen geht es grausam zu.« Wir umklammerten unsere Kaffeebecher etwas fester. »Wie bei *Next Topmodel:* Heute in, morgen out.«

»*Fortuneswell* könnte von mir aus jahrelang laufen.« Eine lange Serie war genau das, was man als Schauspieler brauchte. Es war der Traum.

Lucy nickte. »Solange ich nicht rausgeschrieben oder durch eine Computeranimation ersetzt werde oder so.« Sie erschauderte. »Ich will nicht wieder da rausmüssen. Das ist schlimmer als Dating. Noch weniger geeignete Rollen und noch mehr Konkurrenz.« Ich hätte sie gern gefragt, ob sie was mit James Moore hatte, aber ich traute mich nicht. »Äh …« Sie wirkte etwas verlegen. »Wie läuft es denn so mit der Promo?«

»Du hast das alles sicher mitbekommen.« Es war mir wahnsinnig peinlich.

»Ich bin nicht bei Twitter, aber ich habe ein #Elektra-Was…« Sie verstummte.

»War es ein gutes?«, fragte ich, denn einige davon waren ziemlich eindrucksvoll. Ich hatte meine Würde verloren, und jetzt versuchte ich verzweifelt, mich an meinen Humor zu klammern.

»Du hast Pailletten getragen und eine Discokugel gehalten. Ich denke, das hat eingeschlagen. Und dann habe ich dich ein bisschen gestalkt. Echt ein cooler Zug von dir, selbst welche zu posten.« Lucy war beeindruckt, und ich wand mich verlegen. Ich hatte mich schon lange nicht mehr cool gefühlt. »Mir hat das gefallen, wo du bei der Oscarverleihung wie ein Seehund klatschst.« Sie zögerte. »Aber mal im Ernst, ist alles okay?«

Was sollte ich dazu sagen? Ich hatte eine Entschuldigung gepostet und mir nicht angeguckt, was die Leute darüber geschrieben hatten. Ich hatte unsere »eigenen« #Elektra-WasHere-Kreationen gepostet und mir nicht angeguckt, was die Leute darüber geschrieben hatten. Und ich hatte weitere Interviews überlebt (hauptsächlich, weil alle Interviewer gewarnt waren und mir nur Fragen stellten, die superklar und einfach waren), aber es war viel zu früh, um den Schaden einzuschätzen. Wie es für mich weiterging, würde ich, wenn Stella recht behielt, erst erfahren, wenn *Raw* in die Kinos kam. Je schlechter der Film, desto heftiger der Tritt, den ich bekommen würde. Es stand eine Menge auf dem Spiel.

»Posten diese Publicity-Leute immer noch für dich?«, fragte Lucy.

Ich schüttelte den Kopf. »Nein. Ich mache das jetzt. Ich will ich selbst sein.« Ich trank einen Schluck von meinem lauwarmen Kaffee und fügte hinzu: »Was nicht so leicht ist, wie es klingt.« Aber ich musste es versuchen – oder ins chilenische Hochgebirge ziehen und als Alpaka leben. »Ich trende nicht mehr«, fügte ich hinzu. Und das war gut so.

»Du hättest ein verliebtes Selfie mit Justin Bieber machen sollen«, sagte Lucy. »Dann hättest du wieder trenden können.«

Ich lachte. Mein wahres Ich und der echte Justin Bieber. Was für eine verpasste Chance!

»In dieser Szene geht es um Gefühle«, sagte Amrita, als wir wieder drehbereit waren. Justin war nirgendwo zu sehen (wahrscheinlich war er schon wieder zu Hause, lag am Pool, las Drehbücher und suchte sich seine nächste Rolle aus). »Um geheime Gefühle, die besser im Verborgenen bleiben.«

Ja, für diese Art Gefühle war der Fernsehschirm der beste Ort. »Unter der Oberfläche geht eine Menge vor sich.« Amrita konzentrierte sich auf Lucy. »Belle, du bist diejenige, die die Geschichte erzählt – du hast *eine Liebeserklärung* bekommen! Zum ersten Mal in deinem jungen Leben hat dir jemand gesagt, dass er dich liebt – und dieser Jemand ist der Mann, den du liebst. Du platzt förmlich vor Begeisterung und Glück und ... ja, auch vor Nervosität. Clemency, du hörst dir die ganze Geschichte an. Sie ist wie aus einem deiner Liebesromane. Du bist aufgeregt und ein wenig schockiert – denn vergiss nicht, dass du absurderweise selbst für Luddington schwärmst.« Voll krass. »Belle weiß nicht, dass du solche Gefühle hegst, und du musst vor ihr verbergen, wie verletzt und enttäuscht du bist, was die Zuschauer aber durchaus erkennen sollen. Wir müssen etwas sehen, das Belle nicht sehen kann oder will.«

Ich unterbrach den Versuch, ich selbst zu sein, und wurde wieder Clemency.

Die Cousinen sitzen eng beieinander, halten sich an den Händen. Belle ist sehr erregt.

BELLE

Oh, Clemency! Ich habe nie geglaubt ... *(bricht ab)* Nun, ich habe es mir erträumt, aber ich habe nie zu hoffen gewagt ...

CLEMENCY

(Weiß sofort, dass es um Viscount Luddington geht)

Er hat dir … Hoffnung gemacht?

BELLE

(Schüttelt glückselig den Kopf)

Mehr als Hoffnung. Er sprach von ...

CLEMENCY

(Will es unbedingt wissen und hat gleichzeitig Angst, die Wahrheit zu hören)

Von Wertschätzung?

BELLE

Ja ... von Wertschätzung.

CLEMENCY

Und du hast von der Wertschätzung gesprochen, die du ihm entgegenbringst? *(Versucht, sich zu fassen und ihr Gefühlschaos nicht preiszugeben)* Dann besteht also Einigkeit zwischen euch? Hat er sich unmissverständlich ausgedrückt?

BELLE

Vollkommen. Er sagte ... Er sagte, er schätzt mich über alle Maßen. Oh, Clemency, »über alle Maßen« *(hat Freudentränen in den Augen)*, und ich sagte ihm ... Ich sagte: »Ich schätze Sie auch … zutiefst.«

Eine Liebeserklärung ganz nach meinem Geschmack.

»Und … *cut!* Gute Arbeit!« Alle lächelten. Der Take war ziemlich lang gewesen, und es hatte auf Anhieb geklappt. »Zehn Minuten Pause, dann Einstellungswechsel.«

Lucy und ich grinsten uns an. Wir wussten, dass wir unsere Sache gut gemacht hatten. Alle waren glücklich, und wir waren voll und ganz zufrieden mit uns. Und genau darum ging es.

★

WARTEN (AUF DIE RAW-PREMIERE)

- Mit dem Googeln von Pannen auf dem roten Teppich verbrachte Zeit: 76 Prozent
- Mit dem Googeln von Schauspielern, deren Karriere nach nur einem Film zu Ende war, verbrachte Zeit: 69 Prozent
- Zeit, die ich damit verbracht habe, »Wenn sich Untergangspropheten irren und Filme zum Überraschungserfolg werden« zu googeln: 2 Prozent
- Zeit, die ich damit verbracht habe, »Wenn Kritiker recht haben und Schauspieler eine Kommune am Ende der Welt ohne Internet gründen« zu googeln: 89 Prozent
- Zeit, die ich mit dem Posten von nicht gefakten Posts verbracht habe: 0,5 Prozent (weil mein nicht gefaktes Ich abgelenkt war)
- Zeit, die ich in der Angst verbracht habe, dass *Raw* ein gewaltiger Reinfall wird: 1.000.000 Prozent

★

KAPITEL 23

»Mir geht es gut.«
Elektra James

01:56 Uhr: Bin noch wach. Checke, ob das Kleid für die Premiere (nicht von Fionaaa ausgewählt, sondern von mir und Eulalie, ein Traum aus himbeerroter Seide, das schönste Kleid der Welt) noch am Schrank hängt. Knuddele Plog. Alles gut. Jetzt schnell schlafen.
02:13 Uhr: Kann nicht schlafen. Stehe zum vierten Mal auf und gehe zum Klo.
02:31 Uhr: Bin immer noch wach und ziemlich sicher, dass ich einen Pickel am Kinn kriege.
03:12 Uhr: Der Pickel wird womöglich riesengroß! Stehe auf und schmiere Zahnpasta drauf, weil ich sonst nichts im Bad finde. Vielleicht hält er sich ja noch ein paar Tage zurück.
03:14 Uhr: Gehe runter in die Küche und hole Kekse für mich und Plog.

03:21 Uhr: Gehe wieder aufs Klo, um meine nervöse Blase um ein paar Tröpfchen zu erleichtern. Gehe noch mal runter in die Küche und gucke in den Kühlschrank. Weiß nicht, wonach ich suche, esse aber ein Stück Käse.
03:27 Uhr: Wälze mich hin und her. Bedaure den Käse. Der Schatten meines Kleids am Schrank macht mich wahnsinnig. Er bewegt sich. Ein böser Spuk? Und Plog dreht sich immer wieder auf dem Bett im Kreis. Wahrscheinlich ist er nervös.
03:41 Uhr: Checke mein Telefon. Widerstehe der Versuchung, Archie und/oder Moss zu wecken.
04:11 Uhr: Höre Mum in die Küche gehen. Beschließe, mich lieber nicht zu ihr zu gesellen, weil sie garantiert gestresst ist.
04:35 Uhr: Checke nochmals den Pickel. Er wollte sich nicht mehr zurückhalten und ist voll ausgebrochen. Mein Leben ist zu Ende – ich muss mit einer Tüte auf dem Kopf zu der Premiere von *Raw*. Entscheide mich dagegen, ungeschminkte Fotos zu posten, weil ich nicht DAS WAHRE GESICHT sein will.
04:55 Uhr: Kann genauso gut noch mal aufs Klo gehen, um mich irgendwie zu beschäftigen. Muss auch noch mal Zahnpasta auftragen. Und googeln, wie man Tränensäcke wegschminkt.
05:19 Uhr: Geht diese Nacht denn nie rum?
05:55 Uhr: Nein, anscheinend nicht …

18:30 Uhr: Odeon, Leicester Square #ElektraWasReallyHere

»Steck den Kopf zwischen die Beine.« Ich hörte Mums Stimme. Sie schien von ganz weit weg zu kommen.

»Kann mal jemand eine Papiertüte zum Reinatmen besorgen«, sagte eine Stimme, die ich nicht kannte.

»Hat jemand mal eine Papiertüte? *Bitte?*« Das war Moss. Ich hörte, wie Carlo sich erkundigte, ob es *ihr* gut ging.

»Papiertüte, Papiertüte, Papiertüte ...«, hallte es in meinen Ohren.

»Stell dir eine Blumenwiese im Sonnenschein vor«, sagte jemand, der sich ziemlich nach Amber anhörte. »Eine *friedliche* Wiese!«, schrie sie. Japp, Amber, genau.

»Das hilft doch jetzt nicht! Bringt ihr mal einen ordentlichen Drink!« Eindeutig Sam.

»Du musst einfach nur atmen«, sagte Dad ruhig. »Wir sind alle stolz auf dich, egal, was passiert ... und wenn du nach Hause willst, fahre ich dich.«

»Einatmen ... ausatmen ...« Amber gab nicht auf.

»Pah! Sie braucht nicht atmen!«, redete Eulalie dazwischen. »Sie braucht Champagner!«

»Gibt's hier irgendwo Champagner?«

»Champagner, Champagner, Champagner ...«

»Vielleicht erst mal einen Schluck davon.« Archie hielt mir eine Wasserflasche hin.

»Oh mein Gott, regt euch ab!«, sagte ich. »Mir geht's *gut.*«

Alle starrten mich an. Amber sah richtig enttäuscht aus.

»Warum bist du dann auf dem Boden zusammengesackt?«, fragte Carlo. Sehr einfühlsam.

Ich zeigte auf das Problem. Mein Schuh, mein wunderschöner Schuh.

Eulalie schnappte nach Luft. »Aber das ist viel schlimmer als *la panique.*« Sie hatte die Schuhe ja auch bezahlt, muss man fairerweise sagen. Solange ich Eulalie und Moss hatte, brauchte ich echt keine Stylistin. »Absatz oder Riemen?«, fragte sie wie ein Fernseharzt bei der Diagnoseerstellung.

»Absatz«, sagte ich und hob meinen Fuß wie einen Huf, der beschlagen werden musste – und gewährte dabei womöglich einigen glücklichen Umstehenden einen Blick unter meinen Rock. Die ganze Herrlichkeit, die so viel Geld gekostet hatte, war einfach dahin, weil ich nicht fähig war, auf hohen Absätzen zu laufen. Voll die Schande. Nachdem sie sich davon überzeugt hatten, dass ich nicht starb und ihre magischen Gaben Whisky und Yoga nicht gebraucht wurden, spazierten Samber Arm in Arm davon, um doppelt großartig für die Fotografen auszusehen.

»Ich habe eine!«, japste jemand, den ich noch nie gesehen hatte, und hielt mir eine braune Papiertüte hin, die so groß war, dass ich meinen ganzen Kopf hätte reinstecken können – mein Notfallplan.

»Merci«, sagte Eulalie, zog mir den Schuh aus, nahm die Tüte, warf ihn hinein und gab sie meinem unbekannten Retter zurück. Ein ziemlich großer Diamant funkelte an ihrem Finger. Was? *Moment mal.* Was?

»Eulalie? Der *Ring!*«

»Das *Kleid,* Elektra.« Sie musterte mich von Kopf bis Fuß. »Es ist der Inbegriff der Perfektion!«

Es *war* perfekt, und ich liebte es, und ich liebte Eulalie, weil sie es mir gekauft hatte, aber so leicht kam sie mir nicht davon, da konnte sie vom Thema ablenken, wie sie wollte.

»Der *Ring!*« Der Diamant war so schwer, dass sie kaum die linke Hand heben konnte.

»Ich erzähle dir *alles.*« Juhu! Der Film konnte warten. »Aber nicht jetzt, sondern *nachher.*« Oh. Und schon machte sie sich mit ihrem fetten Klunker aus dem Staub.

»Du kannst meine Schuhe haben«, bot Mum an, was wirklich nett war – nur dass ihre Schuhe hässlich waren und mir mindestens zwei Nummern zu klein. Ich zog den anderen Schuh auch aus, und Mum quetschte ihn in ihre Handtasche.

»Alles okay mit dir?« Archie legte einen Arm um mich, was es mir wesentlich erleichterte, stehen zu bleiben. Halbwegs okay. Das Kleid war gut, die Beine waren okay, meine Füße waren … na ja, einfach große, nackte Füße. Tja, *immer Raw bleiben!*

»Was ist los? Warum versteckt ihr euch alle hier?« Fionaaa kam, in einen bunten Mantel gehüllt, herbeigelaufen, mit Clipboard, Knopf im Ohr und einem panischen Ausdruck im Gesicht. Ihr Assistent, der nervöse Freddy, folgte ihr.

»Wir beheben nur ein Problem«, sagte Mum.

»Wer hat ein Problem?«, wollte Fiona wissen.

»Ich … Ich habe ein Problem«, wisperte ich und verdrehte den Hals, um mich zu vergewissern, dass ich hinten keinen Dreck am Kleid hatte.

»Überraschend die Periode gekriegt?«, flüsterte sie (laut) zurück.

»Wie bitte? Was? Nein.«

»Das passiert ständig. Ich denke, das liegt an der Aufregung. Also, was gibt's?«

»Sich mich an.«

»Eigentlich … siehst du wirklich gut aus.« Fiona klang überrascht, so als könnte das nur die Fake-Elektra hinkriegen. »Da ist ein kleiner Pickel, aber der wird niemandem auffallen.« Genau das hatte ich mir eingeredet, bevor sie ihn entdeckt hatte.

»Such weiter«, sagte ich.

Ihr Blick wanderte an mir auf und ab. »Schuhe. Beziehungsweise keine Schuhe.«

»Ich versuche einfach, so zu tun, als wäre es mein Look.«

»Oder«, sagte sie matt, »ich könnte einfach ein Ersatzpaar bringen lassen.«

»Du hast ein Ersatzpaar Schuhe bei dir?«

»Mehrere Paare. Du glaubst doch nicht, dass du die erste Schauspielerin bist, die sich auf dem roten Teppich den Absatz abbricht, oder?«

Fünf Minuten später zog ich die Schuhe an, die Freddy mir brachte. Hatte Fiona vielleicht auch eine Ersatz-Elektra für den Fall, dass ich nicht mehr funktionstüchtig war? Oh … *Moment,* hatte sie ja wirklich.

»Wow!« Archie zog mich zur Seite. »Elektra!« Er grinste über das ganze Gesicht. »Du bist auf dem Plakat!«

Das Plakat war groß wie ein Doppeldeckerbus. Der Hammer. Sam Gross mit nacktem Oberkörper. Amber Leigh trug kaum etwas am Leib. Gruselige Wolfswesen. Blut. Feuer.

Und ich.

Mein Gesicht – eine riesige verschwommene Fotokopie meines Porträts, ausgeschnitten und irgendwie auf den Kopf des größten Wolfswesens gepappt. Darunter hatte jemand geschrieben ***#ElektraWasHere*** …

»Ihr müsst jetzt bitte alle über diesen Teppich laufen, ja?«, rief Fiona und machte den Moment kaputt (und es *war* ein besonderer Moment). »Da draußen ist ein Riesenauflauf. Ein paar A-Promis sind aufgetaucht! Und ein paar B-Promis. Und ganz viele C-Promis.« Sie senkte die Stimme. »Die meisten bezahlen wir nicht mal.«

»Und was machen sie dann hier?«

»Sie lassen sich fotografieren, Elektra.« Ah. Ich hätte es wissen müssen. »Einige Schauspieler von *Fortuneswell* sind auch da«, fügte sie hinzu.

»*Lohan Winter ist hier?*« Mum klang, als müsste sie gleich in eine Papiertüte atmen.

»Lohan leider nicht, weil er in Los Angeles einen Preis verliehen bekommt.« Und womöglich auch, weil ich nicht mit ihm gesprochen hatte und/oder er mir die Sache mit der Silikoneinlage in der Preiselbeersoße nicht verziehen hatte. »Aber Ally Sheer und Lucy Morton sind da drüben.« Fiona zeigte auf die beiden. Sie unterhielten sich mit James Moore.

»Elektra! Ich will dieses Kleid!« Rhona (Havelskis Assistentin) begrüßte mich mit einer vorsichtigen Umarmung, um es nicht zu verknittern. Mittlerweile waren sehr viele Leute um uns, überwiegend mit Knopf im Ohr und Clipboard. Die Leute mit Tickets, die nicht zur Besetzung gehörten, wurden gebeten, ihre Plätze einzunehmen. Meine Eltern wurden von jemandem fortgeschleift, der ein Schlüsselband trug – Mum ging rückwärts und hauchte mir ein beklommenes »Viel Glück!« zu, als würde sie mich niemals wiedersehen.

»Wo ist Carlo?«, fragte Rhona. »Wir müssen euch jetzt da rausschicken.« Ich zeigte hinter mich. Moss und er standen eng beieinander, Stirn an Stirn, und schienen alles ringsum vergessen zu haben. »Typisch«, meinte sie. »Der schleppt sogar auf dem roten Teppich eine ab.«

»Sie ist seine Freundin.«

»Ernsthaft? Na, das ist ja mal was Neues!« Rhona war beeindruckt. »Dann werde ich ihn mal von ihr loseisen.«

»Wenn ich in dieses Kino reinwill, muss ich jetzt gehen«, sagte Archie. Ich wollte nicht, dass er ging. »Du wirst das großartig machen!« Wirklich? Das hier war eine berufliche Angelegenheit. Ich musste großartig sein. Zumindest gut. Aber ich fühlte mich nicht großartig und plötzlich nicht mal mehr gut. Mir war schlecht, um nicht zu sagen speiübel. Archie merkte, dass ich Panik bekam, und zog mich an sich. »Vor meiner ersten Szene in *Der Fluch* hatte ich so einen Schiss«, raunte er mir zu, »dass ich auf Poppy Leadleys Umhang gekübelt habe.« Das tröstete mich, auch wenn ich nicht wusste, warum. »Aber jetzt muss ich unbedingt rein.« Mindestens drei Personen, einschließlich Fiona, versuchten, meine Aufmerksamkeit zu ergattern. Es war so weit. »Hinterher komme ich so schnell wie möglich zu dir. Versprochen! Genieß jeden Moment!« Archie beugte sich zu mir und flüsterte mir ins Ohr: »Ich liebe dich, Elektra James.«

Und er war weg, bevor ich überhaupt raffte, dass er es gesagt hatte. Ich ignorierte Fiona und sah ihm nach. Er sprach noch mit Carlo, sicherlich um ihm viel Glück zu wünschen, und umarmte Moss. Dann drehte er sich zu mir um und grinste.

Er hatte es gesagt.

Und bei der nächsten Gelegenheit würde ich es ihm auch sagen.

»Elektra? Elektra?« Carlo wedelte mit der Hand vor meinem Gesicht rum. »Alles okay? Du siehst irgendwie … weggetreten aus. Du fällst doch nicht wieder um, oder?«

Ich kam von Wolke sieben runter und lächelte ihn an. »Nein, alles gut. Ganz wunderbar.«

Carlo wirkte etwas flatterig. Er versuchte vergeblich, sich seine Fliege zu binden. »Ich habe das ungute Gefühl, dass es zu spät zum Weglaufen ist«, sagte ich und half ihm. Fionaaa und Rhona und zahlreiche andere Leute gaben uns Anweisungen. Wohin wir gehen sollten, wo wir stehen bleiben sollten, wie lange wir stehen bleiben sollten, mit wem wir zuerst reden sollten, mit wem wir gar nicht reden sollten, wie wir … So viele Anweisungen, von denen wir einige schon zum zehnten Mal hörten. Wir sahen uns an und schluckten.

»Hängt euch an Sam und Amber«, sagte Rhona und beförderte uns mit einem sanften Schubs auf den roten Teppich. »Sie helfen euch. Wir sind alle direkt hinter euch!«

Samber hatten sich inzwischen mit Accessoires ausstaffiert – Amber mit Kale und Sam mit einem neuen Zwergspitzwelpen (beide Hunde an glitzernden Swarovski-Leinen). Sie sprachen bereits ein paar Meter weiter mit Reportern. Ich bekam Teile des Gesprächs mit. »Er heißt Krispin, er ist unser neues Baby. Ist er nicht *hinreißend* … Der Name musste mit K anfangen« (Amber). »Ich wollte ihn Kampari nennen – mit K …« (Sam). So cool.

»Hierher, Elektra!« Ein Fotograf blitzte mir direkt ins Gesicht.

»Welchen Designer tragen Sie?«

»Ein Autogramm bitte!« Äh … wie war noch mal mein Name?

»Bitte hier signieren!« Sollte ich jetzt Elektra oder Straker schreiben?

»Hierher!« Wohin?

»Hierher!« Und wohin jetzt?

»Wie finden Sie es, ›wirklich hier‹ zu sein?«

Und dann hatte ich plötzlich Sams Arm um die Schultern, und ich roch das Aftershave, für das er Werbung machte, und er beantwortete die Fragen mühelos für uns beide, und ich sagte ein paar Worte, und niemand lachte – außer an den Stellen, wo gelacht werden sollte –, und Krispin nahm sowieso die halbe Aufmerksamkeit in Anspruch. Amber hatte sich bei Carlo untergehakt und unterstützte ihn gemeinsam mit Kale beim Posieren. Wie sich herausstellte, war er ein Naturtalent.

Es ging alles viel zu schnell. Ich hatte gar keine Zeit, um mir darüber Sorgen zu machen, ob ich alles richtig machte. Auch drinnen blieb mir keine Minute zum Nachdenken. Produzent Pete stand schon vor dem Vorhang (einem echten roten Samtvorhang) und hielt eine ähnliche Rede wie auf der Drehschlussparty, und die Leute lauschten ihm genauso (un)aufmerksam.

Es war ein Kinoabend wie jeder andere – wenn man mal von der Kleidung und dem Schmuck und den Drinks und dem extra gebrandeten Popcorn und der gewaltigen Anspannung in den ersten Reihen absah.

Mir wurde ein Platz in der zweiten Reihe zugewiesen. Carlo saß neben mir.

Zwei Reihen hinter mir entdeckte ich meine Eltern, die aussahen, als müssten sie sich jeden Moment übergeben. Eulalie war nicht zu übersehen, weil sie immer wieder von ihrem Sessel aufsprang. Moss und Archie saßen am Ende dieser Reihe.

Das Licht ging aus.

»Ich komme nachher zurück«, sagte Carlo leise, stand auf und huschte mit eingezogenem Kopf davon. War ihm schlecht geworden? Sollte ich ihm nachlaufen? Sollte ich jemandem Bescheid sagen?

War es zu spät dafür?

PANDA PRODUCTIONS PRÄSENTIERT …
EINEN FILM VON SERGEI HAVELSKI

Mir stockte der Atem. Die Titelmelodie war laut. Und sie war ziemlich nervtötend.

Am Ende der Reihe entstand Bewegung. Einige Leute erhoben sich. Entschuldigungen im Flüsterton. Gingen die Ersten etwa schon nach Hause?

Und dann plumpste Archie auf den leeren Platz neben mir. »Wir dachten, wir tauschen die Plätze«, raunte er mir zu. »Ist das okay?« Er streckte die Hand aus, und ich nahm sie und hielt sie ganz fest.

RAW

Ich schaute zu der riesigen Leinwand hoch und wartete gespannt darauf, dass es losging.

THE CULTURE
Raw: Der Film

★

Von Faye Carramore

Eine Schreckensvision der Zukunft der Filmindustrie?

Raw wurde (vom eigenen Publicity-Team) als riesiger Kinohit des Sommers angepriesen, der die Geschichte zweier rivalisierender Gruppen nach der Vernichtung des Großteils der Menschheit erzählt.

Dieser Film hat alles … wenn man auf Amber Leigh steht und extrem blutrünstig und frei von Verstand ist. Die Macher haben eine Menge investiert – großer Set, einige teure Schauspieler, irre Effekte und endlose Explosionen. Es hätte mich nicht überrascht, wenn der ganze Zauber über die Klippe gegangen wäre.

Dieser Film zieht Fragen nach sich.

Fragen wie: Warum wurde dieser Film überhaupt gemacht? Warum habe ich anderthalb Stunden meines Lebens dafür geopfert? Warum hat das Drehbuch einen solchen Brechreiz bei mir ausgelöst? Warum soll so die Zukunft des kapitalistischen Sündenpfuhls, in dem wir leben, aussehen? Warum wurden diese Schauspieler für so etwas vergeudet?

Dieser Film ist ein düsteres, trostloses Modell für die Zukunft einer von kommerziellen, kapitalistischen, oberflächlichen Interessen geprägten Filmindustrie.

Wir vergeben immerhin **einen Stern,** weil uns die Greenscreen-Wolfswesen beeindruckt haben.

THE LONDON
Raw: der Film

Von G. Macintyre (vom Presseverband zum Filmrezensenten des Jahres gekürt)

Mein Gott, wie gern hätte ich diesen Film schonungslos zerrissen! Ich hatte die Vorberichterstattung verfolgt, ich wusste, es gab Probleme, und ich hatte schon meinen metaphorischen Bleistift gespitzt.

Ich wollte Ihnen berichten, dass er schlecht geplottet, kitschig und unnötig gewalttätig ist. Und das alles ist er auch.

Aber die Wahrheit ist: ICH KANN MICH NICHT ERINNERN, WANN ICH SEIT *Girls Club* EINEN FILM SO GENOSSEN HABE.

Er ist temporeich (wahrscheinlich, weil es keine Handlung gibt, die das Tempo bremsen könnte, aber egal), er ist actiongeladen (ich liebe grundlose Gewalt), und er ist heiß – hauptsächlich wegen der Explosionen, aber durchaus auch wegen der (hüstel) leidenschaftlichen Szenen mit dem Schauspielerpaar Amber Leigh und Sam Gross. Sam und Amber überzeugen als postapokalyptisches Paar, dessen Liebe über alle Grenzen geht, doch die jungen Stars Carlo Winn und Elektra James verdienen ebenfalls eine besondere Erwähnung. Sie beeindrucken mit Talent und werden spielend mit den zahlreichen Herausforderungen und dem teilweise recht hölzernen Text fertig. Eine Szene mit den jungen Schauspielern hat mich zu Tränen gerührt, aber mehr verrate ich wegen Spoilergefahr nicht!

Vergessen Sie, was Sie gehört haben! Dieser Film hat alles: eine ausgezeichnete Besetzung aus bewährten und neuen Talenten, und er ist rasant, kurzweilig und äußerst unterhaltsam.

Ich habe das Gefühl, die Zuschauer werden ihn lieben …

Von: Stella, Agentur Haden

Datum: 1. April 10:01

An: Elektra James

Cc: Julia James; Charlie, Agentur Haden

Betreff: Du!

Liebe Elektra,
könntest du bitte schnellstmöglich bei uns im Büro vorbeikommen? Aphrodite Productions (*Fortuneswell*) haben sich gemeldet. Sie denken daran, die Rolle der Clemency in neue Richtungen zu entwickeln, und würden gern mit dir darüber reden. Spannend.

Aber du triffst deine eigenen Entscheidungen – obwohl wir dafür sorgen, dass du die nötige Unterstützung hast, um auch die richtigen zu treffen. Wir haben eine Menge zu besprechen!

Stella x

PS: Um es noch mal zu sagen: #ElektraWasGood

Aufhören!!!

HOLLYWOOD-NEWS

SERGEI HAVELSKI HAT SCHON NEUES PROJEKT IM AUGE: **WAFFENSCHWESTERN** – aber zuerst nimmt er zwei Monate Auszeit! Gerüchten zufolge hat er private Pläne …

BUZZFEED

Top-Ten-Filme, die man einfach lieben muss …

Von null auf eins: *Raw: der Film!* Berauschend schlecht. Großartig!

Radiokritik

Von R. Rand

Ich würde mich ja über das Drehbuch beschweren, aber ich weiß nicht, ob es überhaupt eins gab. Der Film hatte allerdings seine besonderen Momente und ein paar gute Szenen …

Kultur-chronik

Die Schwarzmaler sind intellektuelle Snobs. Der Film ist ein Riesenvergnügen. Fantastisch!

Godzilla Reviews

Der größte Actionfilm des Jahres. OHNE IRONIE …

Kritik

Carlo Winn. Stark. Heiß. Talentiert.

Elektra James. Newcomerin. Wie konnte sie diese Maden essen?

Sam Gross. Wir dachten, seine Zeit sei vorbei, aber die Szene am See war gigantisch …

L.A. TIMES FILMBRA…

Besser als erwart… Kinostart am *Raw: der Film* …

HOLLYWOOD CHRONIK

Wird *Raw: der Film* ge… einspielen, um Panda Productions zu retten? Jonathan M. sagt …

Danksagung

Es ist eine allgemein anerkannte Tatsache, dass Schriftsteller nach Beendigung einer Trilogie dringend eine Pause machen und mal wieder zum Friseur gehen müssen – oh, und dass sie einem ganzen Heer von Menschen besonderen Dank schulden. Aber wir versuchen, diese Danksagung so kurz zu fassen wie eine Regency-Liebeserklärung.

Zuallererst bedanken wir uns bei unseren Leserinnen und Lesern – wir hoffen, ihr habt auch an diesem dritten Band Spaß gehabt! Wir hören gern von euch und kommen gern zu euch in die Schulen. Ihr könnt uns jederzeit kontaktieren – wir melden uns garantiert zurück. Versprochen!

Ein riesiges Dankeschön geht wieder an das wunderbare Team von Simon & Schuster (für den dritten Casting-Queen-Band erweitert durch Jenny Glencross und Catherine Alport). Ihr habt euch hervorragend um unsere Bücher – und um uns – gekümmert. Ihr habt uns verwöhnt mit Kuchen und den *besten* Covern (virtuelle Blumen für Jenny Richards & Lisa Brewster!), und ihr habt so viele weniger offensichtliche Dinge getan, um unsere Bücher zu unseren Lesern zu bringen. Besonders bedanken wir uns bei Jane Griffiths, unserer Redakteurin: Du bist einfach großartig in dem, was du tust, und wir wissen es zu schätzen. Und herzlichen Dank dir, liebe Hannah Sheppard von DHH, für alles, was du getan hast, und vor allem dafür, dass du ein Zuhause für Elektra gefunden hast.

Es hat uns sehr gerührt, wie viel Unterstützung unsere Bücher von Bloggern, Autorenkollegen, Bibliothekaren und anderen Buchliebhabern erfahren haben. Unser besonderer Dank geht an die Gastgeber unserer Blog-Tour: Jo (BookLover Jo), Jim (YAYeahYeah), Chelley (Tales of Yesterday), Viv (Serendipity Reviews), Alix (Delightful Book Reviews), Beth (The Reader's Book Corner), Amber (Mile Long Bookshelf), Emma (Never Judge a Book By its Cover) und Zoe (No Safer Place). Und an die Autoren, die unsere Buchcover gelobt haben: Katy Birchall, Abi Elphinstone, Emma Carroll, Beth Garrod, Jenny McLachlan, Sarra Manning und Chloe Seager – vielen Dank! Aber auch so viele andere haben uns auf vielfältige Art und Weise geholfen – nicht zuletzt, indem sie sich Zeit genommen haben, um schöne Buchbesprechungen zu posten. Würden wir alle nennen, wäre die Liste so lang wie einer von Torrs selbstherrlichen Mitteilungsthreads (und würden wir jemanden auslassen, hätten wir ein schlechtes Gewissen), aber wir hoffen, dass ihr wisst, wie dankbar wir euch sind. Twitter (das in diesem Buch ein bisschen sein Fett abkriegt) kann brutal sein – aber im Buchbereich dort haben wir auch Großzügigkeit, Begeisterung und echte Freundschaft gefunden. Ihr seid die Besten!

Danke auch an unsere fabelhaften Berater: an James Barriscale, der uns vom Set von *The Hurricane Heist* aus hilfreiche E-Mails (zu so wichtigen Aspekten wie Wasserbesprühung zwischen den Takes!) geschickt hat, und an Immy Wilkinson, die uns in Erinnerung gerufen hat, wie ein Frosch seziert wird (viel Erfolg an der Uni!). Aber wieder einmal haben wir uns nicht allzu sehr von der Realität bremsen lassen … Du bist absolut unschuldig.

Und wie immer gelten unser Dank und unsere Liebe unseren Freunden und Angehörigen, die uns eine unglaubliche Stütze sind.

Schließlich danken wir den Figuren unserer Buchreihe. Alles Gute – es wird uns fehlen, über euch zu schreiben!

ÜBER DIE AUTOREN

© Anna Sendul

PERDITA Ich war sicherlich die Steueranwältin mit den katastrophalsten Rechenkenntnissen, die es je an einem englischen Gericht gegeben hat. Daher war es eine regelrechte Erleichterung, diesen Beruf an den Nagel zu hängen und mit dem Schreiben anzufangen! Ich bin ein ziemlicher Freak – und manchmal auch ein ganz schönes Weichei. Dafür mag ich Teenager. Tatsächlich mag ich ziemlich viele Leute.

HONOR Ich mache gerade mein Abi, und ich stand schon sehr oft auf der Bühne – meistens bei Schulaufführungen, allerdings habe ich auch ein bisschen professionelle Schauspielerfahrung. Auch wenn ich nicht Elektra bin, kenne ich ihre Probleme doch ziemlich gut, denn ihre peinlichsten Erlebnisse ähneln merkwürdigerweise meinen eigenen … Mein erster Kuss fand nicht nur auf der Bühne statt, sondern auch vor den Augen meiner Eltern und meines Klassenlehrers! Natürlich war klar, dass ich darüber schreiben werde, damit ihr ein bisschen (ähm, ausgiebig) auf meine Kosten lachen könnt!

Quellennachweis

Zitat Anna Kendrick, Kapitel 1, S. 11 aus *The Guardian,* 14. Mai 2015 (Mary Barnes); Zitate Colin Firth, Kapitel 3, S. 42, und Kapitel 17, S. 253 aus *The Guardian,* 31. März 2001 (Susie Steiner), und Kapitel 13, S. 200 aus *The Guardian,* 1. Januar 2011 (Kate Kellaway); Zitat Eddie Redmayne, Kapitel 5, S. 78 aus *The Guardian,* 6. November 2016 (Tim Lewis); Zitat Sienna Miller, Kapitel 7, S. 114 aus *The Guardian,* 16. März 2017 (Decca Aitkenhead); Zitat Ruth Negga, Kapitel 8, S. 132 aus *The Observer,* 29. Januar 2017 (Tim Lewis); Zitat Amy Adams, Kapitel 12, S. 186 aus *The Guardian,* 5. November 2016 (Hadley Freeman); Zitate Billie Piper, Kapitel 15, S. 225, und Kapitel 21, S. 318 aus *The Guardian,* 13. Juli 2016 (Live Chat); Zitat Benedict Cumberbatch, Kapitel 19, S. 291 aus *The Guardian,* 24. Oktober 2016 (Live Chat); Zitat Riley Keough, Kapitel 20, S. 305 aus *The Guardian,* 20. August 2017 (Sanjiv Bhattacharya). Abdruck mit freundlicher Genehmigung der Guardian News and Media Ltd.

Zitate Ryan Gosling, Kapitel 2, S. 23 und Kapitel 6, S. 98 aus *The Times,* 7. Januar 2017 (Polly Vernon); Zitate Hailey Baldwin, Kapitel 4, S. 56, und Kapitel 14, S. 213 aus *The Times Magazine,* 11. März 2017 (Harriet Walker); Zitat Idris Elba, Kapitel 9, S. 149 aus *The Sunday Times,* 13. August 2017 (Chrissy Iley); Zitat Robert Pattinson, Kapitel 10, S. 160 aus *The Times,* 11. November 2017 (Kevin Maher); Zitat Emma Stone, Kapitel 11, S. 174 aus *The Sunday Times,* 26. Februar 2017 (Jonah Weiner); Zitat Daniel Radcliffe, Kapitel 16, S. 240 aus *The Times,* 24. September 2016 (Charlotte Edwardes); Zitat Kit Harington, Kapitel 18, S. 272 aus *The Times,* 4. November 2017 (Hattie Crisell). Abdruck mit freundlicher Genehmigung der News UK and Ireland Ltd.